나를
잃어버리지 않고
사랑하는 법

있는 그대로의 당신이 가장 완벽하다
나를 잃어버리지 않고 사랑하는 법

초 판 1쇄 2019년 11월 26일

지은이 백지원
펴낸이 류종렬

펴낸곳 미다스북스
총괄실장 명상완
책임편집 이다경
책임진행 박새연 김가영 신은서
본문교정 최은혜 강윤희 정은희

등록 2001년 3월 21일 제2001-000040호
주소 서울시 마포구 양화로 133 서교타워 711호
전화 02) 322-7802~3
팩스 02) 6007-1845
블로그 http://blog.naver.com/midasbooks
전자주소 midasbooks@hanmail.net
페이스북 https://www.facebook.com/midasbooks425

ISBN 978-89-6637-738-1 03810

값 **15,000원**

미다스북스는 다음세대에게 필요한 지혜와 교양을 생각합니다.

있는 그대로의 당신이 가장 완벽하다

나를
잃어버리지 않고
사랑하는 법

백지원 지음

미다스북스

한 톨의 씨앗이라도 남아 있다면 물과 양분을 주어 싹이 나게 하면 됩니다

이 글의 제목에서 한 톨의 씨앗이라도 남아 있다면 물을 주고 양분을 주라고 한 이유는 꺼져가는 제 마음에서 한 톨의 씨앗을 보았기 때문입니다. 저는 40대 후반부터 시작된 갈등들로 인해 50대에 들어서면서 끝없는 나락으로 떨어지는 것 같았습니다. 삶의 희망도 없었고 어디에 자신을 기대고 살아가야 할지 몰랐습니다. 매일 과거 속을 헤매며 자신을 한탄하며 지냈습니다.

오래전 20대 초에 받은 상처에서 나를 떠나보내지 못하고 후회와 회한의 마음으로 살았습니다. 상처로 인한 충격은 혼자 감당하기 어려웠고 도피하다시피 사람들을 멀리하며 지냈습니다. 몇 년의 세월을 나를 갉아먹는 데 허비하며 지냈습니다. 나의 자아상은 바닥에 떨어져서 행복을 누리면 안 될 사람이라고 생각했습니다. 나는 못난 사람이고 사랑받을 자격도 없는 가치 없는 사람이라고 생각되었습니다. 자신을 잃어버렸습니다.

고교 시절에 가졌던 꿈들을 모조리 한낱 꿈으로 여기며 인생이 끝났다고 생각했습니다. 마음에 상처를 가득 안고 있던 나는 어디론가 도피를 하고 싶었습니다. 남편을 만나며 그다지 행복을 꿈꾸지 않았습니다. 경마장을 다니는 남편을 보며 무엇인가 불길한 예감이 들었지만 나 같은 사람이 다른 사람을 비판할 자격이 없다고 생각했습니다. 저 사람은 내가 아니면 결혼하지 못할 것이라는 연민이 생겼습니다. 갈등을 많이 했지만 내가 잘하면 될 것이라는 마음으로 결혼을 했습니다. 하지만 결혼은 현실과 너무 달랐습니다. 경마나 도박에 마음이 팔린 사람에게는 가정이 의미가 없었습니다. 자식이 많으면 정신을 차릴까 하는 마음에 아들 셋을 낳았지만 끝내 변하지 않았습니다.

아들 셋을 낳고 난 후에 나는 정신을 차렸습니다. 자라나는 아이들에게 부모의 이혼을 보여주고 싶지 않았지만 결국 하고야 말았습니다. 나는 남편과 살면서 신용불량자가 되었고 빈털터리로 이혼을 했습니다. 급한 마음에 물이 올라오는 방인지도 모르고 집을 구했습니다. 매일 이불이 눅눅하게 젖어 있는 곳에서 아이들과 생활하며 살았습니다.

오직 아이들을 잘 키워야 한다는 마음 하나로 시작했습니다. 하지만 생각처럼 자식을 혼자 감당하기에는 벅찼습니다. 몰래 울기도 많이 하며 하루하루를 버텼습니다. 그때 당시는 시간이 너무 긴 것 같았습니다. 자고 일어나서 아이들 먹을 것을 준비해놓고 다시 일을 하며 다른 생각을 할 틈이 없었습니다. 어떻게든 빨리 돈을 모아서 이 집을 벗어나고픈 마음으로 열심히 살았습니다. 내 몸이 강철인 줄 알았는데 몸은 점점 허약해지고 살아갈 일이 암담해졌습니다. 그렇게 살다 보니 아이들은 성인이 되었고 시간적 여유가 생기면서 공허감에 빠졌습니다.

나는 시간적인 여유가 생기면서 '한 번 왔다 가는 인생, 나는 왜 이렇게 살아야 하는가?' 이렇게 살려고 태어난 것은 아닌데 배우고 싶고, 하고 싶고, 가고 싶은 곳이 너무 많은데 이렇게 살고 있는 자신이 너무 싫었습니다. 현실에 적응하며 인정하고 살라고 했지만 마음은 늘 공상 속을 헤맸습니다. 중고교 시절 생각했던 꿈들이 자꾸 생각났습니다. 중학교 때 영

나를 잃어버리지 않고 사랑하는 법

어 선생님이 비행기를 타고 세계를 여행 다닌다는 소리를 듣고 나도 그런 사람이 되고자 공부했던 기억이 아직도 가슴에 남아 있었습니다. 시도 쓰고 싶었고 여행 작가도 되고 싶었습니다. 세계사를 공부해서 세계 곳곳을 다니고 싶었습니다.

그렇지만 현실적으로 그런 꿈들은 먼 일처럼 여겨졌습니다. 나는 도저히 도전할 수 없는 일이라고 생각했습니다. 지금의 나의 하는 일과 너무 동떨어져 있으며 하루하루 살아가기 바쁜 일상에 무슨 꿈이냐며 자신을 타박했습니다. 현실에서 도피하고 싶어 혼자 하는 망상이라고 무시했습니다. 그런 나의 생각을 누가 알면 웃을 것 같아 아무에게도 말하지 못했습니다. 누구도 나의 말을 들어 줄 사람이 없었습니다. 현실을 즐기며 하루하루 즐겁게 살면 된다는 사람들에게서 나는 고독감을 느꼈습니다. 4차원을 사는 이상한 사람 같았습니다. 겉으로는 미소를 짓고 행복한 척하며 지냈지만 마음은 공허함에서 빠져나오지 못했습니다.

그런 나의 갈증은 식지 않았고, 곧 무엇인가 변화를 주고 싶다는 생각이 들기 시작했습니다. 아이들에게 언젠가는 엄마가 대학에 갈지도 모른다는 말을 하며 나를 잃지 않으려고 애썼습니다. 대학에 가든 무엇이라도 하고 싶었습니다. 유튜브나 책을 읽으며 하나님을 다시 만나게 되었고 자신을 회복하게 되었습니다. 영혼을 살찌우는 삶을 살고 싶었습니다.

내 안의 무의식에 자리잡고 있었던 '너는 할 자격이 없다'는 내가 만들어놓은 자격론을 거둬냈습니다. 지금까지 가지고 있던 상처의 조각들을 하나씩 떼어내버렸습니다. 진정 나를 사랑하는 일이 무엇인지 깨닫게 되었고, 나를 사랑하는 방법을 알게 되었습니다.

나는 내놓을 그 무엇도 없는 빈약하기 그지없는 사람입니다. 하지만 지금까지의 삶을 통해 왜 그렇게밖에 살 수 없었는지를 알게 되었습니다. 지레짐작으로 무서워 도망치듯 살아온 삶이었지만 최선을 다하려 애쓰며 그 상황에 맞는 삶을 살았던 것이었습니다. 그 당시는 이렇게 사는 자신이 싫어 억지로라도 살려고 했지만 마음 깊은 곳에 이렇게는 살지 않을 거야라는 마음이 항상 자리 잡고 있었습니다. 포기하고 싶은 마음을 다잡아준 힘이었습니다. 언젠가는 나도 하고 싶은 것을 하리라는 마음 말입니다. 늦었다고 생각했을 때가 제일 빠르다는 말이 있듯이 용기를 내었습니다. 부끄러운 모습이 많지만 도전하는 즐거움에 취하여 나의 이야기를 글로 담았습니다.

글을 쓰고 있는 지금도 나는 상처를 받습니다. 달라진 것이 있다면 예전 같으면 상처를 받으면 스펀지처럼 흡수해서 무겁게 다녔지만 이제는 두 손으로 상처를 꼭 짜버립니다. 스펀지는 그대로 있지만 무겁지 않아

나를 잃어버리지 않고 사랑하는 법

힘들지 않습니다. 이 책을 읽는 여러분 중 저처럼 현실에 묶여 하고 싶었던 것을 접어두고 있는 분이 있다면 용기를 내어보시기 바랍니다. 용기를 내고 용기와 더불어 도전할 때에 삶에 변화가 오리라 믿습니다.

감사합니다.
고맙습니다.
사랑합니다.
축복합니다.

차 례

나를 잃어버리지 않고 사랑하는 법

1장

정말 나만 힘들고
억울한 걸까요?

아무리 노력해도 세상은 종종 차갑다

마음의 밭에 긍정을 심으면 긍정적인 결과가 나오고
부정을 심으면 부정적인 결과를 낳는다. 이를 시소(siso)라고 한다.
생각 속에 성공을 넣으면 성공의 결과가 나온다.

– 박형미(파코메리 대표)

별명이 나를 불필요한 존재로 생각하게 했다

나는 가끔 이런 생각을 자주 한다. '나는 왜 이 모양으로 살고 있을까? 나도 부자로 살 수 있을까? 그런 날이 올까?' 혼자 되뇌어본다. 그러다 가끔씩 복권을 한 번씩 사보기도 한다. 그러다가 복권에 당첨될 확률이 부자가 될 확률보다 더 낮다는 말을 떠올려보곤 한다. 씁쓸한 마음만 더할 뿐 아무 이득이 없었다. 생각이 깊어지면 감정은 깊은 수렁으로 빠져 들게 된다. 과거를 되돌아보며 후회만 하게 되고, 삶에 회의만 안겨줄 뿐이었다.

내가 태어난 곳은 작은 농촌마을이었다. 밖으로 나가면 논 외에 보이는 것이 없었다. 멀리 거류산이 희미하게 보였다. 고성 읍내 장터는 1시간 이상 걸어가야 했다. 초등학교는 20분 이상 걸어갔다. 나는 6남매 중 막내로 태어났다. 엄마는 40대 중반에 나를 임신했다. 엄마는 늦게 아기를 가졌다는 이유로 작은엄마와 친척들에게 구박과 수군거림을 당했다. 엄마는 나를 유산시키기 위해 높은 언덕에 올라가서 몇 번이나 굴렀다고 했다. 그런데도 별 탈이 없어서 할 수 없이 낳았다고 한다. 그 당시 큰오빠는 23세였다. 절에서 지내던 오빠는 막내 동생을 낳았다는 소식을 듣고 이름까지 지어주었다. 오빠는 나를 무척 예뻐했다.

나는 언니, 오빠와 나이 차이가 많아서 귀여움을 받고 자랐다. 큰언니는 결혼을 한 상태였다. 명절이면 둘째 언니는 예쁜 옷을 사다주었다. 한 번은 빨간색 옷을 한 벌 사주었다. 친구들은 예쁜 옷을 입은 나를 부러워했다. 그 옷이 소중했다. 그래서 아끼고 깔끔하게 입었다. 셋째 언니는 늘 깔끔했다. 언니는 아침마다 머리를 빗겨주면서 이가 생기면 안 된다고 늘 말했다. 그런데 어느 날 나를 챙겨주던 언니가 갑자기 객지로 떠나버렸고 난 너무 슬펐다. 또 나보다 7살 위의 오빠가 있다. 오빠는 내가 명절이나 소풍 갈 때 받아 모아놓은 용돈을 모두 가져가 써버리곤 했다. 아무튼 넉넉한 형편은 아니지만 나는 막둥이라고 귀여움을 받았다. 가끔 진찬이라는 말을 하며 예뻐해주었다.

초등 1학년쯤 우리 집 옆에 사는 사촌 언니가 심부름을 시켰다. 앞마을 언니 친구에게 쪽지를 전하고 오라 했다. 절대 다른 사람에게 주면 안 된 다고 했다. 잘하고 오면 돈도 준다고 했다. 언니 친구 집에 갔더니 엄마가 나오시며 왜 왔느냐고 물었다. 나는 입을 꾹 다물고 고개만 흔들었다. 내 가 누구인지를 알아차리고 언니 친구를 불러주었다. 나는 쪽지를 얼른 주 고 왔다. 그 당시 내가 벙어리인 줄 알았다고 했다. 사촌 언니는 잘했다고 용돈을 주었다.

그런데 주위에서 자꾸 진찬이라는 말을 했다. 난 그 소리가 듣기 싫었 다. 엄마에게 이유를 물었더니 설명해주었다. 어쩔 수 없이 낳아서 진찬 이라는 것이었다. 그 후부터 무엇이든 잘하고 싶었다. 진찬이 소리를 듣 고 싶지 않았다. 그래서인지 주위에서 심부름을 시키면 야무지게 잘했었 다. 심부름을 잘했다는 칭찬을 듣고 난 후 잘하면 그에 따른 보상이 따른 다는 것도 알게 되었다. 그때부터 나는 엄마의 칭찬을 받으려고 무척 애 를 썼다. 엄마가 논일을 하고 늦게 들어오면 쌀을 씻어놓고 엄마를 기다 렸다. 엄마는 엄청 좋아했다. 사람들에게 자랑까지 했다. 시키지 않았는 데 한다며 기특하다고 했다. 어떻게 그런 생각을 하느냐며 재차 묻곤 하 셨다.

그 이후 엄마는 주위 친척들만 보면 자랑을 하며 다니셨다. 그러면 "월 촌댁 막내딸 진찬이가 잘 자랐다."라며 한마디씩 덧붙이곤 했다. 나는 그 럴 때마다 속이 상했다. 엄마는 구부정한 허리에 농작물을 이고 오시면서 한숨을 내쉬곤 힘들어하셨다. 그러나 아무리 힘들어도 내게 일을 시키지 않으셨다. 그런 모습이 어린 내 눈에는 안쓰럽게 보였다. 그래서 늘 엄마를 도와주려 무척 애를 썼다. 학교를 파하고 오면 항상 소에게 풀을 뜯어 먹이곤 했다. 그러면서 친구들과 논두렁에서 놀며 어린 시절을 보냈다. 잘 해야 된다는 강박관념이 어린 시절부터 형성된 것 같다. 내가 잘못하면 엄마가 욕을 먹을 것 같았다. 그런 마음은 사춘기를 지나 어른이 되어서도 마찬가지였다.

나의 의지와 상관없이 삶은 흩어졌다

내가 10살 때 우리 가족은 고향을 떠나게 되었다. 마산에서 기차를 타고 고향을 떠났다. 처음 보는 기차는 대단하고 신기해 보였다. 거의 하루가 걸려서 경기도 청산에 있는 삼거리 마을에 도착했다. 그곳은 앞뒤가 산으로 첩첩 쌓여 있는 산골 마을이었다. 겨울이면 눈이 자주 오고 날씨가 무척 추웠다. 우리 집은 도로변에 있었다. 내가 사는 곳은 38선 인접 지역이었다. 한미합동훈련 때에는 탱크가 줄을 지어 지나가게 된다. 탱크에는 백인과 흑인이 섞여 있었다. 탱크의 행렬을 이어 미군과 한국군이 행군을 하였다. 탱크 소리를 듣고 동네 꼬마들이 몰려 나와 '헬로 쨉쨉'이라고 소리를 질렀다. 그럴 때면 그들은 땅콩 쨈, 초콜릿, 사탕 등을 던졌다. 운이 좋으면 하나 먹을 수 있었다.

나는 궁평초등학교에 전학했다. 담임 선생님은 친구들에게 소개한 후

인사하라고 하셨다. 인사말을 하자 여기저기서 깔깔거리며 웃었다. 나는 이유도 모르고 창피하기만 했다. 그날부터 친구들은 나를 놀리기 시작했다. 특히 남자 아이들은 사투리를 따라 하기도 하고 툭 치고 도망갔다. 일부러 화를 내게 만들어놓고 말을 시키면서 킥킥거리며 웃었다. 사투리 말을 한다고 '까투리'라는 별명까지 지었다. 놀려대는 친구를 끝까지 쫓아가서 한 대 때려줘야 직성이 풀리곤 했다.

어느 날 어른들이 하는 말을 듣게 되었다. 다래와 칡을 캐며 갖가지 나물을 뜯는다는 것이었다. 고향 고성에는 호기심을 자극할 일이 없었다. 하지만 산골마을은 달랐다. 특히 동네 뒷산이 너무 궁금했다. 혼자 산에 올라갔다. 약간 무섭기도 했지만 다래, 머루, 산딸기 등 갖가지 따는 재미에 멀리까지 갔다. 그러다 순간 눈앞에 '지뢰밭 출입금지'라는 팻말이 보였다. 나는 놀라서 정신없이 집으로 돌아왔다. 엄마는 어린 것이 간이 크다며 다시는 가지 못하게 하였다.

삼거리 봄에는 앵두꽃이 예뻤다. 여름이면 아스팔트의 열기에 헉헉거리며 집으로 오다가 도랑에서 가제를 잡곤 했다. 등하교 길에 참외밭을 지나게 된다. 달콤한 참외향이 코를 자극 한다. 참외를 실컷 먹고 싶은 마음이 간절했다. 참외 주인 자식들이 누군지 모르나 부러웠다. '달달한 참외를 실컷 먹고 살면 얼마나 좋을까? 과수원 주인집으로 시집가야지.'라는 생각을 했다. 겨울에는 기온이 영하 10도를 넘겼다. 자주 눈이 무릎까지 와서 학교 갈 때 엄청 신나게 다녔다. 동네 친구들과 눈 장난을 하며 학교에 다녔다.

둘째 언니가 스케이트를 구해다 주었다. 내 발에 무척 컸지만 꽉 조여 신고 탔다. 다른 아이들은 잘 타고 놀았다. 나는 자꾸 넘어졌지만 창피를 무릅쓰고 계속 탔다. 혼자 시간가는 줄 모르고 어두워질 때까지 탔다. 겨울이면 스케이트와 썰매를 타며 겨울을 보냈다. 겨울이 참 좋았다. 이사 온 동네는 마음에 들고 정이 엄청 들었다.

친구들이 사투리로 말한다고 놀려 대면 한 대 때려주면 그만이었다. 동네에는 시집간 큰언니가 살고 있었다. 우리 집에는 결혼한 큰오빠 부부와 조카, 둘째, 셋째 언니와 작은오빠 온 가족이 모여 살게 되어 난 무척 좋았다. 그 당시 삼거리에는 군인 가족들이 많이 살고 있었다. 직업군인들을 하숙해주는 집이 많았다. 조용한 농촌의 고향과는 다른 삼거리 동네가 좋았다. 미군과 탱크, 쨈, 군인들의 행렬, 눈, 스케이트, 뒷산 등 역동적으로 살아 있는 듯 했다. 거기다 진찬이라고 하는 소리를 듣지 않아서 더 좋았다. 삼거리에서의 1년은 소중한 추억이었다.

큰오빠는 집을 담보로 일을 시작했다. 문제가 생기고 말았다. 우리는 하루아침에 거리에 나앉게 되었다. 오빠는 빚을 피해 도망을 가버렸다. 어떤 경로인지 모르나 경기도 구리로 이사를 갔다. 큰오빠는 연락이 두절되고 우리는 방 하나에 부엌이 달린 쪽방에서 살게 되었다. 이런 곳에서

나를 잃어버리지 않고 사랑하는 법

도 사람이 살고 있다는 것에 놀랐다. 마치 닭장 같았다. 방과 부엌이 붙어 있어 연탄가스에 중독되어 죽음의 고비를 넘기기도 했다.

구리에서의 생활은 비참했다. 매일 수제비와 칼국수를 번갈아 가며 먹었다. 엄마는 매일 눈물을 흘리며 도망간 아들을 걱정했다. 나는 그런 엄마를 즐겁게 해주어야 했다. 같이 쑥을 뜯기도 하며 엄마의 친구가 되어주었다. 작은오빠는 얼굴 보기가 어려웠다. 사춘기에다 그런 집에 오고 싶지 않았을 것이다. 공부를 하지 않고 겉도는 오빠가 싫었다. 그런 아들인데도 엄마는 아들 걱정뿐이었다. 난 오빠들이 미웠다. 속 썩이는 오빠를 보며 난 절대 엄마를 슬프게 하지 않으리라 다짐했었다.

구리에서의 비참한 생활은 나를 아이어른으로 만들었다. 나는 엄마의 보호자 같았다. 엄마가 우는 것이 싫어서 학교를 파하면 엄마와 같이 있었다. 아버지는 엿장수가 되셨다. 먼 거리를 다닌다고 하셨다. 어쩌다 엿을 많이 판 날이면 쌀을 사오기도 하셨다. 아버지는 점잖고 예의 바른 분이었다. 형제에 대한 우애도 깊었다. 고향에서는 일찍 홀로 된 동생 가족들과 어려운 고모를 돌봐주셨다. 아버지는 정작 공부시켜야 할 자식들에게 소홀했다며 후회를 많이 하시곤 하셨다. 아버지의 엿장수 기억은 지금도 가슴을 아리게 한다.

아버지께 돌아오는 것은 배신뿐이었다. 형제자매를 위해 희생한 아버지를 몰라주는 것을 섭섭해하셨다. 또 자식이라고 믿고 전 재산을 해주었는데, 당신께서는 엿장수나 하고 계셨으니 화가 날 만하셨다. 아버지는 만만한 엄마를 원망하며 하루하루 견디듯 살았다.

난 가난이 너무 싫었다. 겨우 잠만 잘 수 있는 방에서 살아가는 게 친구들 앞에서 부끄러워 친구들과 놀지도 않았다. 구리는 예전 동네와는 많이 달랐다. 이방인이 많이 사는 냉정한 동네였다. 가난한 사람도 많고 부자도 많은 정 가지 않는 곳이었다. 영문도 모르고 낯선 곳에서 고생하는 것이 억울했다. 엄마 아버지를 힘들게 하는 것이 속상했다.

하지만 억울하다고 울고 있을 수가 없었다. 매일 엄마와 쑥을 뜯어서 개떡을 해서 엄마를 즐겁게 해주었다. 밀가루 개떡이지만 주인집과 이웃에 나누어도 주며 인정을 받기도 했다. 주인아저씨는 기특하다며 용돈도 주셨다. 어린 나이였지만 나는 살아남기 위해 노력했다. 울고 있으면 시선은 끌 수 있다. 하지만 득이 되는 것은 없다. 현재의 상황에서 할 수 있는 것을 찾아야 한다. 12살 나이에 할 수 있었던 것을 찾은 것처럼.

할 수 있는 것을 찾아가는 것이 최선이다. 나는 현실을 보면 우울했다. 하지만 나보다 더 약한 엄마를 위로하는 것이 최선이라 생각했다.

나를 잃어버리지 않고 사랑하는 법

열심히
한 결과가
좋지 않을 수도 있다

자기 자신이나 누군가를 탓하고 싶은 마음을 놓아버려라.
우리는 모두 세상을 이해하고 받아들이려 최대한으로 노력하고 있기 때문이다.
– 루이스 L. 헤이

열심히 한 결과는 보상이다

오빠는 가족의 설 곳을 잃게 하고 도망가버렸다. 가난을 고스란히 안고 가는 것이 가족의 몫이었다. 우리는 가난을 뼈아프게 겪었다. 가난은 나를 강하게 만들어주었다. 우리는 구리에서 살 수가 없었다. 전곡으로 이사를 갔다. 나는 잦은 전학으로 친구가 없었다. 언제 이사 갈지 모르기 때문에 친구를 사귀고 싶지 않았다. 외톨이로 지냈다. 나는 갖고 싶은 것이 있으면 조르고 떼를 써보고 싶었지만 가난해서 그럴 수가 없었다.

중학교에 들어가서는 성적에 신경을 많이 썼다. 수학 선생님께 혼나지 않기 위해서였다. 교실에서 내 자리는 복도 창가 맨 뒷자리였다. 반 친구들은 쉬는 시간이면 도시락을 먹곤 했다. 으레 맨 뒤에 앉는 사람이 망을 본다. 그날도 수학 수업 시간 전에 도시락을 먹고 있었다. 내가 "메밀묵 떴다."라고 큰소리를 지르고 돌아보니 선생님이 내 뒤에 계셨다. 나는 교실 앞으로 끌려 나가 야단맞았다. 그래도 선생님은 화가 덜 풀렸는지 교무실 앞 복도에서 팔을 올리고 있으라 하셨다. 벌을 받는 도중 체육 선생님의 도움으로 빨리 끝났다. 선생님 별명을 부르다가 벌을 받고 있다는 말을 듣고 선생님은 웃으셨다. 그리곤 어서 수업에 들어가라고 하셨다.

내가 교실에 들어가자 선생님은 코를 비틀었다. 또 그러면 봐주지 않겠다고 했다. 그러시고는 숙제를 내어주었다. 모조리 풀어 오라는 것이었다. 그리고 문제를 전부 칠판에 풀어야 된다고 했다. 틀린 것 하나에 한 대씩 매를 맞는다고 했다. 나는 숙제를 모두 풀어갔다. 수업 시작 전에 칠판에다 문제를 풀었다. 내가 술술 문제를 다 풀어내자 다른 것도 풀어보라고 했다. 참고서에서 베껴온 것으로 생각하신 것 같았다. 혼내려고 했는데 의외로 문제를 잘 풀어버리자 앞으로 수학 숙제 문제는 내가 칠판에다 풀어놓으라고 했다. 나는 맞지 않으려고 수학을 열심히 했다. 그래서 수학은 항상 상위권이었다. 다른 과목도 잘하는지 보겠다고 하셨다. 나를 지켜보는 선생님이 무척 무서웠다.

그 일을 계기로 난 수학이 재미있어졌다. 모르는 문제를 풀어가는 희열이라 할까, 문제를 풀고 난 후에 오는 성취감을 맛보게 되었다. 주위 친구들은 수학 잘하는 나를 무척 부러워했다. 나는 가난해서 용돈을 상상할 수 없었다. 친구들은 모여서 떡볶이, 튀김 등 분식을 자주 먹곤 했다. 나는 어울릴 수가 없었다. 그런 나를 챙기고 다니는 친구가 있었다. 친구는 숙제나 모르는 문제를 잘 도와주어 고맙다고 했다. 선생님 별명을 불렀다가 혼이 났지만, 오히려 수학도 잘하게 되고, 친구도 사귀게 되어 좋았다. 무서웠던 선생님 덕에 더 좋게 되었다.

수학을 잘한 것에 대한 보상을 받는 것 같았다. 공부에 자신감이 생겼다. 공부를 잘하면 주위의 부러움을 받고 돈도 많이 벌 수 있을 것 같았다. 나는 스튜어디스가 되고 싶었다. 공부를 잘해야 될 수 있다고 했다. 돈을 많이 벌면서 세계 곳곳을 다니는 일이 멋져 보였다. 선생님은 영어를 잘해야 된다고 했다. 교과서와 단어장을 외우고 다녔다. 공부가 무기라고 생각했다. 공부를 잘해서 좋은 직업을 갖고 싶었다. 나의 꿈이 이루어지는 것 같았다.

집에는 책이라곤 없었다. 아버지가 가지고 있는 천자문책이 다였다. 잦은 이사로 집에 물건은 간단했다. 아버지는 고물을 주어다 되팔아 생계를 이어가고 있었다. 하루는 고물 속에 책이 보였다. 추리소설이었다. 아버지 몰래 책을 가져다가 며칠 만에 다 읽었다. 너무 재미있어 시간 가는 줄 몰랐다. 그 후 책 읽을 궁리를 해보았지만 기회는 잘 오지 않았다.

나는 책을 읽고 싶어서 서점 앞에 서성거리곤 했다. 진열대에 잔뜩 꽂혀 있는 책을 보면 왠지 기분이 좋았다. 용돈을 모아 서점으로 갔다. 키가 크고 인상이 후덕해 보이는 아저씨는 서점 앞에서 서성거린 나를 알아보곤 책을 주고 싶었다고 하셨다. 아저씨와 친해진 것 같아 기분이 좋았다. 책꽂이 맨 아래에 있는 『무정』이란 책을 들고 갔다. 가격이 제일 싼 책이었다. 그러자 아저씨는 다른 책도 한 권 더 주셨다. 나는 몇 백 원으로 책 두 권을 사고 뛸 듯이 기뻤다.

아저씨는 지난 참고서를 준다고 다음에 오라고 하셨다. 또 읽고 싶은 책이 있으면 서점에서 읽으라고 하셨다. 아저씨의 인심에 감동받았다. 아저씨 같은 부모님을 둔 친구들은 마음대로 책을 보며 행복할 것 같았다.

조용한 절망

중학교 3학년 1학기 무렵 큰오빠에게서 연락이 왔다. 통영에서 자리를 잡았다며 부모님께 내려오라고 했다. 나는 중3이라 전학을 못하고 고등학교 지원서를 그쪽에 신청하면 된다고 했다. 큰오빠가 알아서 해준다는 말을 믿고 부모님은 고향으로 내려가셨다. 오빠는 신경은커녕 연락도 오지 않았다. 그러다 입학 지원 시기를 놓쳤다. 내가 가고 싶은 학교에는 원서도 써보지 못하고, 생각지도 않았던 학교에 진학했다. 그래서 전곡에 있는 학교를 다니게 되었다

부모님이 통영으로 내려가자 나는 큰언니와 살았다. 형부가 가끔 노름

나를 잃어버리지 않고 사랑하는 법

을 해서 빚이 있다고 했다. 그래서 언니는 형부와 자주 싸웠다. 언니가 농
번기가 되어 철원으로 모를 심으러 가면, 내가 어린 조카들을 돌봐주어야
했다. 형부는 교대 근무를 했다. 비번인 날은 너무 싫었다. 공부하는 나를
보면 돈 벌어 시집이나 가라고 했다. 눈치가 보여 공부가 되지 않았다.

성적은 자꾸만 떨어져갔다. 사춘기가 오면서부터 학교 가기도 싫어졌
다. 가끔 한탄강에 가서 혼자 실컷 울며 마음을 달랬다. 실망과 좌절감에
빠져 공부에 손을 놓았다. 공부해도 소용없다는 생각이 자꾸만 들었다.
혼자 속만 태웠지 누구에게 말을 해본 적이 없었다. 그렇다고 친구들과
어울려 쏘다니는 성격도 아니었다. 혼자 자신을 삭이며 방황하며 침묵하
고 있었다. 주위에서는 나의 방황에 아무도 관심이 없었다. 그러나 방황
속에서도 공부를 해야 된다는 마음은 변하지 않았다.

나를 두고 고향으로 가버린 아버지를 원망했다. 딸랑 나만 두고 간 것
이 자꾸 너무나 속상했다. 큰언니를 믿고 가셨겠지만 난 외톨이 같았다.
자신들 살기에도 바쁜 언니에게 미안했다. 싸움이라도 하면 나 때문인 것
같아 신경이 쓰였다. 말을 하다 보면 혹시 실수라도 하게 될까 봐 말하기
가 싫었다. 내 마음을 모르는 언니는 뚱하게 있다고 나무라곤 했다. 나는
가족들에게 버림받은 기분이었다.

오빠는 부모님, 동생, 친척에게까지 피해를 주었다. 화술이 좋아서 사

람들이 잘 믿었다. 통영 앞바다가 보이는 곳에 새 집을 샀다. 부모님은 전곡에서 허름한 집에서 살다가 깔끔한 새 집을 보고 마음을 뺏겼다. 80년대에 시골에서 많이 짓는 아담한 집이었다. 오빠는 통영 시내에 한약방을 크게 차렸다. 절에서 침술과 한의를 배운 것으로 한약방을 차렸다. 침술이 좋아서 입소문을 타고 손님이 많이 왔다. 돈을 빨리 벌게 되었다. 하지만 배포가 큰오빠는 다른 것에 손을 댔다가 또 힘들어졌다. 아버지를 고향으로 내려오게 했지만 부모님에게 도움을 주지 못했다.

부모님의 편한 시간은 잠시였다. 오빠는 2년이 지나자 집을 팔아버렸다. 방학이 되어 고향에 내려갔다. 부모님이 본채에 보이지 않아 놀라서 찾아 다녔다. 엄마는 집 뒤쪽에 있는 허름한 창고로 사용하던 방에서 살고 계셨다. 부엌도 딸려 있는 단칸방이었다. 새 주인의 배려로 살고 계셨다. 고향에서 편히 살고 계시는 줄 알았는데…. 말문이 막혔다. 엄마와 나는 펑펑 울었다. 주름진 얼굴, 가녀린 몸에 구부정한 허리를 펴며 나를 바라보는 엄마가 슬퍼보였다. 안타깝고 가여워 마음이 아팠다.

이런 형편에 대학에 간다고 하는 것은 내 욕심 같았다. 그래도 무작정 공부는 했다. 아무도 나를 지지하고 응원해주는 사람이 없었지만, 원하는 직업을 선택하고 결혼을 잘하려면 대학은 졸업해야 한다고 생각했다.

나는 등록금이 적은 교대를 목표로 정했다. 국립은 공부를 어느 정도 해야 했다. 마음을 잡고 공부에 집중했다. 참고서 대신 교과서와 수업시간 배운 것을 공부하며 지냈다. 어느 날 작은오빠가 찾아왔다. 큰오빠가

나를 잃어버리지 않고 사랑하는 법

한의대를 가면 대학에 보내준다는 말을 전했다. 나는 오빠 말에 마음이 쏠렸다. 문과반으로 진로를 정했지만 책이랑 참고서를 사주면 병행해보겠다고 말했다. 담임 선생님도 도와주시겠다고 하셨다. 나는 몇 달 동안 양쪽 공부를 했다. 물리는 너무 어려워 참고 도서가 필요했다. 오빠의 지원을 기다렸지만 끝끝내 연락이 없었다. 바보짓을 한다는 걸 깨닫고, 3학년에 다시 문과 공부를 시작했다.

책임 없이 말만 앞세우는 오빠가 미웠다. 문과와 이과를 오가며 시간을 빼앗긴 것이 억울하고 속상했다. 거기다가 조카들까지 엄마가 돌보게 하니 오빠가 더 싫어졌다. 책임 없는 행동이 모든 사람을 힘들게 하고 있다는 걸 모르는 것 같았다. 그래서인지 지금도 말을 앞세우는 사람을 싫어하는지 모른다. 오빠에 관한 이미지 때문인지 이성에도 관심이 없었다. 그냥 대학 가고 싶은 마음이 전부였다. 대학에 가야만 인생을 바꿀 수 있다고 생각했다.

나는 L친구 덕분에 힘든 학창 시절을 외롭지 않게 보냈다. 모든 면에 모범인 친구와 소통하며 억울하고 답답한 시간을 견뎠다. 삶은 나의 의도와는 다른 방향으로 돌아가려 했다. 그렇지만 나는 그것을 온몸으로 거부했다.

마음이 저절로 단단해지지는 않는다

삶을 너무 심각하게 살지 마라. 삶은 하나의 놀이다.
우리는 그 놀이를 웃고 즐기면 되는 것이다.
– 엘리자베스 퀴블러 로스, 『인생수업』 중에서

다른 사람들도 나 같은 줄 생각했다

나는 생전의 엄마를 떠올리면 지금도 가슴이 먹먹하고 눈물이 난다. 막내딸인 나를 늘 안쓰러워 하셨다. 엄마는 나를 보면 항상 이런 말을 하셨다. 노산에다가 먹는 것이 부실해서 모유가 나오지 않았다고 했다. 모유 대신 보리 삶은 물을 먹고 자랐지만 감기 한 번 걸리지 않고 건강하게 잘 자랐다. 엄마는 내가 결혼을 한 후에도 아플까 봐 걱정하셨다. 엄마의 걱정스런 말에 내가 불쌍한 사람처럼 여겨졌다.

결혼 후 전업 주부로 지내다가 호기심에 마사지를 배웠다. 호기심으로 배웠던 마사지가 생업이 될 줄 몰랐다. 직업을 가지게 되자 삶에 용기가 생겼다. 나도 돈을 벌 수 있겠다는 마음 하나로 이혼을 했다. 빈털터리로 이혼을 하고 세 명의 아들만 데리고 나왔다. 마사지를 하려면 체력이 좋아야 했다. 살기 위해 이를 물고 버티었다. 그래도 아이들과 함께할 수 있어서 행복했다. 샵에서 받는 월급으로 세 명의 아이들을 키운다는 건 쉬운 일이 아니었다. 나는 샵을 차리기 위해 밤낮으로 일하며 돈을 모았다.

벼룩신문을 보고 마사지 샵을 찾아갔다. 마사지 샵에는 4명의 마사지사가 모두 마사지를 하고 있었다. 원장은 손님이 많은데 못 하게 되어 아쉽다는 말을 자꾸 했다. 샵에 손님이 많았으므로 원장의 말이 믿어졌다. 나는 마음이 급해졌다. 다른 사람이 와서 얼른 계약을 할 것 같았다. 계약을 하며 원장에게 이것저것 물었다.

"원장님 고객이 많은데 왜 그만둬요?"

"딸이 내년에 초등학교를 들어가고…. 집이 성내동이라 멀어서 그래요."

"이사 오면 되지요."

"사실은 내가 전도사가 되기 위해 신학을 공부해요."

"아, 그래요? 샵을 운영하면서 공부하기는 힘들지요."

나는 전도사라는 말에 믿음이 갔다. 더 이상 물어볼 필요도 없을 것 같았다. 또 원장은 언어 장애도 있었다. 장애가 있으면서 전도사가 되려고 한다는 말은 100퍼센트 신뢰를 주는 말이었다. 혹시나 하는 마음에 고객에게 판 티켓에 대해 물었다. 차트와 장부를 보여주며 성업 중인 가게를 인수하려면 권리금을 많이 줘야 한다고 했다. 나도 그렇게 생각하고 가게를 인수받았다. '설마 전도사가 거짓말까지 하겠어?'라고 생각하며….

샵을 인수한 다음 날 실장이 원장에 대해 말해줬다. 자신은 여기 샵을 잘 알고 있다고 했다. 원장 욕을 마구 했다. 내가 권리금을 많이 준 걸 알고 원장에게 속았다며 놀라워했다.

설마 하고 반신반의했다. 고객에게 상호와 원장이 바뀌었다고 문자를 날리자 고객이 구름 떼처럼 몰려왔다. 인수하는 사람이 모두 받아주는 조건으로 가게를 넘겼다고 전 원장이 말했다고 한다. 확인해보니 고객 차트에 적힌 것과 손님이 가진 티켓 매수가 일치하지 않았다. 가게를 팔 마음으로 같은 가격에 티켓을 두 배로 주었던 것이다. 고객들은 저렴하게 티켓을 왕창 구매했던 것이다. 설명도 통하지 않고, 고객을 잡고 싶은 마음에 5개월 이상 무료 마사지를 해주어야 했다.

나는 무료 마사지를 해주며 속앓이를 많이 했다. 주위 사람들에게 헛똑똑이라는 말도 들었다. 아들 셋을 혼자 키우고 갖은 일을 겪으면서 살아도 모질고 약지를 못했다. 천성이 나약한 탓인지 대담하고 강하게 살지 못하는 자신이 속상했다.

나를 잃어버리지 않고 사랑하는 법

샵은 날씨에 영향을 받는다. 날씨가 좋은 봄에는 꽃 나들이, 여름은 휴가, 가을에는 단풍 구경, 여행 다니느라 바쁘다. 흐릿하니 우중충한 날이나 비 오는 날에 손님이 더 많다. 그날도 밖에 비가 주룩주룩 내리고 손님이 많아서 정신이 없었다. 열심히 관리하고 있는데 소방서에서 왔다고 했다. 나는 소방서 직원이라고 생각했다.

"소화기 교체하러 왔습니다."

샵에는 이미 비치되어 있다고 말했다. 그러자 소방관은 말했다.

"물론 비치되어 있지요. 하지만 기존의 것은 오래되어 교체해야 합니다."
"아, 그래요?"

나는 소화기를 가져다주었다. 소화기를 가져오겠다며 나가더니 새 것으로 가져왔다. 돈을 지불하고 다시 일을 했다. 한 직원이 마사지를 끝내고 물었다.

"원장님, 아까 무슨 돈을 준 거예요?"
"소화기 교체했어. 오래 됐다고 해서."

내 말을 들은 직원이 확인을 하고 왔다.

"원장님이 속은 것 같아요. 그런 경우 많이 봤거든요. 가게서 가져다가 다시 가져온 것 같아요. 먼지만 닦았지 그대로잖아요."

우리에게 물어보지 그랬냐며 웃었다. 나는 얼른 확인을 해봤다. 이전 것과 같이 오래된 소화기였다. 어리석고 바보 같은 나를 우습게 볼 것 같아 속이 상했다. 나는 사람의 말을 잘 믿고 덜렁대는 면이 있어서 실수를 잘한다. 따져보고 의심해보는 것이 익숙하지 못하다. 왠지 낯 뜨거운 생각이 들어서이다. 상대방을 무시하는 것 같고 실리를 차리는 것이 보이는 것 같아 마음과 다르게 행동할 때가 많다. 설마 하다가 손해를 잘 보곤 했다.

입에 쓴 음식이 몸에는 좋다

아들이 전문대를 다닐 때 6월 말쯤의 일이다. 평소 알고 지내는 언니에게서 전화가 왔다. 상냥하고 밝은 목소리로 말을 했다.

"자기야, 내가 급한 부탁이 있어서 전화했어."

나는 샤워 중이라 통화를 할 수 없었다. 샤워 후 차분하게 생각해보았다. 자꾸만 찜찜한 마음이 들었다. 가끔씩 돈을 빌려 달라고 한 적이 있었는데, 또 돈을 빌려 달라고 할 것 같은 느낌이 왔다. 나는 거절할 방법을 궁리했다. 상냥한 목소리로.

"언니, 무슨 일이에요?"

"사실은 말이야, 내가 쓸 게 아니야. 우리 계원 중에 한 사람인데 아들에게 문제가 생겼대. 급전이라도 알아봐 달라고 해서, 알다시피 내가 여유가 없잖아. 그래서 내가 알아보는 거야. 사정이 너무 딱해…. 자기가 좀 빌려주면 안 돼? 돈 받는 것은 걱정 안 해도 돼. 다음 달에 그 사람이 받을 돈을 내가 챙겨줄게. 부탁해."

"그러게요. 사정이 딱하네요. 내가 빌려줄게요. 그 대신 7월 말까지 꼭 줘야 돼요."

"걱정 말아. 고마워."

상대방의 딱한 사정에 마음이 끌려 빌려준다는 말을 하고 말았다. 좀 전에 거절하려 고민했던 마음은 잃어버렸다. 나는 바로 폰뱅킹으로 입금해주었다. 그런데 평상시 자주 연락하며 보자고 했던 사람이 소식이 없었다. 이상한 마음에 전화를 해보았다. 예감대로 전화를 받지 않았다. 기다려도 연락이 오지 않았다. '아차, 속았다!' 하는 마음이 들었다. 손발이 덜덜 떨려 일이 손에 잡히지 않았다. 당장 아들 2학기 등록금 걱정이 앞섰다. 학비로 쓰기 위해 매월 저축해둔 돈을 귀신 같이 알고 가져가버렸다. 나같이 가난한 사람한테 등치는 사람도 있네 하는 마음이 들고 씁쓸했다.

그 언니는 자신이 계주라며 계원이 되면 편의를 봐주겠다고 같이하자는 얘기를 많이 했었다. 나도 같이하고 싶은 마음이 들었다. 계는 적금보다 이율이 높아서 선호하는 사람이 꽤 있다.

친하게 지내면서 속사정을 서로 말하기도 했다. 그녀는 내 성격상 아들 학비는 준비해놓았을 거라 짐작하고 전화를 한 것 같았다.

언니와 친하게 지내는 동안 형편을 묻고 걱정도 해주었다. 혼자 아들 키우느라 고생한다며 칭찬을 아끼지 않았다. 좋은 친구를 소개시켜준다는 말까지 하며 무엇이든 챙기려고 했다. 내게 항상 다정하고 상냥한 사람이었다. 만남이 오래 되지 않은 사람이 잘해주면 왜 그러는지 생각해보는 게 당연하다. 그런데 나는 그런 부분이 부족하다. 사람을 의심하면 죄가 된다는 생각을 많이 했다. 나쁜 사람이 되는 것 같은 마음 때문이다. 당하고 나서야 깨닫고 후회를 한다. 비싼 밥 사먹었다고 위로하며, 앞으로는 냉정한 판단을 해야 한다고 다짐을 하며 아픈 가슴을 쓸어내렸다.

나 자신을 곰곰이 되짚어보았다. 어릴 적부터 일을 하면 야무지다는 소리를 자주 들었다. 잘해야 직성이 풀렸다. 못한다는 소리가 제일 듣기 싫었고, 무슨 일이든지 먼저 알아서 했다. 그러다 보면 항상 피곤하고 지친다. 직장에 다니면 항상 인정을 받아야 했다. 그런 반면에 나는 허점투성이였다. 다른 사람의 말을 잘 믿었다. 거절도 못하고 다른 사람에게 싫은 소리는 죽기보다 하기 싫어했다. 결점을 감추려고 완벽한 사람처럼 잘하려고 했다. 나는 이런 내 모습이 싫었다.

　예전에 아이들 아빠가 이런 말을 했다. 혼자 살면 사기만 당하고 살 거라고. 자신에게 자주 속아 넘어가는 나를 보고 하는 말인지도 모른다. 연약한 나를 감추기 위해 강한 척하지만 고수에게 지고 만다. 작은 스크래치도 크게 보이는 나는 단단한 강철이 되려고 애를 쓰지만 쉽게 되지 않았다. 어른이 되면 여리고 약한 마음이 단단해지고 모질어질 줄 알았다.

『멈추지 마, 다시 꿈부터 써봐』의 저자 김수영 작가는 현재 유튜브 김수영TV, 출판사 꿈꾸는 지구 대표, 80개국을 여행한 여행가이며 8권의 책을 낸 작가이자 강연가이다. 그녀에게 이런 수식어가 달리게 된 계기가 있다. 건강 검진을 받다가 0기암 진단을 받고 죽음의 두려움을 느끼며 삶을 바라보는 태도가 바뀌었기 때문이다.

그녀는 지독한 가난과 부모님의 불화로 중학교 시절 방황하고 가출까지 했다. 그러다 마음을 잡고 공부하여 대학에 가고 꿈을 찾았다. 그녀는 골드만삭스에 입사하여 케이블 TV에 출연 요청제의를 받았지만 TV출연은커녕 암을 숨기고 혼자 수술을 받았다. 수술은 성공적이었지만 정신적 후유증으로 힘들어했다.

그럼에도 불구하고 그녀는 골드만삭스를 다니면서 '한 번뿐인 인생을 어떻게 살아야 할 것인가'를 끝없이 고민을 했다. '오늘 하루가 어쩌면 인생의 마지막 날일 수도 있어. 미래의 성공을 추구하면서 정작 오늘 행복하지 않다면 그게 무슨 의미가 있을까. 어떻게 하면 매일매일 행복할 수 있을까?'를 생각하면서 하고 싶은 일을 모두 적었다. 그리고 목표의 중요도와 기한을 매기며 한국을 떠날 계획을 세웠다.

그녀는 골드만삭스를 떠나 영국행 유학길에 올랐다. 이후 세계 80개국을 여행하며 자신의 꿈을 이루었다. 어린 시절 불행을 겪으며 생긴 분노를 열정의 에너지로 전환하여 자신을 성장시키는 것으로 사용했다.

04

당연하지만,
어른도
상처를 받는다

아무리 훌륭한 사람이라도 마음의 상처가 없는 사람은 매력이 없다.
타인의 고통을 모르기 때문이다.
– 후지코 헤밍

나도 타인에게 상처를 줄 수 있다

올해 막내가 삼수를 한다고 했다. 아무리 설득을 해도 말을 듣지 않았다. 기어이 삼수를 하겠다는 아들의 고집을 이기지 못했다. 자식 이기는 부모 없다는 말에 공감이 간다. 어쩔 수 없이 지켜보고 있지만 속이 탄다. 막내는 눈치가 보였는지 아빠에게 가버렸다. 속이 상해 밤새 뒤척이다 잠이 들었다. 둘째가 학원에 가기 위해 준비하는 소리에 잠이 깨었다. 형이 되어 동생에게 너무 무관심하다는 생각에 화가 났다. 벌떡 일어나서 아들을 불렀다.

"아들."

"왜요?"

"너희들 동생한테 너무 무심한 거 아니야?"

"갑자기 무슨 소리예요?"

"형이면 동생이랑 진로에 대한 대화를 좀 해야지. 도대체 관심이 없어…."

"그걸 왜 나한테 그래? 엄마가 오냐오냐 해서 그러는 거잖아요. 애를 그렇게 약해 빠지게 키우니까 그렇지."

나는 말문이 막히면서 눈물이 확 쏟아졌다. 순간 오래된 기억이 떠올랐다. 결혼해서 아이들을 키우고 있는 내 앞에서 어른인 큰오빠를 걱정하는 엄마가 이해되지 않았다. 어린아이도 아닌데 뭘 그리 걱정하냐고 엄마를 나무라고 화를 내었었다. 내가 그 입장이 되고 보니 엄마에게 너무너무 미안했다. 엄마 생전에 이렇게 못된 말을 해서 나도 겪는 것인가 하는 생각이 들었다. 과거에 시부모님과 동서는 남편의 잘못이 내 탓인 듯이 말했었다. 아들마저 원망의 소리를 하게 될 줄 몰랐다. 내 마음을 알아주는 사람이 없다는 생각에 눈물이 주르륵 흘렀다. 나 또한 엄마 마음을 이해하지 못했던 것처럼 아들도 같은 마음이라 생각한다. 하지만 서운하고 속상했다. 되돌릴 수 없는 시간, 따뜻한 마음으로 엄마를 위로하지 못한 것이 후회만 되었다.

아침 일찍 갑자기 벌어진 상황에 둘째는 당황해했다. 내가 계속 울자 아들은 심하게 했다는 생각에 나를 달래고 나갔다. 아들의 말도 상처가 되었지만 그보다도 오래전 내가 엄마에게 했던 말이 더 아파서 울었다. 나는 지금까지 엄마에게 상처를 줬다고 생각해보지 않았다. 상처를 받았지 주지는 않았다고 생각했다. 화가 나도 꾹 참고 말을 하지 않았기 때문이다. 그런데 엄마에게 만큼은 아니었다. 남편에게 받은 스트레스를, 엄마가 제일 편하고 만만하기 때문에, 엄마에게 풀었다.

아들의 잘못을 내게 돌렸던 시어머님처럼, 내가 막내에게 속상한 것을 형들에게 화를 전가하려 했던 것이다. 그렇게 하면 자신의 짐이 좀 덜어질까 하는 마음에서였다. 어머님도 내게 그리 하시고 마음이 편치 않았을 거라는 생각이 들었다. 한참 울고 있는 내게 큰아들이 위로의 말을 했다.

"엄마, 둘째가 잘못했네요. 속상하지요?"

마음이 풀렸다.

세르반테스는 비록 많은 사람을 웃기더라도 한 사람에게 상처를 주는 말이라면 나쁜 말이며, 남에게 피해를 주지 않고 사람을 즐겁게 해주는 사람은 훌륭하다고 칭찬 받을 만하다고 했다.

말이란 듣는 사람의 입장에 따라 다르게 들린다. 같은 장소에서 같은 말이어도 사람마다 받아들이는 입장이 다르다. 어떤 사람에게는 꿀처럼 달콤할 수도, 비수가 되어 상처가 될 수도 있다. 물질적인 피해를 주는 사기꾼보다 정신적 가해로 피해를 주는 사람이 더 무섭다.

물질적 육체적 가해만 피해라고 생각하기 쉽다. 말로 받는 상처는 더 오래 가고 깊이 새겨진다. 무심히 뱉은 말이지만 받아들이는 사람은 상상을 초월할 수 있다. 나 또한 시부모님과 주위에서 하는 말 때문에 힘들어했었다. 실패할 때마다 잘못의 원인이 옛날 기억과 맞물리곤 하여 더 힘들었다. 비록 순간에 일어나는 경우라 하여도, 상처가 되는 말은 상대로 하여금 힘들어지게 한다. 사소한 것을 받아 넘길 만큼 여유가 없을수록 더 그러하다.

시간이 상처를 무디게 해준다고?

연말연시면 모임이 많다. 어느 고교 동창 친구 모임에서 있었던 일이다. 초, 중, 고, 대학 모임 중 제일 많이 참석하는 게 고등학교 모임이다. 청소년 시절 철없고 순수한 마음으로 서로의 속을 잘 아는 친구여서 마음이 편하다고 한다. 1차로 식사를 하며 오랜만에 만난 친구들과 그간의 소식을 물어보며 이야기보따리를 풀어놓는다. 적당한 취기에 친구들과 같이 지내고 싶어 2, 3차로 이어진다.

식사 때의 화기애애했던 분위기와 사뭇 다르게 흐르기도 한다. 언성이 높아지면서 옛 학창 시절 있었던 일을 말하기도 한다. 한창 대화가 오고 가는데 갑자기 한 친구가 소리를 질렀다.

"야, 네가 뭔데 나한테 충고질이야?"

육두문자가 오고갔다.

"네가 뭐 그리 잘났냐? 개x…. 옛날에 슬슬 기더니…."

주위 친구들이 뜯어 말려도 소용없었다.

"내가 저 개x…죽이고 말거야. 내가 뭘 잘못했냐고!"
"잘난 척 그만해. 새끼야!"

금방 칼부림이라도 날 듯 분위기가 험악했다. 두 사람은 욕을 하고, 몸을 치고받으며 계속 싸웠다. 그런데 친구들은 태연스럽게 지켜보고만 있었다. 모임 때마다 싸움질을 하기 때문에 말리지 않는다고 했다. K친구는 학창 시절 공부도 못하고 문제 학생이었다고 했다. 지금은 성공해서 당당하고 폼 나게 모임에 참석하고 있다고 했다. L친구는 학창 시절 공부 잘하고 착실한 우등생이었지만, 현재는 사업 실패로 어렵게 지내고 있다고 했다.

두 사람은 격하게 싸우다 병원까지 가고, 모였던 친구들은 흩어져버렸다. 두 사람의 싸움으로 친구들과 가게에 피해를 주고 모임을 끝내었다. K는 학창 시절 공부 못한 것이, L은 현재 사업 실패가 걸림돌이었다. K는 동창 모임에 오면 친구들에게 잘 베풀고 잘 한다고 했다. L친구는 고교 시절 이야기를 꺼내고, 잘난 척 그만하라고 비웃으며, 지금의 친구 모습을 인정하지 않는다고 했다. L의 깐족거림에 참다가 싸움이 시작되었다고 했다. 내가 저러다 친구 간에 원수되겠다고 말하자, 술 마실 때에만 싸우지 평상시에는 사이가 좋다고 말했다. 술을 마시면 과거 친구의 모습을 들춰내어 싸운다고 했다.

K친구는 어른이 된 지금도 과거의 일이 콤플렉스로 남아서 친구에게 상처를 받고 있고, L친구는 우등생으로 친구의 부러움을 받았으나 현재의 친구와 비교되는 자신에게 상처를 주고 있는 것이다. 평상시 감춰져 있던 감정이 술로 인해서 평정심을 잃는 것이다. 친구들 말로는 피터지게 싸우고 내일이면 언제 그랬냐는 듯 지낸다는 것이다. 남자는 욱하면 치고 받고 하기도 한다며 대수롭지 않게 여겼다.

부부 싸움을 하는 도중 물건을 던지고, 욕설을 퍼붓고, 미친 듯이 싸우는 사람도 있다. '저들 부부 내일이면 이혼하겠구나.'라고 생각한다. 그런데 부부는 언제 그랬냐는 듯 웃고 지낸다. 두 친구도 부부 싸움 하듯 모임 때마다 싸운다고 했다. 친구들은 이해가 되지 않지만 으레 그러려니 포기

나를 잃어버리지 않고 사랑하는 법

하며 모임에 나온다고 했다. 아무리 친구라고 해도 싸움을 하다 보면 상처의 골이 깊어지고 언젠가는 돌아서게 된다. 지금 나타내지 않는 것은 자존심 때문일 것이다. 상처가 없어서가 아니라 친구들 앞에서 숨기고 싶은 마음 때문이다.

최은영 작가는『내게 무해한 사람』에서 상처에 대해 이렇게 말했다.

"시간이 상처를 무디게 해준다는 사람들의 말은 많은 경우 옳았다. 그러나 어떤 일들은 시간이 지나갈수록 그 진상을 알아갈수록 더 깊은 상처를 주기도 했다."

이 글이 내 마음에 와 닿았다. 나도 처음에는 상처를 받아도 겉으로 나타내지 않았다. 별것 아닌 것에 상처받는 자신을 속 좁은 사람이라 치부하고 나무랐다. 그러면서 시간이 지나면 괜찮아질 거라고 생각했다. 그러다 다시 상처를 받으면 탑을 쌓듯 쌓아가면서, 언제 무너질지 모르는 탑을 안고 살아가고 있었다. 어른이 되어 결혼을 하고 아들 세 명을 둔 엄마가 되어도 상처에는 무디어지지 못했다.

사람들에게 상처 받았다는 마음이 들 때면 '나는 마음이 넓은 사람이야.', '너그럽고 이해심이 많은 사람이 되어야 해.' 하고 외부로 튀어나오는 감정을 누른다. '이제 나이도 먹었으니', '참다가 안 되면 안 보고 만나

지 않으면 되지.', '이 나이에 속 끓이고 있을 때야.'라고 마음에 주문을 건
다. 시간이 지나면 괜찮아질 것이라 여기면서.

　온갖 구실을 만들어 자신을 억누르지만 마음의 병은 사라지지 않았다.
나는 불면증에 사람 대하는 것이 무서웠다. 혹시 실수라도 해서 상처받는
말이라도 들을 것 같아 긴장했다. 어른이 되어도 상처는 모양만 다를 뿐
나를 괴롭히고 있었다. 나는 상처는 어린아이나 약한 사람이 받는다고 생
각했다. 어른이 되고 성숙하면 상처쯤은 아무렇지 않게 받아들일 수 있을
줄 알았다.

상처를
외면하면
치료할 수 없다

그 앞에서 움츠려 들지 않고 대담하게 뚫고 나갈 결심을 굳힌다면
우리를 가로막는 장애물 대부분은 사라질 것이다.
– 오리슨 스웨트 마든

아파도 아프면 안 되는 사람

나의 하루는 항상 바쁘다. 밤에 일을 하기 때문이다. 오후 4시경 출근하여 2~3시에 퇴근, 새벽 4~5시경 자고 오후 12시쯤이면 일어난다. 바쁘게 일을 한날에는 녹초가 되어 일어나기 힘들다. 더 자고 싶은 마음이야 굴뚝같지만 해야 할 일이 머릿속에 맴돌아서 미련 없이 일어나야 한다.

나는 1인 3역을 맡은 사람처럼 일사불란 빠르게 행동해야 한다. 부지런하지 않으면 집안일과 가게를 잘 유지해나갈 수 없다. 편한 마음으로 늘

어지게 놀기라도 하면 집안은 아수라장이 된다. 세 아이들의 가장이기에 아파도 아플 수 없다. 울고 힘들어하면 아이들이 눈치보고 속상해하기에 내색하지 못했다. 〈원더우먼〉의 소머즈처럼 힘 있고 강한 사람이어야 했다.

일 중독에 걸린 사람처럼 지내는 모습을 보고 쉬어가면서 돈 벌라는 소리를 듣곤 했다. 나도 여유 있게 쇼핑하고 모임에도 참석하고 여행 다니며 편하게 살고 싶다. 하지만 여유도 없고 내가 하지 않으면 당장 생계가 막막해지는 상황이기 때문에 그럴 수 없었다.

나는 마사지를 많이 하다가 손가락이 망가져버렸다. 손가락은 스치기만 해도 아팠다. 심한 통증에 정형외과에 가게 되었다. 의사 선생님은 손을 보며 너무 많이 써서 터널증후군이 생겼다고 했다.

"아무것도 하지 마세요. 손은 많이 사용하면 수술해야 합니다."

나는 할 말이 없었다. 목구멍이 포도청이라고 당장 일을 안 하면 빚을 져야 한다는 걱정만 앞섰다.

손가락을 구부리고 펼 때마다 당겨주는 인대가 달아서 손가락을 펴면 아팠다. 피부 관리는 손이 닿지 않으면 할 수 없는 일이다. 임시방편으로 주사를 맞고 오른손으로 일을 했다. 그나마 왼손이 아픈 것이 다행이었

나를 잃어버리지 않고 사랑하는 법

다. 그러다 갈 때까지 가게 되어 수술을 하게 되었다. 의사는 1년간은 손을 쓸 수 없다고 했다.

샵을 운영할 때 조카며느리가 나의 일을 도와주고 있었다. 조카는 갑자기 큰 질병을 발견하고 일을 그만둬야 했다. 힘들고 어려울 때 옆에서 내 일을 대신해주며 도움을 주었다. 조카처럼 믿고 맡길 만한 사람도 없고 마사지 선생을 구하기가 어려웠다. 힘든 직업이고 기술을 배우면 이직을 해버리기 때문이다. 스치기만 해도 아픈 손으로 아무것도 할 수 없었다. 샵을 정리하고 손가락 수술을 했다.

수술 후 오른손으로 식사 준비도 어려웠다. 마른하늘에 날벼락이 떨어지는 듯, 비참한 생각에 빠졌다. 보험료와 월세 생활비 등등 돈 나가는 소리가 들리는 듯 살아갈 일이 막막했다. 몸으로 일을 해야 먹고 사는 사람의 비참함을 다시 한 번 느꼈다.

내가 샵을 인수한 이후 근처에 우후죽순 샵이 생겨났다. 기존의 기술로는 샵을 유지하기 어려울 것 같았다. 다른 방법을 찾기 위해 각종 세미나에 참석하기도 했다. 특수 마사지 고객을 대상으로 하는 샵으로 만들고 싶었다. 그래서 골격, 비대칭 교정하는 기술을 배우는 2년 과정의 학원에 등록했다. 때로는 샵의 손님을 포기하고 주, 야 모든 강의를 듣고 배우기 위해 미친 듯이 뛰어 다녔다. 시간과 돈을 투자하여 교정하는 법을 배우는 것이 즐거웠다.

샵에서의 수입 대부분이 공부하는 데 사용되었다. 여유는 없었지만 잘

배우면 성공할 수 있다는 자신감으로 배웠다. 그런데 빛을 발하기도 전에 그만둬야 하는 상황과 맞닥뜨리게 된 것이다. 길을 잃은 미아가 된 것처럼 어디로 가야 할지 몰랐다. 내가 의지하고 믿었던 것은 건강한 몸이었다. 아들 셋을 혼자 키울 수 있는 용기는, 건강과 마사지 기술이 있었기 때문에 생긴 것이었다. 지금까지의 노력이 물거품이 되었고, 허망함에 좌절감이 왔다. 실패는 뼈 저리는 고통을 안겨주었다.

나는 학원을 다니는 동안 조금씩 나아져간다는 희망에 미래가 있는 것 같아 행복했었다. 하지만 실패는 나에게, 나는 모든 불행을 안고 사는 사람인가, 가난하게 살 운명인가, 운이 따르지 않는 사람인가, 온갖 부정적인 생각만 떠오르게 했다. 모든 것이 싫고 의욕이 상실되었다.

큰아들은 건강이 좋지 않고, 둘째는 군 입대를 하고, 막내는 학생, 모두 백수였다. 나는 현실이 담장 안에 갇힌 듯 답답했다. 아들 둘은 성인이고 막내는 학생이지만 형이 있으니 괜찮을 거라는 생각을 했다. 그러면서 자꾸만 죽음을 떠올렸다. 나쁜 생각이 나를 이끌고 가면서 우울증, 이명, 치아를 뽑고 각종 질환이 생겼다. 나는 여러 질환으로 병원을 오가며 문득 자신을 보게 되었다. 마음을 다잡아야겠다는 결심을 했다. 내 앞에 떠 있는 찬란한 태양이 잠시 검은 먹구름 때문에 보이지 않는다면, 먹구름이 걷히기를 기다리면 태양은 반드시 다시 떠오른다.

나를 잃어버리지 않고 사랑하는 법

문제와 직면하라, 그러면 답은 곧 나온다

세계 유명 인사들과의 대담 프로를 포함 각종 방송 프로그램을 진행하는 방송인이자 작가인 태비스 스마일리는 이런 말을 했다.

"삶이 감당하기 힘든 시련을 줄 때에는 모든 것을 신에게 위임해라. 신은 해답을 알고 있을 뿐 아니라, 그 자신이 해답이다."

어렵고 힘든 일을 만나면 우리는 피할 길이 없다. 삶은 어려운 수학 문제와도 같다. 수학에는 공식이 있게 마련이다. 어렵다고 수학 문제를 덮으면 영원히 풀 수가 없다. 공식에 문제를 놓고 적용하면서 다양한 방법으로 문제를 풀다 보면 답이 나오게 된다. 어려운 수학 문제를 풀고 났을 때의 희열을 수학을 풀어본 사람이라면 느껴 봤을 것이다. 힘든 시련도 이와 일맥상통한다고 생각한다. 우리에게 신은 분명 풀어갈 만한 공식의 시련을 주었다. 공식을 사용하기 귀찮아서 회피하고, 문제를 풀지 않고, 쉽게 답을 얻기를 바란다. 답을 알고 나면 의외로 간단한 일인데 말이다. 문제는 풀기 위해, 약속은 지키기 위해 하는 것이다.

다양한 직업과 다양한 사람이 사는 세상이다. 힘든 일을 만나지 않는다는 것이 오히려 이상한 일이다. 그건 아무것도 하고 있지 않다는 말과 같다. 힘든 일을 직면했을 때마다 주저앉아 실망하며 울고 있을 것인가? 아니면 자신이 믿고 있는 신에게, 그 신을 붙잡고라도 물어 답을 찾아야 한다. 두드리면 열린다는 말처럼 열릴 때까지 두드려야 한다. 포기하지 않고 답이 나올 때까지 하다 보면, 해답이 먼저 기다리고 있었다는 것을 깨닫게 된다.

　나는 다양한 직업의 사람들을 많이 본다. 하는 일의 특성상 취객이 많다. 술은 때론 강박관념이 강한 사람을 느슨하게 만들기도 하고 날카롭게 비판하게도 한다. 짜여진 틀에서 해방된 기분이 들게 만들어 주는 것 같다. 카운터에 있다 보면 이런저런 말을 하는 사람이 많다. 처음 보는 사람에게 마음을 털어놓기 쉽지 않은데 하소연을 하기도 한다. 다양한 사연도 많다. 과거 힘들게 살다가 이제는 자리를 잡았고, 이제 밥 먹고 살 만하여 여행도 다니고 즐기며 산다고. 야간에 고생스럽게 일한다면서 위로의 말을 하곤 한다. 아무런 이해관계가 없는 사람이지만 위로가 될 때가 많았다. 그들의 사연을 듣다 보면 아무리 힘들고 안타까운 일도 잠시라는 생각이 들었다.

　대부분의 말인즉 과거에는 힘들었다는 것이다. 나만 힘들게 산다고 생각했었다. 다른 사람의 어려웠던 이야기를 들으며 마음의 위로를 받기도 한다. 나이가 들수록 나를 돌아보는 시간을 많이 가져야 한다. 사람들이 낯선 사람에게 말을 하는 것은 누군가 자신의 마음을 알아주기 바라는 마음 때문이다. 과거의 일이지만 힘들게 지냈던 시절에 대한 보상을 누군가에게 받고 싶은 심정일 것이다. 그래서 처음 보는 사람인데도 마음을 털어놓는지 모른다. 위로는 대단하게 해주는 것이 아닌 상대의 말을 들어주는 것이다. 가까운 사이일수록 이해하기보다 이해 받기를 바라기 때문이다. 어려울수록 나누고 보듬어주어 사랑으로 안아야 하지만 인간인지라 실행으로 옮기는 것이 어렵다.

힘들지 않은 사람은 없다. 호화롭게 사는 사람도 속내를 보면 근심 걱정이 있다고 한다. 난 힘들어도 내색을 하지 않는 편이다. 말을 한다고 해결되는 것도 아니고 구질구질한 모습을 보이기 싫기 때문이다. 내 속을 모르고 대단하다고 하지만 기실 그렇지 않다. 아무도 없는 곳에 꼭꼭 숨고 싶었다. 주저앉아서 한 발짝도 내딛고 싶지 않았다. 세상을 등지고 회피하여 도망쳐버리고 싶은 마음이었다.

때로는 편하게 사는 사람이 부럽고, 그렇게 하지 못하는 내가 바보 같아서 자신만 생각하고 살고 싶었다. 하지만 마음뿐 행동으로 옮기지 못하고 어려움 속에서 허우적거리며 살아왔다. 당연히 해야 할 책임이라고 생각하며 지금까지 왔다. 눈에 보이는 성공의 성과가 없는데, 주위에서 대단하다는 말을 하면 창피한 생각이 들기도 했다.

나는 다양한 경험을 겪으며 힘들어도 포기하지 않고 살아온 것밖에 잘한 것이 없다. 힘든 시간을 견디어서인지 마음에 굳은살이 생겼다. 이제 딱딱하게 굳어 있는 살을 제거하고, 새살이 돋아날 수 있도록 좋은 연고를 바르고 싶다. 새살이 돋아나기까지 시간이 걸리겠지만, 시간은 연하고 부드러운 새살을 선물해줄 것이라고 믿는다.

06

내 진심을
모두가
알아주진 않는다

자신부터 존중하라. 옳고 그름을 판단할 수 있는 사람은 당신뿐이다.

- 쉐릴 리츠드슨

진심이라고 다 통하는 것은 아니다

본의 아닌 실수를 했을 때 '혹시' 진심을 알아주는 사람이 있는가요? 알아주는 사람이 있다면 세상을 잘 살아왔고, 행복한 사람이다. 진심이 통한다는 것은 쉽지 않다. 사람들과의 관계에서 흔히 많이 하는 고민 중 한 부분이다. 진심을 몰라주면 무조건 서운하고 섭섭한 마음만 든다. 그러다가 오해하게 되어 싸우다가 결별까지 하게 된다. 상대방의 진심을 알아채는 사람은, 평상시에 진솔한 대화와 마음의 교류가 오갔고, 상대방 본마음을 이해해주는 사람이다.

나는 삶의 전선에서 맨손으로 치열하게 뛰어야만 살 수 있었다. 세 아들에게 의식주를 따듯하고 편안하게 누리며 학교에 다닐 수 있게 해주고 싶은 마음 뿐이었다. 특별하게 뛰어난 능력과 돈이 없으므로 다양한 직업을 접하게 되었다. 돈을 벌기 위해 온갖 일을 해보았지만 쉽게 되는 것은 없었다.

나는 지인의 권유로 H 보험사 설계사로 입사했다. 설계사는 시험만 보면 된다고 하며 적극적으로 찾아왔다. 잘나가는 억대 연봉 설계사가 많다고 했다. 나는 그만큼은 아니더라도 절반은 벌지 않을까 하는 마음이 살짝 생겼다. 또 평상시에 내가 불입하고 있는 보험에 대해서 궁금한 것이 많았다. 보험에 대해 알아보고 싶은 단순한 마음으로 교육을 받았다. 보험교육을 받는 중에 몰랐던 장단점을 알았다. 교육 덕분에 내 보험에 대한 정확한 진단을 내릴 수 있었다. 설계사가 필요하다고 권해주는 보험을 생각 없이 들다 보니 불필요한 보험이 많았다. 정확한 기준을 모르니 궁금한 것을 물어봐도 그때뿐이었다. 그냥 믿고 계약했다. 누가 보험을 들어 달라고 하면 계약을 잘 해주었다. 그러다 아니다 싶으면 해약도 잘했다. 나는 저축보다 보험금 지출이 월등이 높은 악순환을 겪고 있었다.

보험에 대한 불신이 많았지만 교육을 통해 보험을 잘 알고 싶었다. 보험 교육을 받는 중에 설계사로 활동하고 싶은 마음까지 생겼다. 나처럼 불필요한 보험을 들고 있는 사람에게 도움을 주고 싶다는 생각에 마음을 정했다. 먼저 내 보험 중에 중복되고 불필요한 보험은 정리를 하려고 했다. 정리를 하려고 하니 오랜 시간 보험 유지를 하던 설계사와 통화하려고 하니 괜히 미안했다. 전화를 하기 전에 전화를 들었다 놓았다 좌불안석 고민이 되었다. 해약한다는 말을 꺼내기가 쉽지 않았다. 오랜 시간 믿고 들었던 보험이었다. 전부 다 해약하는 것이 아니고 일부 중복되는 부분인데도 그랬다.

그분은 아쉬울 때마다 나를 찾아와 보험을 들어달라고 부탁한 적이 많았다. 그때마다 그분의 부탁을 거의 들어주었지만, 그래도 그분의 입장에서 생각을 해봤다. 기분이 좋지 않을 거란 생각이 들었다. 그래서 콜센터를 통해 해지하려 했다. 일부 해지는 담당자와 해야 한다고 해서 어쩔 수 없이 전화를 했다. 그분은 일부 해지라는 말을 듣고 나를 설득했다. 나도 다른 보험사에 다닌다고 말을 했다. 끝까지 내 생각을 내세우자 갑자기 목소리가 바뀌었다. 화가 난 목소리 톤으로 처리해준다고 하며 알아서 잘하라고 했다. 정확하게 잘 알면 남에게 당하지 않고 살 수 있는 거구나 하는 생각이 들며 어리석게 살아온 내 모습에 화가 났다.

그러면서도 내가 잘못했나 하는 생각이 들었다. 통화하는 모습을 지켜보던 사람들이 해약하면서 왜 그렇게 눈치를 보냐고 물었다. 나는 너무 창피했다. 그 사람에게 약점이라도 잡혀서 눈치 보는 것 같았다. 나는 오랜 시간 알고 지낸 사이인지라 그냥 미안한 마음에 그런 것이다. 전화 통화를 한 후 한참을 생각해보았다. 내가 오히려 화가 났다. 해지하는 부분

나를 잃어버리지 않고 사랑하는 법

이 미안해서 고심하며 전화를 했는데, 내 마음을 몰라준다는 그분에게 야속하고 서운했다.

그 후 그분은 나에게 연락이 오지 않았다. 만약 나였다면 "그래, 잘했어. 열심히 해서 돈 많이 벌어."라고 응원해줄 것 같았다. 사람 마음이 내 마음 같지 않다는 말이 맞다. 나는 매사에 자신의 입장과 의사를 당당하게 주장하지 못하는 자신에게 화가 난다. '그렇게 나약하고 용기마저 없으면서 무슨 설계사를 하려고 해?' 하며 내 자신을 나무랐다. 젊은 시절부터 알고 지내던 사이였다. 내가 단지 고객이었을 뿐 더 이상 아무것도 아닌 사람이었다는 사실을 알았다. 아쉬울 때만 찾아와서 걱정하고 위로하는 척했다는 생각이 들었다. 내가 필요할 때에만 찾아왔다는 생각이 들었다. 나는 마음이 약해서 정에 약했다. 작은 관심에도 호의를 베풀어주는 정에 목말라 있는 사람이었다.

진심을 알아주지 않아도 괜찮아

내 진심을 알아주고 이해해주는 사람을 만나기란 쉬운 일이 아니라는 것쯤은 누구나 안다. 그것은 '진심'이란 말 자체가 어렵기 때문이다. 진심이란 단어를 『한국민족문화대백과』에서 살펴보자.

고려의 지눌이 '진심'이란 말을 즐겨 사용하다가 선종에서 그 뜻을 다양하게 풀이하여 체계화했다고 한다. '진심(眞心)'이란 허망을 떠나 신령하게 밝혀 아는 것이다. 진심의 묘한 본체는 고요하게 모여 온갖 실없는 말들이 끊어졌고, 생겨나거나 없어지는 것도 아니며, 움직이지도 않고 흔들리지도 않아 항상 고요히 머무는 것이다. 이 묘한 본체를 바탕으로 하여 진심의 묘한 작용이 나타나게 된다.

사람의 진심을 알아내는 것이 어려운 것은, 신령하게 밝혀야 알아지기 때문이다. 또 진심을 알아보는 것이 어려운 이유는 형체도, 향기도, 소리도 없기 때문이다. 하나의 묘한 작용으로 이루어진다. 제일 어려운 문제를 풀어가는 과정과 같다. 자신의 경험에 의한 판단과 규정으로 자신만의 정의를 만든다. 그 범주 안에 들어가게 되면 진심이라고 받아들이게 된다. 그것은 아주 위험한 일이다. 그래서 진심에 속고 우는 것이다. 진심은 고요하고 움직이지 않고 흔들리지도 않으며 항상 고요히 머무는 것이라 했다. 온갖 실없는 말을 해도 진심은 알아보는 것이다. 상대의 진심을 알려면 고요함 속에서 관찰해봐야 한다.

나는 진심을 몰라주는 사람들에게 배신감을 느낀 적이 많다. 혼신의 힘을 다해 잘해주다가 뒤통수를 맞기를 잘한다. 어떤 이유인지 모르지만 물렁한 사람으로 비춰지는 것 같다. 잘해줄 필요가 없다는 후회만 하게 된다. 가깝게 지내는 사람에게 마음을 다주고 푹 빠지기 때문에 배신감이 더 크게 올수도 있다. 비교적 배려하면서 챙겨주고 내가 더 많이 잘해주고, 상대의 기분을 맞추어주려고 노력하며 살았다. 잘하다 조금 소홀해지면 멀어지고 나쁜 사람이 되어 있기도 했다. 받는 사람은 계속 해주길 바란다. 끝없이…. 돌아오는 것은 서로에 대한 서운한 마음뿐이었다.

나는 학창 시절에 마음이 통하는 친구를 사귀면 다른 친구들은 신경 쓰지 않았다. 사회에 나와서도 마찬가지였다. 무던하게 오래 가는 것이 좋고 바뀌어 새로운 것에 적응하는 것이 느리기 때문이다. 내성적 성향에 비위가 없어서 쉽게 말을 걸지 못하고 수줍음이 많았다. 그래서 다양하게 사람을 사귀는 일이 부담되고 어려웠다. 나는 모르는 사람 앞에 가면 입을 열기 싫어했다. 많은 사람들과 어울리고 사귀어봐야 사람을 보는 눈이 생긴다. 그런데 나는 사람을 사귀는 일에 소심했으므로 먼저 말을 걸어주고 잘해주면 마음을 열었다. 그러다 괜찮다 싶으면 푹 빠져 잘 지낸다. 그러다 또 멀어지고, 나는 진심이 통하는 사람을 다시 찾아 다녔다.

흔히 이런 말을 많이 한다.

"어떻게 그럴 수 있어?"
"나는 진심으로 대했는데."
"어떻게 사람의 진심을 이런 식으로 짓밟을 수 있어!"

이러면서 억울해한다. 착한 사람의 진심을 이용하고 자신의 욕구를 채우는 사람이 있기 때문이다.

처음에 믿고 잘 지내면서 간이라도 빼줄 듯이 한다. 그런 착하고 순진한 사람 마음을 이용하고 울린다. 순진한 것이 죄가 아닌데 이용 대상에 오른다. 내 어릴 때의 주된 교육의 핵심은 착하게 살면서 공부 잘해야 훌륭한 사람이 된다는 말이었다. 부모님도 마찬가지였다. 착하게 살아라, 어른을 공경해라, 말대꾸를 하면 안 된다. 공손하고 예절 바른 사람이 되어라, 무조건 참아라, 양보해라 등등. 착하면 다 통할 거라고 생각했다. 이제는 그런 말이 진부한 옛말이 되어간다.

어릴 적 들었던 말이다. 서울에 가면 눈을 뜨고 있어도 코를 베어 간다고 하며 서울 간다고 하면 조심하라고 했다. 어린 나의 생각으로는 코를 베어가는 나쁜 사람이 길거리에 많이 다닌다고 생각했었다. 그건 순진한 시골사람이 도시에 물든 약은 사람에게 당하지 말라고 하는 염려의 말이다. 예나 지금이나 순진한 사람은 이용당하기 쉽기 때문이다. 진심을 몰라주는 것에 대해 연연해하지 말아야 한다. 도둑질 당하지 말아야 한다. 누군가 나의 진심을 모르고 짓밟는다면 밟히지 말고 당당하게 말할 수 있어야 한다.

자신과 잘 지내던 사람이 진심을 몰라준다면 자신을 둘러볼 필요가 있다. 예전을 생각하며 변했다고 속상해하지 말고, 상대방과 감성 교류의 부재가 아닌가 하고 생각해볼 일이다. 생활에 묻히다 보면 너도나도 사람의 감정에 신경 쓰지 않는다. 보이는 것만, 믿고 싶고, 듣고 싶은 것만 골라서 자신의 잣대로 판단하고 결정한다. 상대의 진심을 알아보기 원한다면 고요히 차분하게 생각하면 된다. 섣부른 판단보다 진심을 꿰뚫어 볼

나를 잃어버리지 않고 사랑하는 법

수 있는 눈을 가진 사람이 되면 좋겠다. 나도 누군가에게 진심을 몰라주고 서운하게 했을 때가 있었을 것이다.

자신의 마음을 말하지 않아도 알아주는 사람이 있다면 천군만마를 얻은 것보다 좋을 것 같다. 하지만 사람의 마음은 영원하지 않다. 어쩌다가 소홀하게 되면 서걱거리는 모래알 같은 사이가 된다. 어떠한 환경에서도 상대방의 진심을 믿어주는 보석같이 아름다운 사람이 되고 싶다.

07

아이든
어른이든,
아픈 것이 삶이다

행복의 문 하나가 닫히면 다른 문들이 열린다.

그러나 우리는 대개 닫힌 문들을 멍하니 바라보다가 우리를 향해 열린 문을 보지 못한다.

– 헬렌 켈러

어른아이

어릴 적 내가 생각했던 어른은, 무엇이든 막힘없이 뚝딱 할 수 있는 완벽하고 능력 있는 사람으로 보였다. 그에 비해 나의 부모님은 늙고 초라한 모습으로 비춰졌다. 특히 엄마는 가녀린 몸에 연약하고 가여운 모습으로 남아 있다.

나는 눈물을 자주 흘리는 엄마의 모습을 많이 보았다. 어려서 정확한 이유를 몰랐지만 가슴이 아팠다. 엄마처럼 울지 않고 강해지고 싶었다. 엄마를 다른 사람과 비교해보며 강하고 담담해 보이는 사람들이 부러워

했다. 엄마만 슬프고 힘들게 사는 줄 알았다. 엄마가 혹시 나 때문에 그런 것이 아닐까 하고 신경이 쓰이곤 했다. 슬픈 엄마를 보는 것이 싫었다. 그래서 문제가 생겨도 엄마에게 말을 하지 않고 혼자 해결했다. 나는 절대로 부모님께 걱정을 끼치고 살면 안 된다고 생각하며 살았다.

강한 사람으로 살겠다고 다짐했지만 나 또한 잘 우는 사람이었다. 해결책이 떠오르지 않으면 눈물이 앞섰다. 나는 엄마가 마음이 아파 운다고 생각하지 않았다. 그저 속이 상해서 눈물을 흘리는 거라고 생각했다. 우는 모습이 보고 싶지 않아서 위로하기보다는 운다고 핀잔을 주었다. 아들 때문에 속상해하시는 엄마에게 "다 큰 아들 뭣 때문에 걱정해." 하며 엄마의 깊은 마음을 이해하지 않았다. 단순이 한풀이라고 생각했다. 세 아들들이 다 큰 성인이 되었지만 나 또한 엄마와 같은 마음이었다. 자식에 대한 염려와 걱정은 끝이 없다.

이제 온전히 부모님 마음을 이해한 것 같다. 나는 당연히 어른은 강해야 된다고 생각했다. 아프지도 않고, 무엇이든지 해결하는 만능인이 되어야 할 것 같았다. 참고 기다리면 시간이 해결해줄 것 같았다. 내가 잘하고 살면 꼬인 실이라도 잘 풀어질 거라고 믿었다. 어른이면 당연히 참고 인내해야 된다고 생각했다. 결혼 후, 남편은 고칠 수 없어도 자식은 내 생각대로 원하는 방향으로 키울 수 있을 것 같았다. 아들에게 약하고 힘없는 모습을 보여주기 싫었다. 그래서 부부 싸움도 아이들 앞에서만큼은 피하고 늘 의연한 모습으로 지냈다. 내 앞에서 슬펐던 엄마 모습을 떠올리며 강하게 살려고 노력했다.

그러다 이젠 나이 먹은 어른이 되고 말았다. 젊은 시절에 가졌던 강한 마음은 자취를 감추어버렸다. 마음에는 커다란 상자 하나가 놓여 있었다. 단련되지 않은 묵은 찌꺼기들이 오래도록 쌓여진. 자식이 클수록 마음은 약하기 그지없다. 별것 아닌 것에도 눈물을 흘렸던 엄마를 내가 닮아 있었다.

얼마 전 아들과 사소한 일로 말싸움을 했다. 컴퓨터를 배우기는 했지만 자주 이용을 하지 않아 서투르다. 그러다 보니 컴퓨터를 하는 도중 자주 막히게 된다. 그러면 아들을 동원한다. 하루는 아들이 출근해야 할 시간에 물어보게 되었다. '물어보려면 어제 물어보지.' 바쁜 출근 시간에 그런다며 짜증을 냈다. 짜증을 내는 아들을 보자 눈물이 왈칵 쏟아졌다. '아니 이까짓 것 잠깐 봐주는데 짜증이나 내고 자식 잘못 키웠어.', '내가 너희들을 어떻게 키웠는데.'라는 마음이 들었다. 지난 시간이 광선처럼 스쳐가며 내 설움에 그냥 울컥했다.

내 눈물에 아들은 당황하곤 나를 달래고 출근을 했다. 출근하던 아들에게서 전화가 왔다.

'엄마, 미안해요. 앞으로 물어보거나 할 일이 있으면 전날 말해주세요.'

요즘 스트레스가 쌓여 있는 데다가 출근 준비로 바쁜 마음에 짜증이 났다고 말했다. 전화를 끊고 생각해보니 미안했다. 바빠하는 아들을 헤아리지 못하고 내 입장만 생각하고 서운해 하는 자신이 아이 같았다. 어른이 저절로 되는 것이 아니다. 뾰족한 가지는 치고 잘라내어 더욱 성숙한 어른이 된다.

아이들 앞에서 울지 않겠다고 다짐하지만 나이를 먹을수록 빈도가 잦아졌다. 몸이 아프고 돈이 없어도 사기를 당해도 나를 짓밟아도 울지 않았다. 그러다가도 꾹꾹 누르고 있던 감정이 뚝방이 무너지듯 무너질 때가 있었다. 자녀들이 마음을 몰라줄 때였다. 내 서러움에 북받쳐 눈물이 났다. 나는 TV 드라마를 보다가도, 다른 사람의 안타까운 사연을 듣다가도 옆에서 누가 울기라도 하면 같이 눈물이 나왔다. 그래서 여린 마음이 들킬까 봐 감추려고 애를 많이 썼다. 남들에게 강하게 보여야 사기 당하지 않고, 무시하지 않을 것 같아서다. 아이들 앞에서는 더 그래야 된다고 생각했다. 어린 시절 내가 느꼈던 마음을 자식에게 주고 싶지 않았다. 하지만 약한 내 마음은 쉽게 강해지지 않았다.

그런 마음으로 살았지만 나도 아이들 앞에서 이런 말을 듣는다.

"엄마 우는 모습을 보는 것이 제일 싫어. 속상해요. 제발 울지 마요."

나는 어쩜 아이들의 이러한 반응을 이용, 나의 말을 잘 따르게 하기 위한 수단으로 사용했는지도 모른다. 말로서 통할 것 같지 않을 때 사용하는 최고의 무기로. 엄마도 힘들고 아프다는 것을 몰라주다가도 눈물에 반응을 보이기 때문인지 모른다. 나는 일부러 신나고 즐거운 척하며 병원에 입원하고 돈이 없더라도 걱정하는 모습을 보여주지 않았다. 그래서 엄마는 아프지도 않는 강적 같은 감정도 없는 사람으로 보였을 것이다.

어릴 적에 엄마가 울면 긴장이 되었다. 그리고 겁도 났다. 엄마가 어떻게 되지 않을까 하는 마음에 무서웠다. 세상의 전부인 엄마가 울면 세상이 흔들리는 것 같았다. 마음이 아프고 삶에 지쳐서 그랬던 것뿐인데 어른은 아프면 안 되는, 아프지 않을 줄 알았다. 내가 엄마의 마음을 몰랐던 것처럼 아들도 마찬가지다.

병의 시작은 마음에서부터 온다

사람들은 외부로 나타나는 질병이 있을 때에 아프다고 간주한다. 그때부터 신경을 쓰거나 방치하여 병을 키우는 사람도 있다. 단순하게 외적인 요인에 의한 병도 있고, 심적 요소의 작용에 의하여 생긴 질병도 있다. 모든 병의 근원은 마음에서부터 시작된다는 말이 있다. 마음을 다스리지 않으면 병이 낫지 않는다고 했다. 힘든 병일수록 자신의 마음을 살펴볼 필요가 있다고 본다.

현대 의학은 우리가 상상을 할 수 없을 정도로 발전하고 최신 기술이 쏟아져 나온다. 좋은 약은 얼마나 많은가? 맛있는 음식은 지천에 널려 있

나를 잃어버리지 않고 사랑하는 법

다. 마음만 먹으면 얼마든지 쉽게 먹을 수 있다. 또 건강식품은 어떤가? TV를 보면 프로그램마다 건강에 좋은 식품을 앞 다투어 방송한다.

이렇게 좋은 세상이지만 병원을 가면 어떤가? 환자가 넘쳐난다. 유명한 대학 병원이나 명의를 만나려면 하늘의 별을 따는 것보다 더 어렵다. 예약을 한 후 기간만큼 기다려야 명의를 만날 수 있다. 경제적 여건이 되면 가고 싶고, 보고 싶고, 먹고 싶은 것을 얼마든지 할 수 있는 세상이다. 편리한 디지털 세상이다. 그런데 환자는 갈수록 늘어나고 있다. 한 번도 들어 보지 못한 희귀병의 종류가 많다.

지인이 아파서 병문안을 갔던 적이 있다. 하얀 시트위에 누워 있는 환자들을 보면 건강한 것에 저절로 감사한 마음이 들었다. 환자들의 눈동자를 보면 초점을 잃고 슬퍼 보인다. 아프면 힘든 것이 당연하겠지만, 힘든 병일수록 더 그렇게 보였다. 의사는 마음 상태에 따라 회복도 다르다며 마음을 편하게 먹으라는 말을 한다.

루이스 L. 헤이 여사는 『치유』에서 사람이 병이 나는 것은 그에 따른 이유가 있기 때문이라고 말했다. "오랫동안 화를 품고 있으면 차츰 이 감정이 몸을 갉아 먹으면서 '암'이라고 부르는 병이 생기게 된다." 우리의 사고방식은 신체에 영향을 준다고 했다. 정신적 고통이 몸을 아프고 병들게 하는 것이다.

상처를 처음에 받을 때는 감각이 없는 듯하다. 그러나 상처는 받을 때마다 무게가 늘어난다. 상처를 받고 아물기도 전에 다시 받게 되면, 아픔은 점점 커져 감당하지 못할 지경에까지 이른다. 그러다 보면 상처에 짓눌리게 되어 자신을 포기하기도 한다. 상처는 정신을 지배하고 정신과 연결된 몸에 질병이라는 이름으로 나타난다. 일명 스트레스가 암의 원인이라고 대중매체에서 방영을 많이 한다. 세상을 살면서 상처나 스트레스도 받지 않고 살 수는 없다.

문제는 마음이 아픈 것을 방치하는 것이다. 병이 나면 우선 드러나는 부위에만 신경을 쓴다. 병원의 의사들이 밝혀 낼 수 없는 원인을 모르는 질병으로 고통 속에 사는 사람이 많다. 가끔 MBN TV에서 방송하는 〈나는 자연인이다〉라는 프로를 보곤 한다. 기존의 살아오던 방식을 모두 버리고 산으로 들어간다. 자연인이 되어 혼자 사는 모습을 영상으로 보여준다. 자연인은 병원에서 고칠 수 없다고 포기했던 병을, 자연을 통해 치유하면서, 자신의 삶을 사랑하며 극복해가는 모습을 보여 주었다.

자연인을 보면 느끼는 점이 있다. 대부분 몸이 아프면 단순하게 질병으로 생각한다. 마음에서 오는 아픔, 스트레스 이런 것은 염두에 두지 않는다. 육체의 질병 대부분이 마음에서 오는 것이라는 생각이 들었다. 프로그램 방영은 현대인의 지친 삶을 자연을 통해 삶을 치유할 수 있다는 걸 보여주는 것 같다. "건강한 정신이 건강한 육체를 만든다."라는 말에 공감이 간다.

힘들다는 것은, 나이, 직업, 성별, 직업, 상하를 불문하고 누구나 올 수 있는 현상이다. 그 나이에 맞는 비슷한 어려움이 따르기 때문이다. 젊을 때는 대수롭지 않게 여기던 일이 나이가 들수록 어린아이같이 이해받고 싶은 마음이 더 생긴다. 어릴 때의 생각으로는 어른은 아프지도 않고 상처도 받지 않는 신 같은 존재였다. 감당해야 할 의무와 책임 때문에 자신을 희생하면서 상처를 보이지 않았던 것이다.

어른이 되어도 아픈 것은 당연한 일, 아픈 것도 삶의 일부분이다. 어떤 방법으로 풀어나가느냐에 따라 삶이 달라질 수 있다. 삶에 태풍이 몰아쳐 오면 장마철 태풍을 대비하듯 준비하고 대처해가면 된다. 안간힘을 쓰기보다 마음의 여유를 부리고, 힘든 부분은 내려놓고 책임감 있는 어른이 되면 좋겠다.

08

사랑받는 데에는 자격이 필요 없다

당신의 마음이 뭐라고 말하든 당신은 아름답다.
스스로 얼마나 아름다운지 깨닫고 자신만의 아름다움을 받아들이려 한다면
다른 사람들의 의견은 당신에게 어떤 영향도 끼치지 못할 것이다.

– 미겔 루이스

사랑은 자격 있는 사람만 받는 줄 알았다

KBS 드라마 〈왼손잡이 아내〉에서 남자주인공인 수호가 아내 산하에게 하는 말이 기억에 남는다.

"시계는 낡고 언젠가는 멈추겠지만 너와 함께한 시간은 영원이 멈추지 않을 거야. 언제나 넌 나의 기적이야."

주인공이 아내에게 시계를 선물하며 하는 대사였다. 얼마나 멋진 말인

가. 사랑하는 남편이나 아내, 연인에게서 이런 말을 듣는다면 감동의 눈물이 날 것 같았다.

사랑이란 단어가 난무한다. 하지만 사랑에 목말라 갈증에 허덕이는 현시대에 살고 있다. 간단하고 쉬운 사랑의 단어를 표현하고 말하는 것에 인색하고 어려워한다. 특히 가까운 가족들에게. 사랑에는 여러 종류가 있다. 우리가 흔히 알고 있는 사랑에 대해 몇 가지 살펴보겠다. 아가페 사랑은 종교적인 측면으로 하나님의 사랑이라고 한다. 즉 상대방의 존재에 대한 무조건적인 긍정심이라고 한다. 에로스 사랑은 이성 간의 사랑으로 조건이 붙는다. 그래서 조건과 동기가 맞을 땐 사랑하지만 맞지 않으면 미움과 증오로 돌변하기도 한다. 플라토닉 사랑은 육체적 사랑이 아닌 숭고하고 헌신적인 정신적 사랑이라고 한다. 사람들은 조건 없는 아름다운 사랑, 플라토닉 사랑을 동경하기도 한다.

어린 시절을 되돌아보면 부모님의 사랑을 많이 받았다는 것은 확실하게 안다. 하지만 같은 또래라면 대부분 비슷하겠지만 나는 부모님에게서 사랑한다는 말을 한 번도 들어본 적이 없다. 사랑이란 말 자체를 모르는 부모로서 당연한 마음이라고 생각한 것 같다. 사랑이니 뭐니 따질 만큼 여유가 없는 가난하고 배고픈 시대였다. 엄마 아버지는 서로에게 사랑한다는 말을 한 번도 해보지 못하고 가셨을 것이다. 나 역시 생전의 부모님에게 사랑한다는 말을 해드린 적이 없어 가슴 아프다.

'사랑'이란 어떤 사람이나 존재를 몹시 아끼고 귀중히 여기는 마음이라고 한다. 남을 이해하고 돕는 마음 그런 뜻의 함축된 표현이다. 사랑을 굳이 말로 표현하지 않아도 행동에서 느낄 수도 있다. 사랑이란 말은 많이 들어도 거슬리지 않는다. 미워하는 마음을 녹이는 햇살 같은 존재다. 사랑에는 강렬한 빛이 있는 듯하다. 동식물도 사랑을 받으면 튼튼하게 잘 자라는데 만물의 영장인 사람은 더 필요로 하지 않겠는가.

나는 사랑에 목이 마른 우물가의 여인이었다. 먹어도 채워지지 않는 갈증에 허덕였다. 영혼이 텅 비어 있었다. 퇴근 후 늦은 시간 집으로 가는 길이면, 무거운 어깨의 짐을 덜어주고, 힘든 하루, 잘 이겨냈다고 위로해주는 그런 말을 듣고 싶었다. 사막을 혼자 걷고 있는 것처럼 외로웠다. 외딴섬에 혼자 표류되어 구조선을 기다리는 심정이었다. 세상에 나를 이해해주는 이가 아무도 없고, 오직 혼자였다.

나는 진심으로 상대를 사랑하지 않았다. 진심으로 잘해주다가도 상처를 받지 않을까 하는 생각에 마음을 열지 못했다. 그러나 사랑받고 싶은 마음은 간절했다. 상대를 믿고 어떤 말이든 하고 들어줄 수 있는 친구가 있는 사람이 부러웠다. 그런데 나는 자신을 꽁꽁 숨겼다. 본 모습을 보여주는 것이 두려웠다. 자존심에 금이 갈 것 같았다.

자격을 필요로 하지 않는 것은 사랑뿐이다

나 같은 사람을 누가 사랑할까? 나는 20대 초 성폭력의 피해로 인하여 삶이 달라졌다. 그 이후로 내 존재 자체가 싫었다. 모든 것이 절망으로 다가왔다. 사람이 밉고 나 자신은 더 싫었다. 나는 인간으로서 사랑받을 자격이 없고, 꿈, 희망 이런 것들은 꿈꿀 수 없는 버림받은 사람 같았다. '어떻게 하면 자연스럽게 죽을 수 있을까.' 하는 생각만 들었다. 그래서 폭식과 술로 몸을 망가트렸다. 술이 받지 않아 쓰러지고 고통스런 나날이었다. 하지만 죽어지지 않았고 위장병만 얻었다. 내 안의 상처는 감당하기 힘든 고통으로 남았고 외로운 싸움이었다.

나는 마음의 안정을 찾고 싶었다. 도피하고 싶어서 잘못된 선택이란 것을 알고도 결혼을 했다. '나 같은 사람'이 어떻게 결혼을 잘 할 수 있겠어 하는 마음이었다. 비밀을 가지고 있는 나로서는 의논을 할 데가 없었다. 혼자 생각하고 판단했다. 그 정도쯤은 잘 이겨낼 수 있을 것 같았다. 나도 상처와 결점이 많은데 상대의 결점을 비판하고 싶지 않았다. 내가 노력하면 좋아질 것이라고 믿었다. 하지만 결혼은 나의 무덤을 더 크게 만들었다. 삶은 생각처럼 내 편에 있지 않았다. 끝없이 쌓여가는 고통의 무덤을 뒤엎어버리고 싶었다. 이혼이란 딱지 하나 등에 붙이고 세상으로 다시 나왔다. 10년이 넘는 결혼 생활 내내 사랑이란 이름 안에서 잘 살고 싶었다. 당시의 일기장을 읽어보면 이렇게 적혀 있다.

"하나님 저는 마음이 괴롭습니다. 하나님은 원수를 사랑하라고 하지 않았습니까? 남편이 원수는 아니지 않습니까? 아이들 아빠잖아요. 그래서 저는 사랑하려고 합니다. 그런데 정말 힘이 들어요. 억지로 아무리 사랑하려 해도 되지 않습니다. 미워하는 마음은 죄라고 했는데 그 마음이 들지 않게 저를 도와주세요. ─아멘."

남편의 불성실함에 나는 누구에게도 사랑받지 못하는 존재라는 생각만 들었다. 그 사이에서 아이들이 힘들게 살았다. '사랑에는 책임이 뒤따른다.'라고 한다. 그에 부응하는 마음을 행동으로 실천하는 것이 사랑이 아닌가 생각한다. 남편을 보면 사랑과는 거리가 멀었다. 나 역시 사랑해서, 절절해서가 아닌, 출구를 찾기 위한 방편이었다. 주변 사람들은, 선본 후 바로 결혼하고, 정을 쌓아가며 잘 살아가고 있다고 말했다. 하지만 그 말은 나와는 맞지 않는 말이었다.

나는 결혼 전 남편의 중독성 오락을 알고는 많이 망설였지만 고쳐질 거라고 믿었다. 사랑으로 대하고 잘하면 고쳐질 것이라고. 그 생각은 오만이요, 착각이요, 어리석음이었다. 나의 선택을 후회하지 않고, 어리석은 생각이 아니었음을 보이고 싶었다. 매일 절규하며 부르짖어 기도했다. 그렇게 기도했지만 남편은 꿈적하지 않았다. 나는 점점 지치고 경제적 어려움이 나를 압박했다. 나는 남편을 사랑하고 이해하기 위해 온갖 노력을 했지만, 마음이 점점 식어갔다. 잘못된 것을 알고도 선택한 자신을 탓했다. 그래서 모든 것을 참아야 했다.

아들이 감기에 걸려 이비인후과에 갔다. 진료를 기다리다 병원 벽보에

나를 잃어버리지 않고 사랑하는 법

걸린 글을 읽게 되었다. 목소리가 나오지 않은 이유가 적혀 있었다. 나는 아들과 함께 진료를 받았다. 의사 선생님은 경고했다.

"목소리를 잃을 수 있습니다. 스트레스 받지 마시고 마음을 비우세요."

나는 목감기가 오래 가서 목소리가 나오지 않는 줄 알았다. 의사가 했던 말은 충격이었다. 마음을 비우고, 스트레스를 받지 말라고 했다. 그렇게 하지 않으면 목소리를 잃게 된다고. 이혼한 모습을 친인척 친구들에게 보이고 싶지 않았다. 교회를 다니는 사람이 이혼한다는 소리는 더욱 싫었다. 나는 남편을 사랑해왔고 나의 마음은 진심이라고 믿었다. 의사의 말을 들은 후 자신을 깊이 생각해보게 되었다. 나는 자신을 학대하고 사랑하지 않았다. 누구를 사랑하든 사랑은 억지로 되지 않았다.

나는 이혼 후 누군가의 위로의 말이 그리웠지만 사람들과 연락을 끊고 살았다. 어떤 변명도 하기 싫었다. 친구에게 하소연이라도 하고 싶었지만 두려웠다. 직장을 다니면서도 밝은 모습으로 행복한 사람처럼 살았다. 불행을 감추기 위해 무던히 노력했다. 자신의 모습을 감추며 살아간다는 것은 쓸쓸한 일이다. 인생이 빈껍데기 같았다.

『치유』의 저자 루이스 L. 헤이는 있는 그대로의 나를 사랑하라고 했다. 자신이 못나거나 부족해도 있는 모습 그대로 받아들이고 아껴야 한다. 자신을 그대로 인정하고 삶을 살아갈 때에 모든 일이 잘 풀려간다고 했다. 오랜 시간 동안 방황과 갈등 속에 살아오던 내게는 꿀과 같은 말이었다. 많은 상처를 극복한 작가의 삶이 마음에 와 닿았다. 지금까지 판단하고 정죄하며 미웠던 자신을 사랑해야겠다고 생각했다.

자신보다 다른 사람 신경 쓰기에 바빴다. 잘못하면 외면당하고, 버림당할 것 같은 생각 때문이다. 남녀 간의 사랑에 갈급함이 아니었다. 상처에서부터 시작된 허망함과 비관적인 생각을 공감받고 싶었다. 보이지도 잡히지도 않는 그 무엇인가에 목말랐다. 나의 생각에 중심점을 잃었다. 그래서 외로웠고 사랑을 갈망했다.

사랑은 완벽해서, 자격을 갖추어서, 능력이 있어야 받는 것이 아니다. 모든 사람은 지위 고하를 막론하고 사랑받을 존재다. 복음성가에 나오는 가사처럼, 사랑받기 위해 태어난, 축복받은 고귀한 사람이다.

『파리에서 도시락을 파는 여자』로 유명한 캘리 최는 한국인으로 파리에서 성공한 40대 아줌마이다.

가난한 집안의 셋째 딸인 캘리 최는 혼자 상경하여 고등학교를 나왔다. 그리고 일본과 프랑스로 유학을 가고 세계적인 패션학교에서 공부를 했고 사업에 성공해 패션쇼를 열기도 했다.

사업가로 거듭나기 위하여 친구와 자동차 사업에 투자했지만 자동차 사업은 실패를 가져왔고 캘리 최는 10억의 빚을 떠안고 말았다. 빚을 진 그녀는 2년이란 시간 동안 방황하며 희망을 잃어가고 있었다.

센강 앞에서 죽음을 생각했고, 집으로 돌아온 그녀는 현관 앞 거울 앞에 서 있는 푸석하고 볼품없는 자신의 얼굴을 보곤 엄마의 얼굴이 떠올랐다. "키도 크고 예쁜 내 딸", "나의 희망"이라고 부르던 엄마를 떠올렸다. 그런데 이런 모습을 엄마가 본다면 슬퍼할 것 같은 생각에 그녀는 이대로 무너질 수 없었다. '난 자랑스러운 우리 엄마 딸이야. 다시 그렇게 될 거야!', '패배자가 아니라 잠시 힘들어서 주저앉은 사람일 뿐이야.' 엄마의 눈으로 자신의 행복을 바라보며 다시 희망의 끈을 잡았다.

그녀는 마트에 맛있는 초밥 도시락을 팔겠다는 신념으로 사업을 했다. 현재 10개국에 700개의 매장을 만들어낸 성공한 여성 사업가가 되었다.

나를 잃어버리지 않고 사랑하는 법

2장

꼭 좋은 사람이
될 필요는 없잖아요

01

나쁜 사람과
좋은 사람,
그리고 호구

진정한 관대함은 당신이 가진 돈에서 나오는 것이 아니라,
당신이 벌고 쓰는 돈이 진정한 마음에서 우러나와
세상으로 흘러들어가는 것인지에 달려 있다.

– 수지 오먼

솔직하게 말하면 나쁜 사람?

주위 사람들은 당신을 어떤 사람으로 불러주길 바라는가? 좋은 직원, 좋은 이웃, 좋은 엄마, 좋은 부인, 좋은 친구, 좋은 언니 등 많을 것이다. 엄마라면 좋은 엄마라는 소리를 듣고 싶을 것이다. 요리를 잘한다는 소리를 들으면 뿌듯하지만, 가족들에게 먹일 반찬 고민을 하기도 하며 일상을 지낸다. '좋은'이란 말이 붙은 사람이 되는 것은 쉽지는 않은 것 같다.

나의 아들 세 명은 제각각 개성이 다르다. 음식을 하면 입맛이 달라서 호불호로 갈린다. 그러다 보면 모두가 좋아하는 음식을 했다. 그래야만

'잘 먹었다.'라는 말을 들을 수 있다. 아들이 '엄마 음식이 최고야.'라는 말을 하면 행복하고 기분 좋았다. 음식 만들기를 좋아하여 만들었지만 좋은 엄마가 되고 싶었다. 어릴 때는 무조건 맛있다고 하더니 성인이 되자 한 마디씩 했다.

일요일 날 바쁜 마음으로 점심을 준비하고 식사를 하던 중이었다.

"엄마! 이게 반찬이야, 쓰레기야. 무슨 맛이 이래? 나 아무리 먹으려고 해도 못 먹겠어요. 버려요."
"뭐! 너는 어떻게 그렇게 말할 수가 있어? 맛없다고 음식을 버리라고 말해? 엄마가 피곤해도 참고 해주는데 너무 하는 거 아냐? 다른 집 자식들…."

더 이상 하면 말싸움 할 것 같았다.

"내가 웬만하면 먹으려는데 안 되니까 그런 거죠. 맛없는 것을 맛없다고 말하는 건데 왜 그러세요?"
"그래도 만드는 사람 정성을 생각해서 그렇게 말하면 안 되지."

화를 내는 엄마를 보며 억지로 먹고 있었다.

나를 잃어버리지 않고 사랑하는 법

"밖에서는 절대로 그러지 마라. 욕먹는다. 아무리 맛이 없어도 그렇지 앞에서 바로 말하는 게 어디 있어? 다른 집 자식들은 엄마가 해주면 두말 않고 잘 먹는다는데."

비교까지 하며 속을 끓였다. 피곤해도 해주는 엄마의 마음을 몰라주는 것이 서운했다. 무조건 엄마가 해주는 것이 최고라는 말을 듣고 싶어 했다.

맛없는 것을 억지로 먹는 것보다는 의사표현을 하는 것이 맞는 일이다. 아들은 표현하는 방법이 서툴러 기분을 상하게 했지만, 마음이 상하지 않게 적절한 말로 표현할 줄 알면 좋다. 나라면 맛이 없어도 묵묵히 먹었을 것이다. 왜냐하면 밉보이기 싫어서, 좋은 사람으로 보이고 싶어서.

나는 자녀들이 맛이 없어도 잘 먹고, 기분 나쁘고 억울해도 참을 줄 알고, 조금 손해 보듯 살기를 원하고 바랐다. 그래야 밖에서도 어른에게 사랑받을 것 같았다. 사람들과 어울려 식사를 할 때, 맛있게 잘 먹는 사람을 좋아한다. 정말 잘 먹기도 하지만 때로는 먹고 싶지 않을 때가 있다. 하지만 말을 못하고 억지로 먹다가 탈이 나기도 한다.

내 입장을 말하면 상대의 성의를 무시하는 것 같기 때문이다. 두루 둥글게 잘 굴러가게 해야 될 것 같고, 모나게 굴면 좋은 사람으로 보지 않을 것 같아 걱정되었다. 사람들은 음식을 잘 먹으면 성격도 좋고 유순하다며 좋아한다. 나는 음식 잘 먹는 것과 성격이 무슨 상관이 있는 건지 모르겠다. 아마 까다롭지 않다는 생각 때문인지 모른다.

　까다롭다고 해서 나쁜 사람이 아니다. 사람의 성향이 깐깐하고 정확하기 때문이다. 실수하지 않기 위해 짚고 가는 자기 관리를 잘하는 사람이다. 사람은 자신의 입장에서 사람을 평가한다. 조금 어렵게 하고 쉽게 넘어가지 않는다고 나쁜 사람이 아니다. 상대방이 좋은 사람이 되어야 내가 편하기 때문이다. 입장을 바꾸어 생각해보면 이해가 된다. 좋은 사람들과 어울리면 나도 좋은 사람이 될 것 같았다. 상대가 내 생각과 다르다고 나쁜 사람은 아니다. 자라난 환경이나 교육에 의해 사고방식에 차이가 있을 뿐이다.

　나는 아들이 나 같은 사람으로 살지 않기를 원했다. 자신 있게 할 말을 못하는 나를 닮지 않기를 원했다. 그러면서도 사람들에게서 '아들이 착한 사람으로 잘 자랐네요!'라는 소리를 듣고 싶어 했다. 그런 나는 좋은 사람 딱지 때문에 손해가 많았다. 좋은 사람이란 말은 극약과도 같아서 굳은 마음을 녹아내리게 했다.

호구인가? 좋은 사람인가?

　알고 지내는 K동생이 있다. 그녀는 매사가 정확하고 명확한 편이다. 어떻게 보면 냉정하고 매정해 보일 때도 있다. 할 말을 거침없이 하며 싫고 좋음이 분명했다. 내가 보험사에 다닐 때이다. 교육을 수료한 후 그녀에게 보험 이야기를 했다. 이야기를 듣고 난 후, 사정상 지금은 도와줄 수 없다고 했다. 그동안 많이 아껴주고 챙겼는데, 아무것도 아닌 사람이었구나 하는 마음에 서운했다.

　형편이 넉넉하다면 정으로 해줄 수 있겠지만, 동생은 그럴 만큼 여유 있는 사람이 아니었다. 나처럼 우유부단하게, 등 떠밀려 억지로 해주고 후회하지 않는 동생이 현명했다. 자신에게 필요하지 않은 것을 억지로 하는 사람이 바보다. 나의 제안을 거부하고 바른 말을 했다고 동생이 나쁜 사람이 아니다. 동생은 사리가 분명하고 정이 많은 사람이다. 바르게 살고 있으며 검소하고 알뜰하다. 그런 모습들이 보기 좋았고 본받을 점이 많았다. 동생이 좋은 사람이 되어 주기를, 내가 원했던 것이었다.

　나는 그냥 좋은 사람이어야 했다. 따지고 캐묻는 것은 나와는 거리가 멀었다. 그런 내가 음식 타박하는 아들을 이해할 수 있겠는가? 어쩌면 나는, 좋은 사람이라고 생각하는 사람들에게 얄팍한 자존심을 지키기 위해서인지도 모른다. 상대의 기분이 상하지 않게 적절한 표현으로 말을 할 수 있는 사람이면 좋겠다.

　가난할수록 보험이 있어야 한다고 생각했다. 여러 회사의 설계사를 알고 있는데, 오랜 시간 친하게 지내는 L설계사가 있었다. 영업 마감 날짜가 다가오면 전화가 왔다. L설계사는 아들 이름을 부르며 전화를 했다.

　"명진 엄마! 잘 지내지? 요즘 별 일 없어? 아들 셋 키우느라 고생 많지?

대단한 엄마야."

이런 멘트와 함께 대화가 시작된다. 나는 '무슨 부탁을 하려고 전화했을까.' 하고 겁이 난다. 예상대로 보험 들어 달라고 한다. 새로 나온 보험을 설명하며 권유한다. 듣고 싶지 않지만, 아는 사이에 매정하게 끊을 수 없었다.

"명진 엄마, 사실은 내가 요즘 실적이 좋지 않아서 말이야…. 하나 들어주면 안 돼?"

아들에게 딱 좋은 보험이라며 권유를 했다.

"들어주고 싶지만 저도 어려워요. 여유 있을 때 들게요."

L설계사는 죽는 소리를 하며 계속 나를 설득한다. 나밖에 해줄 사람이 없다고 하는 소리에 승낙을 하고 말았다. 후회가 밀물처럼 밀려왔다. "지금 내 형편은 보험을 들 상황이 아니다."라고 똑 부러지게 말을 못했다. 막내 학원비와 둘째 학비에 여유가 없는데도 말이다. 약속을 지켜야 된다는 생각에 머리만 아팠다.

밤새 거절할 방법을 생각하다 잠이 들었다. 나는 핑계거리를 대고 약속을 취소하기로 마음먹었다. L설계사는 아주 좋은 상품이고, 말 나온 김에 설명이라도 들어보라 했다. 어쩔 수 없이 만나고, 설명을 한 후 대납까지 해준다는 말에 계약을 하고 말았다.

나는 어릴 때 착하다, 순하다, 얌전하다, 부지런하다는 말을 많이 들으며 자랐다. 그 말에 목숨 걸고 당연히 그렇게 살아야 되는 줄 알았다. 결혼 후 이혼을 하고, 아들을 혼자 키우면서 많은 시행착오를 통해, 좋은 사람이 결코 좋은 것이 아니라는 것을 깨달았다.

세 살 버릇 여든까지 간다는 말처럼, 몸에 길들여진 버릇이, 알고도 잘 고쳐지지 않는다. 몸에 면역력이 강하고 건강하면 바이러스가 들어와도 이겨내지만, 약하면 아파진다. 마음이 온전하여 자신감과 중심이 있으면, 세찬 강풍이 불어와서 흔들어 대도 넘어지지 않을 것이다. '좋은 사람이야.'라는 말은 귀에 딱지 나게 들었다. 나 또한 좋은 사람을 좋아한다. 그런데 우리는 자신이 원하는 것을 잘 들어주는, 호구가 되어줄 때 좋은 사람이라고 말한다. 나의 부탁을 들어주지 않으면 나쁜 사람이 될 수 있는 것이다. 좋은 사람의 기준을 자신의 입장에서 바라보고 판단한다. 선을 베풀고, 배려와 양보를 할 줄 알고, 겸손하고 사랑이 많은, 그런 사람이 진정 좋은 사람이라고 생각한다. 억울해도 참고, 하기 싫은데 억지로 하고, 늘 손해보고, 후회하는 사람이 좋은 사람이 아니다.

나는 좋은 사람의 늪에 빠져 있었다. 이젠 늪에서 빠져나와 맑고 깨끗

한 숲을 거닐어보자. 내 안의 주인은 자신임을 알자. 나를 호구쯤으로 생각하는 이에게 좋은 사람으로 인정받기보다 진정 인간적이고 판단력과 분별력이 있는, 냉철하지만 정이 있고, 사랑을 나누고, 때론 쓴소리도 할 수 있는, 그런 좋은 사람으로 살아가고자 한다.

나를 잃어버리지 않고 사랑하는 법

02

나만 잘한다고
괜찮은 게
아니니까

관계에 있어 당신은 감정적으로 어떻게 반응하는가?
기쁨, 슬픔, 두려움, 분노 등을 표현하는 방식은 당신의 생각과 신념을 말해준다.
- 디팩 초프라

나만 잘하면 인간관계가 좋아지는가?

『멈추면 비로소 보이는 것들』에서 혜민 스님은 "인간간계는 난로처럼 대해야 합니다. 너무 가깝지도 너무 멀지도 않게."라고 했다. 너무 멀리하면 소홀하여 서운하고 너무 가까이 있으면 상처를 입는다는 것이다. 적절한 거리가 오히려 좋다는 것이다. 인간관계가 좋아야 성공한다고 말할 만큼 중요한 부분이다.

나는 살아가면서 힘든 일 중에 하나가 인간관계이다. 사람들은 나를 보고 성격 좋다는 말을 많이 한다. 어릴 적부터 착하다, 성실하다, 정직하다, 부지런하다, 예의바르다 이런 말을 자주 들었다. "칭찬은 고래도 춤추게 한다."는 말이 있듯, 나도 고래처럼 살려고 했다. 항상 잘해야 한다고 생각했고, 그렇지 않으면 사람들이 떠날 것 같았다. 나이가 들어갈수록 강박관념으로 깊게 뿌리내려져 있었다. 그러다 뿌리를 뽑기에 늦어버렸다는 것을 알았다.

어디가 시작이고 끝인지 모르는 성격 탓에 마음이 힘들었다. 눈에 비친 내 모습은, 존재감을 찾기 위해 허둥거리는 사람으로 보였다. 인정욕구, 존재욕구 등 무엇으로든 채우고자 했다. 그러지 않으면 허탈했다. 갈수록 그런 모습이 마음에 들지 않았다.

예전의 모습에서 새로운 모습의 자신을 내보이는 것이 쉬운 일이 아니다. 아니 하나의 도전이다. 용기가 없으면 할 수가 없다. 방법도 있어야 한다. 그렇지 않으면 오해와 불신이 생길 수 있는 일이었다. 나이를 먹을수록 내가 생각하는 사람들과의 관계가 마음에 들지 않았다.

보험회사에서 교육을 수료하면 본격적으로 설계사로 활동을 한다. 회사에서는 고객에게 컨택하는 일을 제일 중요시한다. 누구라도 만나야만 실적으로 연결된다고 강조했다. 출근을 한 후 팀 미팅이 끝나면 각자 전화를 한다. 근황과 안부를 묻고, 농담을 하기도 하면서 만날 약속을 잘 잡는 그들이 부러웠다.

능숙하게 계약을 잘하는 사람들은 어떻게 잘하는지 궁금했다. 그들은 인간관계가 좋았고, 상대방을 설득하는 능력이 있었다. 그들이 부럽고, 나도 잘 해보고 싶었지만 마음처럼 되지 않았다.

나는 영업 실적이 없고 전화할 곳도 마땅치 않았다. 피해를 주는 건 아닐까, 보험 때문에 전화하는 게 속보이는 것 같았다. 어쩔 수 없이 가까운 지인에게 연락을 했다. 이야기를 하던 중 자동차 보험도 교차로 하고 있다는 말을 꺼냈다. 지인은 만기가 다 되었다며 비교한다고 견적을 뽑아달라고 했다. 견적을 뽑아보니 타사보다 몇 만 원이 비싸게 측정되었다. 거리할증률을 넣으면 실질적으로 차이가 거의 없다는 말을 했다. 그래도 언니는 타사보다 비싸다고 하며 전화를 끊었다.

보험회사를 다니면서 내가 생각하던 인간관계가 부족하다는 걸 알았다. 그런 상황에서 보험료가 더 비싸게 나오면 나도 그럴 수 있다. 비싸다고 해도 정으로 들어줄 것 같았다. 그러면 내게 주는 수당을 돌려주려고 했다. 하지만 내 생각과는 달랐다. 이후 연락이 없었다. 난 돈보다도 P언니와의 인간적인 관계를 생각했다. 전화를 할까 하고 마음을 먹었지만 자존심에 내키지 않았다. 사람들이 다 나 같은 줄 착각했다.

얼마 되지 않은 돈 때문에 인간관계에 틈이 갔다. 진심을 전달하고 섭섭했던 마음을 말하고 예전처럼 좋은 사이가 되고 싶었다. 당시 언니의 형편도 모르면서 잘못하면 오해할 수 있겠다는 생각에 그만두고 말았다. 어쩌면 서로 자존심 상해서 전화하지 않았는지도 모른다.

혼자 살아갈 수 없는 세상이다. 부모, 형제, 자식, 친구, 동료, 이웃 등 서로 얽히고 엮이는 관계에 살고 있다. 오해와 갈등은 생기게 마련이고 그때마다 도망칠 수는 없다. 얽힌 실타래를 풀듯이 인간관계에서 오는 갈등도 풀어가면 된다. 회피하고 도망치려 하면 골이 깊어진다. 한 예로 부부관계에서 더욱 그렇다. 방치와 회피는 체념이 되고, 그래서 돌이킬 수 없는 사이가 되고 만다.

인간관계는 변수다

아무리 죽고 못 사는 사이였어도 결혼을 하고 나면 갈등을 겪는다. 남편과의 갈등보다도 시댁 식구들과의 갈등이 더 클 수 있다. 요즘은 옛날처럼 부모를 모시고 살지 않지만 그래도 만나게 되면 살아온 환경의 차이로 생각이 다를 수 있다. 부모의 교육 방식과 가치관에 따라 다르게 성장하고, 다른 그들이 만나서 같은 생각에 합의점을 찾아가는 것이 쉽지 않다.

맞지 않는 생각을 결혼을 했다고 무조건 수용하고 받아들이는 것이 쉬운 일이 아니다. 이해할 부분은 이해하고 양보하며 노력해야만 행복한 결혼생활로 이어질 수 있다. 고부간, 형제자매간, 동료, 친구들과의 관계에서 힘들어하는 사람이 많다. 요즘은 시어머님이 시집살이를 시키는 시대는 아니지만, 그래도 며느리로서 참고 넘기는 부분은 있을 것이다. 그러다 보면 불만이 쌓이고 부부 싸움의 원인이 되기도 한다.

인간관계에서 오는 갈등을 오래 참으면 마음에 병이 온다. 마음의 병은 정신과를 찾고 심리 상담을 받는다. 이런 사람들이 늘어나고 있지만, 온전한 치유가 되지 않아 힘들어 하는 사람이 많다.

나는 침을 맞으러 자주 다닌다. 집에서 멀지만 일부러 간다. 물론 선생님이 침 놓는 실력이 뛰어나기 때문이기도 하지만, 선생님이 환자를 대하는 마음에서 진심이 전해져오기 때문이다. 뺑 둘러앉아 있는 20여 명에 가까운 환자들에게 돌아가며 침을 놓는다. 침을 놓으며 선생님은 환자의 얼굴을 보며 마음을 읽으신다. 특히 마음이 우울하고 '화'병을 앓고 있는 분을 보면 말을 더 묻고 이야기하게 한다. 환자들은 며느리, 시부모, 남편, 자녀 등 갖가지 고민 때문에 힘들어했다. 마음을 비우고 편하게 생각하라는 당부의 말을 하신다.

그런 모습은 씁쓸하다. 나 또한 인간관계에서 오는 갈등이 많기 때문이다. 자세한 사정을 모르면서 오해하는 사람, 자신의 이익과 맞지 않으면 팽 내쳐버리는 사람을 보며 우울하고 억울해하기도 했다. 그러면 맞서지를 못했다. 항상 손해 보는 쪽을 택하고 혼자 감내했다. 한 뱃속에서 태어난 자식도 다른데 하물며 남남이 같을 수 있겠는가. 다른 것은 당연하다. 다만 이해하고 양보할 부분은 양보하며 비슷한 생각을 맞추고 보완해야 한다. 일방적 희생과 양보는 시간이 갈수록 상처가 되어 사람을 떠난다.

'시' 자가 들어가는 음식은 보기도 싫다고 할 만큼 한이 많은 사람이 있다. 참고 견디다 못해 울화병이 생긴 것. 모든 인간관계를 잘 유지하기 위해서는 상대를 이해하려는 마음이 있어야 한다. 자신의 생각만 주장하기보다 상대방의 말에 귀를 기울여 보아야 한다. 내가 없으면 인간관계도 끝난다. 살아가는 동안 인간관계에서 오는 갈등은 끊임없이 이어진다. 아무 일도 하지 않고, 혼자 외딴섬에 살면 갈등도 없을 것이다. 오히려 사람이 그리울 것이다.

인간관계는 변수와 같다. 주어진 여건과 환경에 따라 관계가 달라지고, 갑과 을이 되기도 한다. 노력하지 않으면 좋은 결과가 없다. 인간관계는 각자 노력해야 한다. 친하고 가까우면 상대에 대한 기대치가 크다. 그에 따르는 서운함이나 기쁨도 더 높다. 날씨가 기압과 기류에 영향을 받듯, 감정도 그날의 컨디션에 영향을 받는다. 어제와 오늘의 생각이 조금 다르듯, 컨디션도 매일 다르다. 컨디션이 좋을 때는 나쁜 말도 이해하고 받아들여지지만, 나쁠 때는 좋은 말도 나쁘게 받아들여질 수 있다. 신이 아니라 약하고 연약한 인간이기에 그렇다.

혼자만 잘한다고 좋은 관계가 되지 않는다. 서로가 서운할 수 있다. 자신의 잘못은 생각하지 않는다. 나는 잘했다고 생각한다. 똑같은 입장이다. 대화를 해보면 오해라는 것을 알지만, 대화를 하지 않으면 끝나는 관계가 된다. 나도 오해를 하면 끝나는 쪽으로 선택할 때가 많았다. 다시 볼 자신이 없고, 자존심이 상했기 때문이다. 그래서 처음 보는 사람을 만나는 것이 제일 어려웠다.

아기가 울면 엄마는 아이에게 젖을 주든지 기저귀를 살펴본다. 그래도 울면 체온을 재어보고 우는 이유를 찾는다. 엄마는 아기의 울음으로 욕구를 판단하고, 아기를 키운다. 그런 무의식이 자리 잡고 있어서인지 어른이 되어도 행동으로 불만을 나타낸다. 화를 내고 트집 잡고 싸운다. 말 못하고 가슴앓이를 하다 우울증이 생기는 사람도 많다. 인간관계를 너무 어렵게 생각한다. 마음이 약할수록 더욱 그렇다.

좋은 관계를 갖기 위해서는 기술이 필요하다. 참지만 말고 때로는 할 말을 조리 있게 전달해야 한다. 판단은 상대방이 하는 것, 내가 상대의 마음에 들고 싶어서 못한다면 평생 말 못하고 살아야 한다. 항상 을이 되어 사는 것이다. 인간관계는 상하수직 관계가 아닌 수평적 관계일 때 서로 행복할 수 있다. 인간관계는 생을 다하는 날까지 같이 가야 할 운명과 같다. 애를 써도 풀리지 않는 관계가 있다면 멀리서 두고 지켜보는 여유를 가져봄 직하다. 끝까지 같이 갈 인연이라면 잠시 소원하다고 떠나지 않는다. 단 너무 오래가지 말고, 진솔하고 솔직한 마음을 털어놓고 서로 이해하고 양보한다면 행복한 관계가 되지 않을까 생각한다.

그걸
거절해도
아무 문제 없다

원하는 것을 부탁할 수 있는 용기를 가져라.

상대방은 허락하거나 거절할 권리가 있으며, 당신은 언제나 부탁할 권리가 있다.

마찬가지로 다른 사람도 원하는 것을 당신에게 부탁할 권리가 있으며,

당신은 허락하거나 거절할 권리가 있다.

– 돈 미겔 루이스

거절을 정당하게 하지 못하면 자신이 망가진다

누군가 당신에게 부탁을 한다면 어떻게 하는가? 들어주고서 후회를 하는 사람도 있고 아예 딱 거절하는 사람도 있다. 전자는 채무에 시달리거나 사람을 잃었을 수도 있다. 부탁은 거절하기 애매하고 어려운 일 중 하나이다.

오래전 아이들이 어릴 적에 또래 친구 엄마들과 자주 만나곤 했다. 그중에 한 언니에게 돈을 자주 빌려주곤 했다. 친구는 내 성격을 알고는 "너는 마음이 약해서 탈이야. 특히 돈, 보증 같은 것은 딱 잘라 말해야 돼. 아

무리 친했던 사람도 돈 때문에 멀어지는 거야. 돈이 거짓말하지 사람이 하는 게 아니야. 명심해." 이런 말을 자주 했다.

내가 만약 부자였다면 돈 빌려 달라는 사람으로 문전성시를 이뤘을 것이다. 나는 마음이 약했다. 사연을 듣노라면 돕지 않으면 큰일이 날 것 같은 생각이 든다. 동정심이 무한 샘솟는다. 그리고 거절을 할 방법이 떠오르지 않는다. 그래서 손 내미는 사람의 손은 거의 다 잡아주다시피 했다. 능력 있는 남편이었다면, '남편 등골 빼먹는 여자'라는 소리를 들었을 것이다. 나는 갑자기 누가 찾아온다고 하면 겁이 났다. 혹시 부탁을 하려고 오는 것이 아닌가 하는 생각이 앞섰다. 부탁을 거절하는 것이 어렵기 때문이다.

내 힘으로 살아야 할 팔자인가 보다, 어렵게 사나 보다, 난 어차피 돈과는 거리가 먼 사람인가 보다 하며 혼자 위로도 하고 자책도 해봤다. 때론 이런 망상도 해봤다. 돈이 많으면 불행하고 어려운 사람을 많이 도울 텐데 나 같은 사람은 왜 돈이 없는 걸까? 어렵다고 하면 도와줄 텐데….

나는 나를 위해 돈을 쓰는 것이 많이 아까웠다. 하지만 다른 사람의 부탁이나 청을 들어주기로 결정하는 것은 빨랐고 곧 후회했다. 처음에는 힘들다는 생각이 들지 않았다. 좋은 일을 하는 것 같았다. 남을 도울 수 있는 것이 좋았다. 그런데 내가 어려움에 처하자 부탁을 들어주는 사람이 아무도 없었다. 내게 부탁을 하지 않았던 사람이 오히려 더 잘했다. 오래전 형님에게 빌려준 돈을 달라고 했다. 그러자 모른다는 말로 일축하며 외면했다. 형님은 집에 불이 나서 오갈 데가 없었다. 내가 자진하여 적금을 해지해서 주었다. 내게 어려운 일이 생기면 해 달라는 말을 하면서. 그런 나는 아들에게 거리의 싸구려 옷을 입히고, 나의 외출복은 단벌 하나면 족했다.

나는 착실한 교회 신도였다. 옆으로 눈을 돌리면 큰일 나는 줄 알고 알았다. 교회의 구역장이었던 나는 전도를 해야 했다. 그래서 하나님을 믿는 사람으로 모범으로 살고자 했다. 남편에게, 형제에게, 이웃에게 무조건 잘하려고 했다. 그러면 전도가 될 것 같았다. 열심히 아이들 봉사를 했고, 사람들에게 좋은 모습을 보이려 했다. 그러다 보니 도움을 청하는 사람도 많았다. 나는 삶과 신앙이 조화를 이루어 살아가는 방법을 모르고 무조건 잘하면 되는 줄 알았다.

나는 이혼녀로, 신용불량자로 살면서도 부탁을 받으면 거절하기가 어려웠다. 똑 부러지지 못한 성격이 무척 싫었다. 이렇게 어려운데도 매정하지 못하고 우유부단한 내가 한심했다. 스스로에게 스트레스를 더 많이 받았다. 남에게는 절대 부탁을 못 했다. 돈을 빌리면 자존심이 바닥으로 떨어지는 것 같았다. 부탁을 하려면 며칠 잠을 설치고 고민해야 했다. 나는 거절당하는 것에 대한 두려움이 더 크기 때문이었다. 그래서 '부탁을 받지도, 부탁을 하지도' 않으려고 했다. 나는 끝없는 불협화음이라도 맞

나를 잃어버리지 않고 사랑하는 법

추어가고 싶어 했다.

거절은 나를 거부하는 것이 아니다

비하인드 작가는『여왕의 연애』에서 거절은 '제안에 대한 거절'이지, 나라는 사람 '존재성에 대한 거절'이 아니라는 말을 했다. 거절에 대한 시원한 답변이다. 나도 거절을 상대에 대한 거절로 생각했다. 거절은 상처를 주고받는 것으로 여겼다. 그래서 거절하는 것도 받는 것도 두려웠다.

대부분 사람들은 거절을 받으면 자신에 대한 거절이라 생각한다. 그래서 기분 나빠한다. 거절은 곧 미움을 받는 것이고, 그래서 자존심이 상한다고 여긴다. 존재 자체를 거부했다고 받아들인다. 거절도 같은 생각이기 때문에 불안하고 미안해한다. 자신이 거절당하는 것에 익숙하지 못하기 때문에 다른 사람에게 거절하는 것을 어려워한다. 거절을 하면 사이가 멀어지지 않을까? 노심초사 고민한다.

특히 돈에 대한 거절은 더 어렵다. 사실 돈이 없어도 거절을 하면 거짓말쟁이라고 생각할 것 같았다. 당장 죽을 것처럼 말하는 사람에게 거절은 잔인하다는 생각마저 든다. 정말 어려운 사람에게는 돈이 있다면 주고 싶은 마음이다. 부탁을 거절하려면 과장을 하고 부풀려야 하는데 거짓말하는 것이 어렵다. 얼굴이 달아올라 벌게지고 죄인이 된 것 같다. 거절을 하려면 허공을 밟는 것 같고 시선을 어디에 둘지 모른다.

때로는 사기 치는 사람이 존경스럽다. 눈 하나 깜빡하지 않고 능숙하게 말하는 것 때문에 사람들은 속아 넘어간다. 사기도 능력이 있어야 친다는 말이 맞는 말 같다. 나의 이런 결점은 사람에 대한 두려움으로 작용하여 사람을 만나는 폭이 좁아졌다. 오래전부터 알던 사람 외에 사람 사귀기가 어려웠다. 『거절당하기 연습』의 지아 장 저자는 이렇게 말했다.

"세상을 바꾼 사람들은 생에 초기에 격한 거부를 많이 겪은 사람들입니다. 간디, 만델라, 심지어 예수조차도, 많은 거절 경험을 겪었죠. 하지만 이들에게는 한 가지 차이점이 있습니다. 이들은 거절에 의해 규정되지 않았습니다. 거절 이후에 나타난 대응이 그들을 규정했지요."

세일즈를 하면 먼저 인맥을 찾게 된다. 그러나 인맥이라고 필요치 않은 것을 억지로 사지는 않는다. 과거에 자신이 해준 것을 생각하며 서운해할 수 있다. 고객은 필요에 따라 선택할 권리가 있다. 거절은 당연한 반응이다. 거절은 받아들이는 각도에 따라 다른 결과를 가져다준다. 거절당했다고 좌절하고 끝내는 사람도 있다. 한 번의 거절로 결론지을 일이 아니다. 거절을 당연한 반응으로 받아들이고 이유를 찾아서 성공한, 세일즈의 왕이 된 사람이 많다.

내가 거절을 잘 못하는 이유가 있다. 고교 시절 대학을 가기 위해 등록금이 필요했다. 오빠와 올케 언니에게 등록금을 부탁한 적이 있다. 올케 언니에게 거절을 당하고 너무너무 서운했다. 등록금을 해주었다면 인생이 달라졌을 거란 생각에 평생 원망했다. 그랬다면 알바하다 상처받지 않았을 거고 모든 것이 달라졌을 거란 생각뿐이었다. 세상이 준 상처에다 언니에 대한 서운함이 보태져서 평생 원망을 우려 먹고 살았다.

무심하고 냉정한 오빠 부부에게 성공한 모습으로 복수하고 싶었다. 하지만 예기치 못한 성폭력으로 인해 삶이 무너졌다. 나는 오빠와 세상에 절망하고, 분노와 미움으로 가득했다. 살면서 이렇게 사는 것이 오빠 때문이라는 생각을 많이 했다. 그 후 나도 누군가의 부탁을 거절하는 것이 두려웠다. 그때 당시의 내 감정이 이입되어 부탁에 대한 거절이 어려웠다. 나는 어린 마음으로 이런 생각을 했다. 여건이 되면 간절한 부탁은 들어줄 거라고.

시련을 겪으며 나이를 먹고 보니 대학을 못 간 이유가 오빠 때문이 아니란 걸 안다. 그건 이유가 아니고 핑계다. 거절당했다고 울지 말고 친언니를 찾아갔다면 어땠을까? 언니가 거절하면 울고불고 떼라도 써야 했다. 그런데 나는 누군가 밥상을 차려주지 않는다고 원망만 했던 것이다. 정말 간절하게 원하면 방법이 나오고 길이 열린다. 소심했던 나는 언니가 거절할 것 같은 두려움에 시도해보지 않고 지레 겁부터 먹었다.

현명하게 판단하는 지혜가 없었다. 올케 언니에게서 받은 거절에 소심함이 더해지고, 자존심이 상했다. 부탁하지 않으면 자존심 상할 일이 없다고 생각했다. 한 번의 거절로 다음의 거절이 두려워져 돈 빌려달라는 말을 해보지 못하고 대학을 포기했다. 진짜 자존심이 어떤 건지 알지 못하면서 자존심을 내세웠다. 어쩜 알량한 자존심을 내세워 포기하고 싶었던 것인지 모른다. 만약 나의 부탁을 들어주었다면 '내 인생이 바뀌었을까?' 자주 나에게 물어보는 말이다.

예수님, 간디, 만델라 등 위대한 위인도 거절을 받았듯이 나도 거절당하는 것이 당연하다. 거절하는 것이 어려운 것은 나약하고 부족한 부분을 감추기 위한 방법이다. '괜찮은 사람'이 되고 싶은 마음에서 비롯된다. '이것쯤이야 괜찮아.' 하는 자만은 버려야 한다. 당당하고 자신감이 있다면 별로 신경 쓰지 않을 것이다. 이름 있는 CEO들이나 부자들은 거절하는 법을 잘 안다고 했다. 그들에게도 많은 사람들이 찾아왔을 것이다. 일일이 모두 들어주었다면 성공하기도 전에 빚더미에 앉아 있었을 것이다. 거절에도 지혜가 필요하다.

나의 제안을 거부했다고 화를 내거나 서운해야 할 일이 아니다. 그런 이치라면 나도 상대방의 제안을 다 들어줘야 하는 것이다. 세상을 살다 보면 크고 작은 부탁을 할 경우가 있다. 또 부탁을 받을 수도 있다. 너무 부탁에 연연하지 말자. 들어줄 수 있는 환경과 여건이 된다면, 선택해도 된다. 단, 내가 하고 후회하지 않을 수 있다면. 부탁은 거절해도 거절당해도 문제 되지 않는다. 그저 본인의 선택이다.

학창 시절 꼴지를 맴돌며 공부와 상관없이 지내던 신왕국 코어소리영어 대표가 자신의 삶이 변화된 계기가 있었다.

어린 시절 친구들과 잦은 싸움을 하며 복싱에 관심을 가졌다. 복싱을 잘했던 그는 고교 시절 시비를 거는 일진 친구를 심하게 때리고 퇴학의 위기는 넘겼지만 스스로 자퇴를 했다. 그는 학교를 자퇴하고 방황했다.

그러나 신왕국 대표가 복싱을 통해 깨달은 바가 있었다. 졌다고 좌절할 필요 없고 주먹을 더 강하게 단련하고 다시 맞서야 한다고 생각했다.

"강한 상대라고 두려워하며 주먹 내기를 두려워하면 일방적으로 맞을 수밖에 없습니다. 상대가 강하고 약하고를 떠나 무조건 맞서야 합니다."

자식을 변화시키려는 아버지의 간절함을 깨닫고, 학창 시절 제일 어려운 영어를 정복했다. 복싱을 배우면 반복적으로 훈련을 해서 몸에 익어야 하듯 영어도 운동과 같다고 했다. 복싱을 연습하듯 영어도 반복적인 훈련을 하고 독학으로 영어를 정복했다.

가난하고 빽 없는 시골 자퇴생인 그는 미국 UC버클리 대학까지 갔다. 간절한 마음으로 자신의 성공한 모습을 상상하며 오늘의 코어소리영어 대표가 되었다.

화를 내도
관계가
깨지는 건 아니다

절대로 말을 섞고 싶지 않은 사람이 있는가?

산 자이건 망자이건, 결코 용서할 수 없는 사람이 있는가?

이제 영원히 마침표를 찍자!

– 크라이언

당신은 화를 자주 내는 편입니까?

나는 순간 화를 내고 있는 자신의 모습을 볼 때가 있다. 평상시 화를 내지 않던 사람도 운전대를 잡으면 욕을 하거나 화를 내기도 한다. 심한 경우 차를 세우고 서로 싸움을 하지만 잘잘못을 판가름 내지 못하고 각자의 길을 가버린다. 잘못을 인정하지 않은 것에 대해 서로 화를 내는 것이다.

강자가 약자에게 화를 내뿜을 때 인신공격을 하기도 한다. 오래전 TV 뉴스에서 유명인이 화내는 모습을 동영상으로 본 적이 있다. 자신의 권력이나 지위를 이용하여 아랫사람이 저항하지 못하게 했던 것. 잘못해서 화를 내기보다 상대를 화풀이 대상으로 여기는 것이다. 화라는 것은 내고 나면 당시에는 속이 후련하다. 속은 시원하지만 한편에는 찝찝하고 후회가 남는다. 별것 아닌 것에 화를 내고 나면 자책감에 괴로울 수 있다. 화를 습관적으로 내기도 한다.

 사람들은 화를 내는 것에 무척 예민하다. 화가 난다면, 때와 장소, 그때의 분위기에 따라 제어할 줄 알아야 한다. 사리에 맞지 않고 억울한 일에 화가 나는 것은 당연하다. 정당하게 자신의 의사표시는 해야 한다. 그 상황에 대해 기분이 좋고 나쁨을 알리는 것이다. 그러나 화는 자신의 입지에 따라서 달라진다. 잘못하지 않아도 상하관계에서는 무조건 참는 경우가 많다. 그래서 직장 내 스트레스로 힘들어 하는 사람을 많이 본다.

 후배의 아들은 대학을 졸업하고 L회사에 취업이 되었다. 취업 대란에 빨리 취직이 되어 엄청 좋아했다. 본인이 하고 싶은 분야여서 더 좋다고 했다. 그런데 후배는 얼마 가지 않아서 걱정을 했다. 아들이 회사 다니는 것을 힘들어한다고 했다. 직장의 고참 상사가 일을 조금만 못하면 인격적으로 무시하며 화를 낸다고 했다. 신입사원들은 그 부분을 견디지 못하고 떠나는 사람이 많다고 했다. 후배의 아들은 몇 달간 견디다가 결국 회사를 그만두었다.

 안타까운 일이었다. 회사에서도 알고 있지만 선임 상사의 전문적인 일을 무시할 수 없어 약자가 떠나는 것이다. 화는 화로 순환을 한다. 딴 데서 받은 화를 만만하고 엉뚱한 곳에서 풀고 그 사람도 또 다른 곳에서 화를 푼다. 물이 흐르듯 나보다 약자에게 흘러간다. 그러다 보면 술 마시게 되고, 서비스업 종사자에게 화를 내는 사람도 있다. 자신이 기분이 나쁘면 작은 실수에도 거침없이 화를 내고 서비스의 질을 따지며, 함께한 일행들의 기분을 망가뜨린다.

손님 중에 가끔 지나가다 먹을 것을 건네주고 가는 분이 있다. 일이 바쁠 때는 전화소리를 듣지 못하거나 확인할 시간이 없다. 그날도 정신없이 바쁘다가 잠깐 쉬고 있는데 전화가 왔다. 전화를 받자 내 문자를 왜 안 보냐고 따지듯이 물었다. 순간 기분이 확 나빴다. 바쁜 사람 붙잡고 장난치는 것 같았다. 화가 나서 견딜 수 없었다. 무엇 때문에 그러냐고 따지고 싶었다. 그렇지만 '고객인데 받아줘야 하나?' 망설여졌다. 순간 판단이 섰다. 아무리 고객이라도 끌려 다닐 수 없다는 생각이 들었다. 여태껏 바쁘게 일하다 이제 시간이 난 것이라고 했다. 바쁘면 문자를 못 볼 수 있는데 왜 그런 걸 따지냐고 물었다. 그런 걸 가지고 전화하지 않았으면 좋겠다고 했다. 내게 억지를 부리고는 너무한다는 말을 했다.

예전에 나는 화를 내지 못했다. 사람들은 소리를 지르고 욕설을 해야 화를 내는 것이라고 생각했다. 화가 나면 자신의 감정을 적절하게 표현해서 상대에게 전달해야 한다고 생각한다. 나 역시 화를 내는 것은 버럭 소

나를 잃어버리지 않고 사랑하는 법

리 지르고 덩달아 상대해주는 것이라고 생각했다. 그래서 화를 내지 못했다. 일단 화를 내고 나면 후처리가 문제가 되기 때문이다. 화를 낸 후 상대방을 어떻게 대면해야 될지가 제일 두려웠다. 감추어진 나의 본색이 들어나는 게 싫었다. 나쁜 사람이 되고, 미움 받는 것이 두려웠다. 차라리 꾹 참고 미움 받지 않고 착한 사람으로 살아가는 편이 속 편하다고 생각했다.

화내는 사람을 좋아하는 것을 보지 못했다. 욱하고 버럭 소리 지르는 사람을 좋아하지 않는 것이 당연하다. 그러다 보니 화는 참아야 된다고 생각했다.

김새해 작가의 영상에서 나오는 일상의 글 중 일부분이다. "이럴 때는 화를 내어도 된다."고 했다. "화를 낼 만큼 중요한가? 분노하는 것이 적절한가? 화내면 뭐가 긍정적으로 변하나? 화낼 가치가 있는가?" 모두 yes인 경우 화를 내도 된다. 화가 날 때 화를 내어야 할 만큼 중요한 것인가를 생각해보게 하는 말이다.

화는 순간이기 때문이다. 그 순간만 넘기면 가벼운 화는 가라앉는다. 시간이 지나도 가라앉지 않는다면 김새해 작가의 영상처럼 생각해볼 일이다. 적절한 화는 관계를 오히려 돈독하게 할 수도 있다. 대부분 화를 낼 때 삼천포로 빠지는 경우가 많다. 화나게 한 본질적인 것은 말하지 않는다. 지금까지 서운하고 속상했던 부분을 끄집어낸다. 다른 것이 개입이 되어 감정 싸움까지 가게 된다. 화를 잘 내는 사람을 보면 그 순간이다. 지나고 나면 태연하다. 아무렇지 않은 듯 대수롭지 않다.

상대방의 화를 받은 사람은 처음은 지나갈 수 있다. 시간이 지날수록 화에 대한 피해가 커진다. 그때서야 자신의 화가 상대방에게 상처가 되는 것을 알아차리게 된다. 화는 가깝고 친할수록 더 잘 내게 된다. 특히 부모, 자녀, 배우자 등 아끼고 사랑해줘야 할 대상에게 화를 분출하기가 일쑤다. 나도 자녀에게 화를 잘 내는 편이다. 내 뜻대로 되지 않을 때, 의견을 수렴하지 않을 때, 가깝다고 함부로 하면 안 된다는 것을 알면서도 화를 내게 된다. 그런데 다른 사람에게는 화내는 것이 익숙하지 않다. 남에게 화를 내면 안 된다고 생각하며 살았다. 억울해도 참는 것이 최선이라 생각했다. 화를 내었다가 인간관계가 깨어지는 두려움 때문이었다.

오래전 친하게 지내는 동생과 잘 다니고 어울렸다. 정확하고 마음 씀씀이가 넓고 인간미가 있는 동생이었다. 자신의 생각에 옳고 그름을 잘 표현하는 점이 무척 좋았다. 직설적 성격이었다. 그러다 보니 화를 낼 때가 자주 있었다. 나는 상대가 화를 낼 만한 상황을 잘 만들지 않는다. 누구와도 잘 어울릴 것 같은 둥글둥글한 성격이라고 한다. 웬만하면 피하고 맞추어주는 편이다. 사람들은 성격이 좋다고 말한다. 그건 나를 모르고 하는 말이다. 속은 끓어도 아무렇지 않은 척 한 것이다. 남의 시선에 맞춘다는 것은 자신의 마음 따위는 생각하지 않아야 할 수 있는 것이다.

나를 잃어버리지 않고 사랑하는 법

하루는 동생이 자신과 같이 동행을 하지 못하게 되자 기분이 나쁘다고 했다. 그럴 입장이 안 된다고 설명을 했지만 뽀로통하며 화를 내고 가버렸다. 둘이 한번도 싸워 본 적이 없었는데, 순간 나도 화가 났다. 쫓아가서 따지고 싶은 마음이 솟구쳤다. 화를 다스릴 방법이 없었다. 순간 입을 다물고 꾹 참았다. 그냥 지나치고 잊어버리려고 생각했다. 그런데 상대가 화를 낼만큼 내가 잘못한 일이 없었다. 일이 손에 들어오지 않았다. 어떻게 해야 억울한 심정을 전할지 방법이 떠오르지 않았다. 언니인 내가 바보 같고 무시당하는 기분이 들었다. 밤에 잠이 오지 않았다.

나는 카톡으로 긴 장문의 편지를 썼다. 그간 동생에게 느끼던 좋은 점과 나를 이해해주고 언니로 대접해준 것에 대한 고마움을 글로 썼다. 그리고 사람들이 있는 앞에서 화를 내어 창피하고 무안했던 것과 화를 낼만큼 잘못하지 않았다는 것을 썼다. 또 속상했다는 말을 썼다. 그러면서 이런 일 때문에 얼굴 붉히고 싶지 않다고 했다. 앞으로 기분 나쁜 일이 있으면 조용하게 지적해주길 부탁했다.

동생은 나의 문자를 읽고 미안하다고 사과를 했다. 만약 내가 같이 소리 지르고 화를 내었다면 둘 다 같은 사람 취급을 받았을 것이다. 그리고 두 사람의 성격상 서로 보지 않을 수도 있었다. 화가 날 당시 많이 생각했다. 나도 같이 맞대응하면 속이 후련할 것 같았다. 그러고 난 후의 참상이 떠올랐다. 그래서 현명한 판단을 할 수 있었다. 잠시 시간을 두고 생각했다. 화가 났다는 것을 묻어두면 안 된다는 생각이 들었다. 나도 화가 났다는 것을 전하고 싶었다. 내가 생각한 방법대로 마음을 전달하고 나니 속이 후련했다. 미운 마음과 서운함이 싹 날아갔다. 그 당시 같이 맞서고 싶었던 자신이 오히려 부끄러워졌다.

화내는 방법을 우리는 너무 쉬운 방식으로 택해버린다. 소리 지르고, 물건을 던지고, 욕설을 퍼붓고, 다양하다. 상대가 정말 잘못한 상황이라도 욱 하는 상황은 도리어 자신을 깎아내리는 것이다. 화를 잘 내는 사람은 습관처럼 내기도 한다. 화를 내는 사람은 병도 없을 거란 속설이 있다. 화를 참는 사람이 병이 온다는 말이 있듯이, 무조건 참는 것은 좋지 않다.

독일의 철학자 임마뉴엘 칸트는 "화를 내는 것은 타인의 잘못으로 자신을 벌주는 것이다."이라는 명언을 남겼다. 내 안의 화를 타인을 이용해 쏟아낸다는 뜻일 것이다. 가끔 우리들도 그런 경우를 접할 때가 있지 않은가? 못난 자신이 싫고 뭐든 잘되지 않아 화가 날 때, 누군가 나에게 걸리기만 하면 화를 쏟아내고 싶었던 마음, 그런 마음 한 번쯤 가져보았으리라 생각한다. 작은 실수는 덮어주는 아량이, 큰 실수는 야단칠 수 있는 용기가 필요하다. 그게 진정한 화를 내는 것이 아닐까 생각한다.

나를 잃어버리지 않고 사랑하는 법

05

'착한 사람'이라는 말의 함정

더 사랑하는 마음, 더 동정하는 마음을 갖고 덜 거친 사람이 되려고
노력하고 있는 중이라면 당신은 이미 올바른 길로 가고 있는 것이다.
– 브라이언 L. 와이스

착하다는 말에는 거부하지 못하게 하는 힘이 있다

착한 사람이란 말은 시대에 따라 다르게 받아들여진다. 우리 시대의 부모님들은 앉으나 서나 하시는 말씀이 착한 사람이 되어야 한다고 했다. 어릴 적에 아버지는 착한 딸이라며 늘 칭찬하셨다. 착한 사람이 훌륭한 사람이 된다고 하셨다. 나는 착한 사람의 기준은 모르지만 무조건 착하면 되는구나 생각했다. 거짓말하지 않고, 진솔하고, 정직하며, 어른을 공경하고 형제간 우애 있고, 부모에게 효도하는 사람이 착하다고 배웠다.

그러나 살아가면서 착하다는 말은 들을 때면 부담이 된다. 착하다는 말

을 자주 듣게 되면, 상대방이 나에게 어떤 것을 기대하면 그걸 맞추고 싶은 심리가 생긴다. 이것을 피그말리온 효과라고 한다. 처음에는 이것저것 시키는 대로 해주게 된다. 그러다 이용당하는 느낌이 들게 된다. 어느 순간 부탁을 들어주다 그만두게 된다. 그러면 배신감을 느끼고는 착한 사람인줄 알았는데 아니었다는 듯 실망한 태도를 보인다. '너는 착하기 때문에 나의 부탁을 들어줘야 해!' 하는 것과 같은 말이다. 이런 경험이 잦다 보면 스스로에 대한 자존감도 낮아지게 된다. 사람에 대한 신뢰감이 낮고, 낯선 사람과 처음 대하는 것도 어려워진다. 늘 만나던 사람, 속을 아는 사람만 편하게 만나게 된다.

착한 사람들이 대체로 상처를 잘 받는다. 좋은 관계를 위해 어쩔 수 없이 떠밀려 하기 때문이다. 착하다는 말은, 거역할 수 없는 힘을 실어준다. 자신이 정말 착하다는 고정 관념에 빠진다. 그래서 착한 사람 콤플렉스에 빠져 힘들어한다.

예전에 마사지 샵을 운영할 때 일이다. 고객들은 인상이 좋고 착해 보인다는 인사를 했다. 티켓팅하는 동안이라도 온갖 칭찬과 서비스 받기를 원했다. 처음에는 진심인 줄 알고 해주었지만 말뿐이었다. 오히려 말없이 오는 사람들이 소개도 하며 잘했다. 이익을 챙기는 것은 수단이다. '나도 어딜 가면 그렇게 해봐야지.' 한다. 나에게는 쉬운 일이 아니었다. 얕은 수를 쓰는 것 같다는 생각이 들기 때문이다.

나를 잃어버리지 않고 사랑하는 법

고객들은 대부분 티켓을 끊어놓고 관리를 받는다. 한 고객에게서 전화가 왔다. 남아 있는 티켓이 얼마나 되는지 물어왔다. 고객 차트를 보니 1번에 서비스 2번이 남아 있었다. 환불을 해달라는 말을 했다. 고객에게 환불은 1회 비용만 돌려준다고 했다. 이왕이면 마사지를 받기를 권유했다. 그러자 3번 남은 것으로 계산해서 보내달라고 했다. 티켓은 10회를 다 받는 조건으로 서비스를 해드리는 것이라고 설명을 했다. 그럴 수 없다고 하자 갑자기 욕을 퍼붓기 시작했다. 반말에 미친년, x년, 온갖 욕을 해대었다. 들어보지도 못한 상스런 말이었다. 귀를 막고 그만하라고 했지만 소용없었다.

고객들이 관리를 받고 있어서 크게 말을 할 수가 없었다. 참다못해 전화를 끊으면 또 하고 반복했다. 찾아와서 망신을 준다며 윽박지르기며 협박까지 했다. 바쁜 중에 일도 못하고 욕만 먹고 있을 수 없었다. x년이라는 말을 수십 번은 했다. 나는 더이상 듣고 있을 수 없었다. "그래, 나 x년이다 어쩔래?" 반말을 하면서 돈은 찾아오면 주겠노라고 했다. 그리고 전화를 끊어버리자 벨이 계속 울렸다.

나는 전화를 끊고 난 후 손발이 떨려 일을 하지 못했다. 하던 일을 관리사에게 넘기고 숨어버렸다. 쫓아와서 난리를 칠 것 같은 생각에 머리가 아팠다. 나는 원칙대로 한 것인데 억지를 부리고 난리를 쳐서 주려고 했다. 손님의 억지 주장에 내가 잘못한 것 같은 생각이 들었다. 당장 쫓아와서 머리채를 휘감고 흔들 것 같은 생각에 무서웠다. 싸워보지 않아 생각만 해도 눈물이 났다. 저렇게 억세고 강한 여자를 감당할 자신이 없었다. 내가 두려워하자 잘못이 없다며 손님들과 관리사들은 위로해주었다. 하지만 고객은 오지 않았다. 다음 날이고 아무 때나 찾아올 것 같았다. 말뿐 행동은 뒤따르지 않았다.

자신이 욕을 해도 처음에 침착하게 듣고 있었다는 것을 알고 있었다. 나와 싸울 작정을 한 것이었다. 내가 맞대응을 할 때까지 퍼부었던 것이다. 참다못해 반응하는 나에게 신이 나서 이렇게 말했다. 손님에게 그렇게 말해도 되냐며 달려 와서 따지겠노라고. 평상시 샵에 오면 착해 보이는 나를 만만하게 봤던 것이다. 올 때마다 불만을 터트렸고, 비위를 맞추어주고, 자신을 떠받들어주는 것을 좋아했다. 나는 샵 원장으로서 카리스마가 없었기 때문에 손님에게 끌려 다녔던 것이다. 나는 거리를 다니다가 그 고객을 만나게 될까 봐 걱정되었다.

'착해서 탈이야.' 하는 소리를 많이 듣는다. 바보 취급 하는 것 같아 과히 기분이 좋지 않다. 나도 알고 있지만 냉정하게 굴지 못한다. 그래서 그런 말을 들으면 속상하다. 사람의 마음을 모르고 함부로 말할 일이 아니다. 오래전에 남편의 폭력으로 머리를 다쳤다. 형님이 나의 말을 듣고는 그런 사람을 가만히 두냐고 했다. 자신이라면 얼굴을 물어뜯어버린다고 했다. 너 죽고 나 죽는다고 하라고 했다. 절대로 가만 있지 말라고, 그러면 다시 그러지 않는다고 나를 가르쳤다. 일리가 있는 말이지만, 용기가 없었다. 싸움을 어떻게 해야 할지 엄두가 나지 않는다. 나는 참지 못하고 싸우는 것보다 싸우지 않고 헤어지는 쪽을 택하는 것이 더 좋았다.

착한 덫에서 빠져나와야 산다

나는 억세다는 아들 셋을 키우면서도 착한 엄마였다. 아들을 보면 끊임없는 잔소리가 떠오르지만 참았다. 제일 힘든 것은 아들들 야단치는 것이었다. 머릿속에 야단칠 것을 준비해두었지만, 막상 얼굴을 보고 말하려면 눈물이 앞서서 울먹이게 되었다. 처음에는 아들과 씩씩거리고 말이 오가며 논쟁을 벌인다. 그렇게 몇 마디 논쟁을 하면 눈물이 나서 울게 되어버린다. 아들은 황당해했다. 야단은 흐지부지 넘어가버리곤 했다.

야단을 칠 때면 이런 말이 떠오른다. '제대로 해주는 것도 없으면서 바라는 게 많구나.' 하는 생각이 들었다. 능력 없는 엄마에다 실패한 인생을 살면서 훈계하는 것이 부끄러웠다. 자격 없는 엄마라는 자책감이 들었다. 회한의 눈물이 나는 것이다. 그래서 아이들에게 공부를 강요하지 않았다. 나는 일이든 공부든 자신이 알아서 해야 한다는 주의이다. 바쁜 생활에서 아이들을 일일이 신경 쓸 수 없어서 만든 변명일수도 있다. 그런 나를 주위에서는 착한 엄마라고 불렀다. 아들 셋이면 욕은 기본이라고 하는데 욕하고는 거리가 멀었다. 아들 엄마는 드세고 강한 욕쟁이로 변한다고 했다.

아들을 야단치지 않는다며 아들을 둔 엄마 같지 않다고 했다. 착한 엄마라고…. 사실 나라고 큰소리로 야단 치고 싶지 않겠는가? 성질대로 한다면 집에 물건이 남아 있지 않았을 것이다. 사춘기를 시작해 아이들과 오는 갈등을 말로 표현하기 어렵다. 혼자 머리를 싸매고 누워 있어도, 엄마가 밥을 먹지 않아도, 잠을 못 이루어도, 고민하는 엄마 마음을 아무도 알아주지 않았다. 방도가 없을 때는 그냥 두는 것이 최선이라는 생각이 들었다. 어설프게 건드리면 하지 않는 것보다 못하다는 말처럼. 참는 것이 답이었다. 엄마가 마음이 좋아서 그런다고 했다. 정말 착한 엄마라고…. 그런 말을 들을 때면 가슴이 녹아내리는 것 같았다. 내가 착해서가 아니라 현실을 인정하고 참아야 하기 때문이라는 것을 말하고 싶었다.

착하다는 말은 때로는 비굴하다는 생각을 안겨주기도 한다. 어쩔 수 없이 체념하고 포기하는 것 같다. 싫어도 말 못하고 내색을 하면 안 되는 사람이다. 상대의 비위를 맞추어주고는 자괴감에 빠지곤 한다. 사람들은 내가 착하니까 상대도 착한 줄 안다. '사람 마음 내 마음 같지 않다.'고 하는 뒷말을 한다. 내 마음 같다면 배신도 사기도 당하지 않을 것이다. 시비와 다툼도 많지 않을 것이다.

사람들은 내가 착한 사람이 되어주기를 바란다. 자신의 말을 거역하지 않고 순응해주기를. 나는 모순 속에서 갈등을 겪었다. 다른 나의 생각을 말하면 나쁜 사람이 된다는 믿음. 그 믿음을 깨는 것이 쉽지 않다. 용기가 필요하다. 용기는 자신을 믿는 자신에 대한 신뢰에서 시작된다. 사람들

나를 잃어버리지 않고 사랑하는 법

의 반응에, 기대에 부응하려는 마음을 버리면 된다. 그래서 착한 사람이 되지 않더라도 흔들리지 않을 자신이 있어야 한다. 나를 신뢰하지 못하면 착한 굴레에서 벗어나지 못한다.

나쁜 사람과 착한 사람의 차이는 보는 입장에 따라 다르다. 우리는 때론 착한 사람, 나쁜 사람이 될 수 있다. 착하다는 말에 연연하지 말자. 그렇다고 남을 무시하고 자신만 소중히 여기라는 말이 아니다. 봉사도, 희생도 베푸는 것도 스스로 좋아서 할 수 있으면 좋겠다. 나는 진정으로 착하고 좋은, 괜찮은 사람이고 싶다.

06

가치를
증명하지 않아도
괜찮다

당신을 표현하기 위해서는 먼저 당신이 바라는 것을 생각해보아야 한다.
음악을 듣거나 노래를 따라 부르거나 하는 그 어느 순간에도 상관없다.
– 도린 버추

존재하는 것만으로도 가치 있는 삶이다

나는 가치하면 명품이 떠오른다. 옛날에는 명품하면 부자의 소유물로 생각했다. 요즘은 마음만 먹으면 카드로 쉽게 살 수 있다. 옛날과 달리 명품의 가치가 많이 떨어졌다. 그래서 한정판을 만드는 등 여러 방법을 동원하는 것으로 알고 있다. 아무리 흔해져도 명품은 가지고 싶어 한다. 명품의 가치를 알기 때문이다. 브랜드마다 차이는 있지만 비싸기 때문에 짝퉁으로 대체하기도 한다. 그런 사람의 욕구를 채우기 위해 짝퉁 시장도 활성화되어 있다. 짝퉁을 자세히 보아도 진짜와 구별하기 어렵다고 한다.

비싼 명품은 경제력의 상징이다. 자신을 세련되고 품위 있게 만들어준다.

우리는 살아가면서 자신의 가치를 인정받기 위해 부단하게 노력한다. 가치 없는 인생이란 없다. 사람은 누구나 소중하고 귀한 존재이건만 가치를 부여하며 산다. '나라는 사람은 과연 세상을 살 만한 가치가 있는가?' 하고 의문이 생긴다. 10대에는 공부 성적에 가치를 둔다. 공부 못하는 학생은 그림자 취급을 한다. 그렇게 10대를 보냈지만 어른이 되면 닮은꼴의 어른이 되어 있다. 하지만 세상은 성적순이 아니라 능력순이다. 학창 시절 성적이 아무리 좋아도 사회에서 성공하지 않으면 소용없게 된다. 사람의 가치를 점점 학벌과 성공 여부로 메기게 된다.

가치에 대하여 아무도 알려주지 않아도 스스로 알게 된다. 비싼 수입차에서 명품을 걸친 사람이 내린다면 실제로는 빚쟁이여도 멋지다고 부러워할 것이다. 반면 부자라도 허름한 차에 아무렇게 차려 입은 사람이 나오면 아무도 관심 갖지 않을 것이다. 우리의 가치는 보이는 것에서 먼저 찾는다. 보기에 좋은 것이 가치가 더 있어 보인다. 그래서 외모를 더 중시여긴다. 예쁜 사람이 마음도 더 착할 것 같다는 말을 하기도 한다. 외모지상주의에 빠지는 이유는 외모와 능력을 동일시하는 경향 때문이다.

부모는 자녀가 학교에서 우등생이고 사회에서는 높은 지위와 성공을 이룬 사람이 되길 바란다. 그런데 말썽만 부리던 아들이 사고가 나서 위기에 처해 있다면 어떻겠는가? 아무리 미웠어도 살아만 있어 달라고 기도할 것이다. 우리는 어려움을 겪기 전에는 살아 있다는 자체만으로도 소중하다는 것을 알지 못한다. 겪고 난 후에야 깨닫게 된다. 어떤 아들이든 존재하고 있는 그 자체로도 가치가 있다.

나는 열등감을 가지고 스스로 가치 없는 사람이라는 생각을 많이 했다. 학벌도 낮고 별 볼 일 없는 직업에 가진 것 없는 이혼녀에 불과했다. 거기에 책임져야 할 아들이 나의 목을 죄는 느낌이었다. 늘 마음이 무거웠다. 내가 하고 싶은 것을 할 수 없다는 생각만 들었다. 오직 돈을 벌기 위해 일해야 하는 것이 나의 가치였다. 내가 하고자 하는 일마다 방해하는 방해꾼들이 있었다. 학교 다닐 때는 오빠가, 20대 초에는 성폭력, 결혼해서는 남편. 그리고 이혼 꼬리를 물고 이어지는 고난은 자존감을 낮게 만들었다. 이를 물고 모든 것을 털어내기 위해 노력했다. 노력했지만 결과는 그대로이고 실망만 남았다.

대학을 가지 못한 것에 대한 미련과 후회는 끝이 없었다. 그때 내가 왜 그랬을까 하는 마음이 평생을 따라 다녔다. 항상 방황하고 후회하는 삶을 살게 했다. 또 이혼은 삶을 뒤흔들었다. 죽을 것 같았지만 견뎌내야 했다. 혼자의 몸이 아니라 안고 가야 할 자녀가 있었다. 아이들이 목에 매달려 조이는 듯 했다. 이혼으로 절벽이 있는 내리막길로 떨어진 것 같았다. 끝이 없는 광야를 홀로 걷는 듯 막막했다. 광활한 광야를 혼자 가기에는 암담하고 외로웠다.

나를 잃어버리지 않고 사랑하는 법

나의 가치는 내가 정한다

실패는 사람을 단련시킨다고 했다. 나는 점점 세상에 길들여져 생활력은 강해지고 어떤 어려움도 극복할 수 있었다. 엿기름을 오래 달구면 엿이 된다. 단단해진 엿을 가위로 치면 금방 부서진다. 내 삶도 맛있는 엿처럼 보인다. 그러나 가위에 부서져서 사람의 입속으로 사라지는 엿처럼, 내 삶도 그러했다. 자신은 존재 가치가 없는, 아무것도 아닌 빈 껍질 같았다. 어디에도 나란 존재는 없었다. 나의 존재를 인정하면 살 수 없었다. 나의 생각과 가치는 현실에 묻고, 현재에 충실해만 아이들을 키우며 살 수 있는 길이었다.

서비스업을 하면서 자존심은 사치다. 먼 바다에 던지고 와야 한다. 나는 언니에게 돈 빌리는 일이 자존심 상해서 대학을 포기했었다. 그랬던 내가, 가진 것 없는 사람은 알량한 자존심은 필요치 않다는 것을 알았다. 큰 대가를 치르고 깨달은 명언이다. 누가 무슨 말을 해도 감정에 동요를 하지 않으려고 했다. 한 귀로 듣고 한 귀로 내보내어야 살 만했다. 시시콜콜 따지면 피곤하고 힘들었다.

하루 한 줄 『인생명언』에 이런 글이 있다. "조금 구겨졌다고 만 원이 천 원 되겠어?" 가치에 대한 짧은 명언 한 줄이다. 새겨볼 말이다. 세파에 시달린다고 상처를 받았다고 자존심에 금이 갔다고 나의 가치가 떨어지는 것이 아니다. 환경이 나를 지배했을 뿐 나의 존재는 그대로다. 그 속에 오히려 단단한 뿌리를 내리고 성장하는 자신을 못 알아볼 뿐이다. 처한 지금의 현실만 바라보기 때문이다.

　예전의 나는 타인의 판단 기준에 많이 흔들렸다. 다른 사람이 하면 하고 안 하면 나도 안 하는 의지박약이었다. 나를 어떻게 생각할까 하는 마음에 행동이 자연스럽지 못했다. 나의 가치를 인정받고 싶은 마음은 점점 아이들에게 옮겨졌다. 아이들이 잘되어야 했다. 아들을 잘 가르쳤다는 칭찬의 말은 고생한 것에 대한 보상이라 생각했다. 그리고 엄마의 가치를 높이 보이게 할 것 같았다. 자식 자랑, 남편 자랑, 친구 자랑, 자랑하는 사람 대부분 자신이 인정받기 위해 그런 사람과 가까운 자신도 괜찮은 사람이라고 은연중에 나타내어 존재감을 드러낸다.

　자랑하는 사람 중에는 과거에 잘 살았거나 좋은 직장을 다녔거나 사업이나 다른 것에 손을 댔다가 실패한 사람들이 많다. 현재의 자신을 인정하지 못하고 과거에 묶여 살아간다. 자존감이 낮아져서 대수로운 것에도 화를 낸다. 작은 실수를 용납 못하고 비판하며 자신을 자책한다.

　시간이 지날수록 자신의 존재에 회의가 왔다. 이렇게 살려고 세상에 온 것이 아닌데…. 그런 마음은 우울하게 했다. 쓸데없는 소비를 하기도 했다. 어떤 날은 홈쇼핑에서 물건 사는 것으로 위로했다. 예쁜 옷을 사서 입으면 나의 가치가 달라질까 싶기도 했다. 하지만 옷을 사거나 쇼핑을 하고 여행을 해봐도 나의 자존감은 그대로였다. 일시적일 뿐, 아무런 도움이 되지 않고 소비로 인한 지출만 부담되었다.

기시미 이치로 · 고가 후미타케 작가는 『미움받을 용기』에서 말했다.

"타인의 인정을 바라고 타인의 평가에만 신경을 기울이면, 끝내는 타인의 인생을 살게 된다네."

타인에게 인정을 받으면 기분이 좋아진다. 인정을 받음으로 인해서 자신이 가치가 있다는 것을 실감하게 된다. 열등감이 해소되면서 자신감도 생긴다. 하지만 인정욕구에 의한 행동은 위험함도 있다고 했다. 간단한 예로 쓰레기를 치운다고 하자. 땀 흘리며 쓰레기를 치웠는데 아무도 칭찬을 하지 않았다. 그러면 치울 의욕이 없어진다. 칭찬에 의해서 나의 행동 여부가 결정되는 것이다. 칭찬하면 하고 하지 않으면 안 하는 행동. 상벌의 효과라고 한다. 아이들에게 의욕을 높이기 위해 교육적으로 적용을 하기도 한다. 그러나 이런 방법은 부작용도 뒤따른다고 했다. 자신의 생각보다는 상대방의 판단 기준으로 살 수 있기 때문이다.

어떤 가치를 보이는 것에 집중하면, 처음에는 잘하는 것 같지만 금방 지치고 의욕이 낮아진다. 세상이 부여하는 조건에 맞추려고 하면 끝이 없다. 타인이 설정한 기준에 맞추면 나의 가치는 점점 낮아진다. 자신이 하는 일에 만족하고 자신의 존재 자체가 가치인 것을 알고 사랑해야 한다.

타인의 평가에 나를 맞추어 가는 것은 불행한 길이다. 사람들의 기준이 나와 똑같은 사람은 없다. 부모, 형제, 친구, 동료 등 자주 만나는 사이도 생각이 달라서 부딪치며 싸운다. 인정받기를 원한다면 누구를 위한 인정인지 생각해볼 일이다. 인정받기 위해 몸부림을 칠수록 에너지만 고갈될 뿐이다. 인정을 받으려고 애쓰다 보면 스트레스만 온다. 능률도 오르지 않는다. 우울한 감정만 생기고 힘들게 된다. 인정을 받아야만 가치가 있는 것이 아니다. 하루하루 최선을 다해 살아가는 것이 가치 있는 일이 아니겠는가? 타인의 눈을 의식하지 말고 마음의 눈을 밝혀보자. 소중한 가치가 보일 것이다. 진정한 가치는 중심을 갖고 소신껏 살아갈 때 빛을 발휘해나갈 것이다.

나를 잃어버리지 않고 사랑하는 법

07

좋은 사람이기를 포기하면 삶이 달라진다

만약 당신이 어떤 견해를 듣고 사실로 믿는다면,

당신은 그것을 동의하고 당신의 신념에 포함시킨다.

사실에 근거한 새로운 견해가 나타나기 전까지, 당신은 동의한 것을 무르지 않는다.

오직 진실이 당신을 자유롭게 한다.

– 돈 미겔 루이스

잘 보이고 싶어서 좋은 사람이 되려고 했다

'좋은 사람의 기준은 과연 어디에 두는 걸까?' 자신에게 잘해주고 피해를 주지 않는 사람, 자신의 부탁을 잘 들어주는 사람, 이런 사람을 좋은 사람일까? 이런 질문에 예전 같으면 맞는 말이라고 했을 것이다. 좋은 사람, 나쁜 사람. 전자는 좋고, 후자는 나쁘다고 단정하기 어렵다. 좋은 사람이라고 다 좋은 것이 아니고, 나쁜 사람이라고 다 나쁜 것은 아니다. 그 상황과 입장에 따라 다르다. 너에게 좋은 것이 나에게는 나쁜 일이 될 수도 있다. 그래서 양자의 말을 들어봐야 판가름이 난다.

사람들은 좋은 엄마, 좋은 아내, 좋은 남편, 좋은 친구 등 '좋은'이란 단어가 들어간 말을 듣고 싶어 한다. 그래서 부단한 노력을 하며 살아간다. 좋은 사람은 처음에는 듣기 좋다. 그러나 좋은 사람이 되면 끝없이 해줘야 할 것 같은 부담이 온다. 인간은 환경의 지배를 받는 감정을 지녔다. 좋은 사람이라고 어떻게 좋기만 하겠는가? 주인의 칭찬에 따라 행동하고 움직이는 영리한 애완견도 야단치면 슬퍼하고 예뻐하면 까불고 좋아한다. 하물며 이성을 지닌 인간은 더할 것이다.

사람에게서 좋은 감정과 싫은 감정이 드러나는 것은 당연하다. 부당하고 옳지 않은 것을 표현하는 것은 당연하다. 그러나 항상 좋은 사람은 싫다는 의사 표현을 하면 안 된다. 화를 내어도 안 된다. 그러면 어색해하고 당황해한다. 늘상 화를 내는 사람은 그러려니 하지만, 착하고 좋은 사람은 화낼 줄 모르는 줄 안다. 사람들은 착한 사람이 화낼 줄도 안다고 말하며 의아해한다.

그래서 착한 사람이 화를 내면 더 무섭다고 했다. 화를 내기까지 많이 참고 견딘다. 평상시 참고 있던 것을 한꺼번에 토해버린다. 그렇게 화를 내고 나면 자신이 화낸 것에 대해 자책감에 빠진다. 화를 내었던 자신이 옹졸하고 유치하다는 생각을 한다. 참지 못하여 좋은 사람이 되지 못한 자신에게 화가 나고 괴로워한다. 자신하고 싸운다.

나와 평소에 친하게 지내는 친구가 있다. 친구는 사람들에게 좋은 사이란 소리를 잘 듣는다. 가끔씩 친구와 자신의 속내를 털어놓으며 지냈다. 고민이 있다고 해서 친구를 만났다. 지금 만나고 있는 남자친구와 헤어지기를 원한다고 했다. 이유인즉, 왜 남자친구를 만나는지 이유를 모르겠다고 했다. 남자친구를 만나면 즐겁고 행복해야 하는데, 친구는 만나면 짜증나고 화가 난다고 말했다. 처음부터 마음에 흡족한 것은 아니었지만 모자란 부분을 덮어주고, 같이 노력하면 좋아질 것으로 믿었다고 했다. 그런데 남자친구는 시간이 지나도 변화가 없었다. 친구는 지쳤고 드디어 헤어지길 결심했다.

그런데 자신이 문제라고 했다. 남자친구의 가족과 친구들이 친구를 보면 좋은 사람이라는 말을 한다고 했다. 처음에는 사람들 기대에 맞는 사람이 되고 싶어 애를 썼다고 했다. 시간이 지날수록 자신이 착각하고 있다는 생각이 든다고 했다. 주위 사람들의 반응, 동정심, 외로움 등 여러 복합 요인에 의해 만남이 지속되었다고 했다. 친구는 지금에 와서 헤어진다고 하면 나쁜 여자가 아니냐고 물었다. 만날 때마다 고민을 반복하며 지냈다고 했다. 그러다 보니 짜증내고 화를 많이 냈다고 했다. 능력 없는 남자라서 헤어졌다는 소리를 듣기 싫어서 지금까지 만나왔다고 했다. 나는 친구에게 좋은 여자든, 나쁜 여자든 본인의 선택이고 그 누구도 욕하지 못한다고 했다.

얼마 후 친구에게서 연락이 왔다. 홀가분하게 남자친구와 정리를 했다고 했다. 목소리가 홀가분하고 편하게 들렸다. 지금까지 불만이 있어도 사랑하는 마음이 크다면 끝까지 가야겠지만 아닌 것 같아 결론을 내렸다고 했다. 만나면 즐겁고 행복해야 하는데 단지 좋은 사람, 좋은 여자 친구가 되어주기 위한 만남은 아니었다.

친구를 보면 주위에서 말하는 '좋은 사람' 틀에 맞추어가려 했다. 좋은 사람이란 타이틀은 선택을 어렵게 하고 판단장애를 준다. '좋은 사람이니까 끝까지 가야 해. 다른 사람들과 달라. 물질보다 사랑을 선택했어. 속물이 아니야 나 같은 사람이 어디에 있어?'라고 생각했던 것이다. 자신의 행복보다 주위의 시선에 신경을 썼다. 다른 사람의 판단에 집중했다. 친구는 남자친구와 헤어진 후 고민하고 힘들었던 만큼 자신을 바로 볼 수 있었다고 했다. 주위의 시선보다 마음이 가는 대로 결정하게 되어 후회 없다고 했다.

좋은 사람에 목숨 걸고 살았다

나는 과거를 떠올려보면 온통 '좋은 사람'에 목숨을 걸고 살아온 사람이다. 특히 아이들 교육적인 면에서 그랬다. 부모에게 받은 교육을 아이들에게도 주입시키려 했다. 아버지가 늘 말씀하시던 착한 사람, 좋은 사람, 성실한 사람 그게 맞다고 생각했다. 아들들도 착하고 좋은 사람이 되길 기대했다. 나의 말을 잘 들어주는 착하고 좋은 아들은 내가 편하기 때문이다. 그러면서 아들도 나처럼 살면 어떡하지 하는 걱정이 되었다.

나는 참 어리석었다. 내가 좋게 하면 상대방도 좋은 사람이 되어주는 줄 알았다. 세상은 내 맘 같지 않고, 나와 같은 사람은 없다. 나이가 들면서 깨달아갔다. 사람을 만나는 것에 대한 두려움이 자꾸만 생겨났다. 내가 틀린 건지 상대방이 옳은 건지 판단이 되지 않았다. 나는 오래 동안 좋은 사람이 되고자 했다. 그래서 조금 손해 보는 편이 편하여 항상 손해 보는 쪽으로 선택했다. 득을 조금 더 본 것 같으면 견뎌내지 못했다.

아이들이 어릴 때 맞고 오면 엄청 속상하다. 나는 속이 상한 것을 억누르고 아무 말을 안 한다. 속은 애가 타고 따지고 싶었다. 하지만 그런 것을 따지고 들면 유치하고 이미지가 망가질 것 같았다. 다른 아이 엄마는 내 아들이 조금 때리면 쫓아와서 야단을 쳤다. 때렸다고, 아들이 맞아서 속상하다고 하소연한다. 그러고는 나의 미안하다는 위로의 말로 보상을 받고 돌아가곤 했다. 그럴 때마다 좋은 사람인 척하는 나에게 회의감이 생겼다. 아들이 맞고 오면 나도 그렇게 따져보고 싶었다. 그러나 따져보지 못했다. 마음은 수십 번 따져보지만 행동으로 옮겨지지 않았다. 그러면 '나는 착하고 좋은 사람이라서 그래. 저 엄마들과는 달라.' 하며 자기암시를 한다. 따지는 엄마가 성격이 좋지 않아서 그런다고 일축해버리면서.

TV 드라마를 보면 남자주인공이 카리스마와 능력이 있다. 일과 일상이 냉정하고 까칠해 보인다. 확실하고 빈틈이 없다. 반면 자신의 연인을 위해서는 모든 것을 아끼지 않는다. 그런 남자를 드라마에서는 나쁜 남자라고 불렀다. 한동안 나쁜 남자 신드롬이 생기기도 했다. 착한 남자의 역할을 보면 우유부단하고 능력이 없다. 자기 것을 지키지 못하고 이리저리 휘둘린다. 그러다 뼈아픈 고통을 통해 자신의 능력을 키우고 성공한다. 가상의 드라마이지만 현실을 반영한 것이다. 드라마에서처럼 착하고 좋은 사람은 좋은 사람일 뿐이다. 인정받기보다 이용당하고 휘둘리게 되어 어려움을 겪는다.

나는 '인상이 좋다'라는 말을 들으면 갈등이 생긴다. 특히 물건을 사러 갔을 때 더욱 그렇다. 매장 판매원이 인상 좋다고 칭찬을 하면 부담부터 온다. 내 얼굴을 보고 마음이 들킨 듯하다. 구경을 하다가 입어보고 마음에 들지 않으면 그냥 나올 수도 있다. 좋은 인상을 심어주고 그냥 나오기가 힘들다. 나는 그게 너무 어려워 잘 못했다. 그런 부분 때문에 마음에 들지 않아도 살 때가 많았다. 마음에 들지 않은 것을 사서는 입지도 않고 후회만 했다.

나는 당당하게 살지 못하는 자신이 싫었다. 왜 나의 권리를 주장하지 못하는지 몰랐다. 다른 사람에게 맞추려는 고치기 어려운 병 같았다. 혼자 쇼핑을 갈 때면 다짐을 하고 간다. 막상 부딪히면 잘되지 않았다. 아는 사람들과 동행을 하면 편하다. 그러면 마음이 편해서 부담이 없다. 혼자 쇼핑을 가게 되면 밖에서 디스플레이를 살펴본다. 그러다 정말 마음에 들면 들어간다.

나를 잃어버리지 않고 사랑하는 법

나는 좋은 사람의 틀에서 벗어나지 못하고 소심하게 사는 사람이었다. 욕먹는 것이 두려운 겁쟁이로 살고 있었다.

작년 여름, 여름 원피스를 사러갔다. 한 손님이 옷을 이것저것 입어보고 있었다. 밖에서 지켜보는데 대단하다는 생각이 들었다. 하나쯤은 선택을 할 줄 알았다. 손님은 마음에 드는 것이 없다고 했다. 아무렇지 않게 미안하다는 말만 하고 가는 것이다. 내가 갑자기 미안하고 부담이 왔다. 나마저 그냥 가면 매장 직원이 속상할 것 같았다. 들어가려다 얼른 나와버렸다. 그 손님을 보고 생각을 해봤다. 마음에 들지 않으면 사지 않은 것이 당연하다. 그건 안다. 그런데 난 왜 그런 걸까? 계속 질문을 던져보았다. 이유는 간단했다. 다른 사람에게 잘 보이고 싶은 마음 때문이었다. 아무 상관없는 사람에게도 잘 보이고 싶은 내가 가까운 사람에게는 오죽했을까.

냉정할 때는 냉정할 줄 알아야 한다. 이리저리 눈치 보면서 좋은 사람 소리 듣는 것이 무슨 의미가 있겠는가? 이제는 줏대 없는 좋은 사람이 되기 싫다. 우리는 모두를 만족시킬 수는 없다. 모두를 만족시키려면 나를 희생해야 한다. 나를 희생하는 것이 진정으로 즐거우면 해도 괜찮다. 하고 나서 후회하고 자책하려면 하지 말아야 한다. 타인의 시선보다 자신의 마음을 잘 살펴야 한다. 때론 나쁜 사람 소리를 들을 수 있고, 나쁜 시선도 감수해야 하는 용기가 필요하다. 우리에게 삶은, 필요에 따라 현명한 판단을 할 수 있는 선택권을 준다는 것을 잊지 말자.

『조앤 K. 롤링 리더십』은 조앤 롤링이 가난과 이혼이라는 시련을 극복하고 판타지 소설 '해리포터' 시리즈로 최고의 베스트셀러 작가가 되고 꿈을 이루어낸 과정을 소개한 책이다.

롤링은 어린 시절 엄마로부터 긍정적인 가치관과 따듯한 사랑을 배우며 성장했다. 엄마는 불치병으로 돌아가시고 그녀는 포르투갈에서 남편을 만나서 제시카를 낳았지만 폭력으로 이혼했다. 조앤 롤링은 아이와 수입 한 푼 없이 생활고에 시달렸다.
하지만 조앤 롤링은 "그래도 내 인생의 길은 있을 거야! 결코 실망하거나 비관하지 말아야지!"라는 마음을 가졌다. 사랑하는 딸을 생각하며 희망을 잃지 않으려고 발버둥쳤다. 그리고 자신만을 위한 인생의 길이 있을 거라고 믿고, 가난과 어두운 현실에 기죽지 않았다. 정부 보조금으로 생활하며 셋집 근처 카페에서 '해리포터' 책을 썼다.

그녀는 영국과 미국을 넘나드는 최고의 작가가 되었으며, '해리포터' 시리즈는 영화로 제작되어 남녀노소 나이를 불문하고 사랑받으며 전례 없는 흥행을 이루어냈다.

3장

숨기지 말고
드러내도 괜찮아요

비밀을
털어놓으면
홀가분해지듯

신뢰는 상생 관계의 본질이다.

당신이 다른 사람들을 믿으면 그들도 당신을 믿는 것이다.

숨기려하지 말고 당신의 카드를 보여줘라.

당신이 보는 것이 그들이 보는 것과 다를지라도 그들을 이해하려고 노력하라.

- 스티븐 R. 코비

비밀을 털어내어버리면 홀가분하다

지난 과거를 감추고 싶거나, 드러내어 자랑하고 싶은 사람도 있을 것이다. 가족이나 친구들이 모이면 지난 시절의 추억을 나누며 '그땐 그랬었지.' 하고 회상에 잠기기도 한다. '사람은 추억을 먹고 산다.'고 했다. 좋은 추억이든, 감추고 싶은 추억이든 지난 과거에 불과하다.

『내가 확실이 아는 것들 』에서 오프라 윈프리 작가는 이런 말을 했다.

"어떤 힘든 순간에도 밝은 면은 있는 법. 비밀이 폭로되면서 나를 묶고 있던 속박도 풀렸음을 깨달았다."

토크쇼의 여왕이라고 불리는 그녀는 오랫동안 혼자만의 비밀을 간직하고 살았다. 감히 상상하기 어려운 일이었다. 그녀는 10살 때부터 성적 학대를 받았고, 14살에 임신까지 하게 되었다. 임신 사실을 숨기다가 아이도 낳았고, 아이는 몇 주 후 숨을 거두었다.

오프라 윈프리는 학교에서 알면 퇴학당할까 봐 두려워하면서 학교를 다녔다. 그러면서도 미래를 꿈꾸었고, 자신의 비밀을 알게 될까 봐 가슴 졸이며 살았다. 그러한 과정 속에서 〈오프라 윈프리 쇼〉에서 재치 있는 입담으로 사람의 마음을 울리는 토크쇼로 유명인이 되었다. 그녀는 미국뿐 아니라 세계적으로 명성을 날렸다. 그녀의 가족 중 한 명이 과거를 폭로했다. 그녀는 충격과 상처와 배신감으로 힘들어했다. 그녀를 아는 사람들이 자신을 손가락질할 거라고 생각했다. 하지만 아무도 그녀에게 손가락질하지 않았다. 우습게도 그녀는 또 한 번 배신당한 기분이었다고 말했다.

비밀을 숨기고 있다가 우연하게 알려지는 경우가 있다. 그런데 밝혀지고 나면 대수롭지 않게 넘어가는 경우가 많다. 막상 대수롭지 않게 넘어가면 기만당한 기분이 든다. 비밀이 행여 알려질까 봐 노심초사 마음 졸였던 것이 우스운 꼴인 것이다. 오랫동안 말 못할 비밀이라고 숨기며, 손가락질 당할 것 같은 두려움으로 죄인인 듯 살아왔는데, 어이없게도 아무 일도 아닌 것이 되어버린 것이다. 현재가 아니라 오래전 과거의 일이기 때문에 관심이 없는 것이다. 과거는 과거일 뿐이었다. 사람들은 윈프리의 사연을 듣고 역경을 잘 이겨냈다고 격려했을 것이다. 그 후 오프라 윈프리는 마음의 짐에서 벗어날 수 있었고 상처 난 자신을 극복해나갈 수 있었다고 말했다.

"당신이 살아가면서 선택을 미루고 있는 부분이 있는가? 오늘은 기꺼이 스스로를 존중하는 선택을 내리고 싶은가? 당신이 분명히 결단을 내리지 않으면, 되는 대로 나타나는 결과에 묶이게 될 것이다."

이얀라 반젠트의 명언이다. 이얀라 반센트의 명언을 살펴보면 중요한 부분에 있어 선택을 미루지 말라고 한다. 여기서 뜻하는 선택은 여러 가지 많다. 그중에 마음을 드러내는 것에도 선택이 필요하다고 생각한다. 왜냐면 자신의 비밀이 드러나면 감수해야 할 일들이 있기 때문이다. 그래서 고민만 하고 말을 못한다. 만약 숨기는 쪽으로 선택하면 평생 가슴앓이를 하며 고통을 안고 살아가는 삶을 산다. 나를 이해하고 감싸줄 사람에게 감추고 싶고 아픈 모습을 더 드러내 보여야 한다. 사람을 찾는 것도, 말을 하는 것도 선택이다. 진정한 결단은 용기를 내는 것이다.

자신을 위해서 옳은 선택을 하고, 타인의 눈을 의식하지 않고 담담하게 나아갈 필요가 있다. 선택에 대한 결과는 알 수 없지만 자신을 믿는 것이다. 숨기려고 하면 거짓으로 꾸며 말해야 한다. 그래서 거짓은 또 다른 거짓을 만든다. 거짓을 말하다가 걷잡을 수 없는 지경까지 간다. 호미로 막을 것을 가래로 막다가 자신을 파경에 이르게 한다.

색안경을 끼고 자신을 보지 마라

지역주민을 위한 문화센터는 강좌를 저렴하게 운영한다. 나는 드럼을 배우려고 알아보던 중 비용이 적은 센터에 등록을 했다. 6명의 수강생들과 함께 배웠다. 수강생들끼리 친하게 되어 식사도 함께 하자고 했다. 스승의 날이면 기념일을 챙기기도 했다. 함께 어울려야 하는데 같이 어울리는 것이 부담되었다. 이혼녀라는 말을 하기 싫어서 남편이 있다고 했기 때문이었다. 어울리다 들통이 날 것 같아 부담되었다. 이런저런 핑계를 여러 번 대다 보니 껄끄럽고 미안했다. 그러다 드럼 배우러 가는 것도 싫어졌다. 다시 재등록을 했지만 흐지부지 끝나버렸다.

나는 몇 번이나 그런 경험을 했다. 운동을 가서도 누군가와 친해지면 도망을 쳤다. 가까워지다 보면 가정사 이야기가 나오기 때문이다. 이혼을 했다고 하면 곱지 않게 바라보는 것 같았다. 내가 이혼을 숨기게 된 계기가 있다. 아들이 초등학교 다닐 때 한부모 가정으로 등록이 되었다. 구에서 생활 수준과 형편을 조사하러 집으로 왔다. 아들이 세 명이라고 했다. 깜짝 놀라 하며 아이들 아빠가 동일하냐고 물었다. 황당했다. 어이없어

하는 표정을 보고 조사원도 미안해했다. 그 말은 가시처럼 박혔다. 이혼녀가 아들 세 명이라면 그리 생각할 수 있겠다 싶었다. 그 후 이혼녀라는 말과 아들이 셋이라는 말을 하고 싶지 않았다.

　나는 사람을 사귀는 것이 어려웠다. 센터에서 다른 것을 배우면 누구와도 말하지 않았다. 왔다 갔다 수강만 들었다. 쉬는 시간이면 커피도 마시고 수다를 떨지만 나는 그저 혼자였다. 낯선 곳에 가서도 항상 신경을 썼다. 나를 알게 되는 것에 대한 부담 때문에 제약을 받았다. 이혼녀는 나를 묶는 줄이었다. 어디를 가서 무엇을 하든 혼자 앉아 있었다. 누구에게 말을 거는 것이 너무 어려웠다. 잘못하다가 상처 받을 것이 두려워서 이혼을 했다는 사실이 실패였기에 감추고 싶었다. 모르는 타인에게 실패한 모습을 보이기 싫었다. 이혼녀라는 말은 위축되었고 자존심이 상했다.

　친구들 모임에 가도 비슷했다. 처음에는 모임에서 말을 하지 않았다. 친구를 만날수록 부담이 되었다. 친구를 속인다는 죄의식이 생겼다. 거짓말쟁이 위선자 같았다. 대화가 거짓이 되는 것 같았다. 잘못하다 실수해서 들통 날 것 같았다. 그래서 모임에 나가지 않으려는 생각을 했다. 경제적으로 안정이 되고 괜찮은 모습이 되었을 때 만나려고 했다. 그러면서 깊이 생각을 해보았다. 지금 만나지 않으면, 나중에 돈이 많다고 친구를 돈으로 살 수 없다는 생각이 들었다. 친구와 만남을 통하여 추억을 쌓고, 우정을 나누는 것인데, 나는 잘못된 생각을 했다. 친구들은 내 말을 듣고 이혼을 대수롭지 않게 생각했다. 말을 하면서도 친구들이 잘못 살아서 이혼했다고 생각을 할 것 같아 신경이 쓰였다. 속마음을 털어놓자 마음이 가벼웠다.

나는 정말 소심한 사람이었다. 겁쟁이에 용기 부족으로 대담함이 결여된 사람이다. 이혼이 약점으로 작용되는 요소였다. 나를 알면 잡아끌어 휘두를 것 같았다. 예전에 남편이 이혼을 해주지 않으면서 약을 올렸다. "마음이 약해빠져서 어떻게 살려고 그래. 사기만 당하고 살 걸.", "세상을 어떻게 살아가려고." 치명적인 말이지만 맞는 말이다.

나는 나약하기 그지없었다. 나약함을 극복하는 방법이 숨기는 것이었다. 혼자라면 사기꾼이 넘볼 것 같아, 행복한 사람처럼 굴었다. 이혼은 콤플렉스가 되어 가는 곳마다 숨겼다. 진정성이 없는 자신에게 실망하고 갈등하며 외로워했다. 누구에게도 나에 대해 말하기 싫었다. 취미를 갖고 싶어 배우러 가면 항상 외로움만 안겨주었다. 그래서 취미를 갖는 것도 포기해 버렸다. 어울리는 것이 힘들어져 고립되어가고 있었다. 샵을 운영할 때에도 고객들과 가까워지면 멀리 해버렸다. 사람을 좋아하고 어울리기 좋아하던 나의 모습은 사라졌다.

내가 운영하는 가게에서 손님들이 모임 하는 것을 눈여겨보게 된다. 다들 이야기를 하느라 바쁘다. 들어주는 사람보다 말하는 사람이 많다. 할 말이 너무 많아서 자신의 이야기만 한다. 말을 들어주지 않아도 개의치

나를 잃어버리지 않고 사랑하는 법

않고 말을 쏟아내는 것 같다. 하고 싶은 말만 하고 듣고 싶은 것만 듣고 가는 것이다. 요점 없이 수다스럽고 시끄러워도 말하는 자체가 즐거운 시간이다. 대화가 아닌 일방적인 말만 하고 간다. 편한 자리가 아니면 그렇게 하지 못할 것이다. 내 자신도 그런 모습으로 변하고 싶었다. 감추고 숨기는 것 없이 사람을 대할 때 만남이 편하다.

시간이 지날수록 이중적인 자신을 던져버리고 싶었다. 마음이 텅 비어 쓸쓸했다. 어디에도 나와 이야길 나눌 사람이 없었다. 나를 드러내놓고 자유롭게 살고 싶었다. 그래서 이혼녀라고 흉을 보든, 아빠가 여럿이라고 오해를 하든 신경 쓰지 않기로 했다. 어깨에 걸머지고 다니던 이혼 딱지를 훌훌 털어버리려고 용기를 내었다. 처음 보는 자리에서 자신 있게 이혼녀라는 말을 해보았다.

아무도 색안경을 끼고 보지 않았다. 내가 색안경을 끼고 사람을 보고 있었던 것이다. 숨긴다고 숨겨지는 것이 아니다. 과감하게 드러내면 오히려 당당해진다는 것을 깨달았다.

감추다 보면 좋지 않은 결과에 자신이 묶인다. 나쁜 일일수록 감추지 말고 드러내어 고치고 새롭게 만들어 가야 한다. 좋은 것만 보이려고 하고 나쁜 것을 감추는 사람은 발전이 없다. 순간순간 현명한 판단으로 자신을 속박하는 것에서 벗어날 수 있으면 좋겠다.

남들 앞에서 더 뻔뻔해질 필요가 있다

세상이 그대를 과소평가 할지라도 절망하지 마라.
그대는 누가 뭐라 해도 우주 유일한 존재이다.

– 이외수, 『하악하악』 중에서

뻔뻔하려면 용기가 필요하다

뻔뻔하다고 하면 웬만한 것에 요동하지 않는 사람을 두고 하는 말이다. 얼굴에 철판을 깔았다고, 일명 철면피라고 한다. 잘못을 저지르고도 얼굴을 내밀고 나오는 사람을 보고 하는 말이다. 자신의 잘못을 인정하기보다 변명으로 얼버무려버린다. 자신이 한 일에 부끄러움을 느끼지 못하기 때문에 사과하지 않는다. 잘못을 안다고 해도 자존심 때문에 사과나 잘못을 인정하지 않는다.

뻔뻔한 짓은 아무나 하지 못한다. 얼굴이 두껍다고 하는 사람을 보면 대범하고 의지도 강하다. 남의 말에 신경 쓰지 않고, 자신감으로 밀고 나간다. 의지가 약하고 부끄러움을 타는 사람은 생각도 못해볼 일이다.

아이들을 키우다 보면 성향이 각자 다르다. 아이들이 잘못을 저질렀을 때 눈물로, 웃음으로, 성이 난 듯 하며 자기의 잘못을 무마시켜보려 한다. 부모는 아이들 표정만으로도 야단을 피하기 위한 방법인 줄 안다. 아이들이 그러듯이 어른도 마찬가지다. 특히 유명 연예인이 스캔들에 휩싸이면 숨어버리던가, 변명이라도 하는 사람, 다양한 반응을 보인다. 자신의 입지를 내보여 자기를 보호하려는 것이 본능이다.

오래전 인기 있는 한 연예인의 자살로 사람들의 마음을 아프게 한 적이 있다. 그녀는 화려했던 과거와 현실에서 맞닥뜨려지는 어려움을 이기지 못하고 죽음의 길에 서고 말았다. 그녀에게 벌어진 어떤 상황이 옳고 그른지 시비를 가리고 진실을 밝혀내는 것을 포기했다. 죽음의 정확한 사유를 모르고 추측뿐이었다. 남들의 이목을 신경 쓰기 때문이다. 여린 사람은 이목에 신경이 쓰인다. 특히 유명한 사람이라면 더할 것이다. 온통 자신에 대한 뒷말을 할 것이란 생각에 힘들었을 것이다. 뻔뻔하지 않은 사람은 남의 말에서 자유로울 수 없다.

진실은 밝혀지기까지 인내하는 시간이 필요하다. 뻔뻔함으로 이겨내야 한다. 그런데 여린 사람은 밖을 나가고 사람을 마주치는 것이 두렵다. 온갖 상상을 하며 우울함에 빠진다. 안하무인이었다면 그런 상황까지 가지 않았을 것이다. 때로는 오해를 받기도 하고, 하기도 한다. 또 모함을 받아 곤경에 빠질 수 있다. 그럴 때마다 피할 수 없다. 얼굴이 두껍다, 뻔뻔하다, 비웃는 소리는 그때뿐임을 알고 지나가면 된다. 진실을 밝혀내려고 노력하며 견디어 내야 한다.

뻔뻔한 사람들 때문에 정신적 피해를 보는 사람이 많다. 잘못을 인정하면 간단하다. 그러나 수단 방법을 가리지 않고 도리어 역으로 공격을 한다. 주위에 그런 사람을 보게 된다. 나는 서비스업을 운영하고 있다. 가게에는 취객이 주를 이룬다. 그러다 보면 흉한 소리를 듣게 된다. 때로는 협박 같은 것을 한다. 때로는 옳지 않은 것에 이의를 제기하면, 손님에게 그러면 안 되는 것 아니냐며 더 흥분한다. 그래서 서비스를 하는 사람은 무조건 잘못했다고 말한다. 그래야만 순순히 넘어가기 때문이다. 억지로 받는 사과지만 화를 멈춘다. 우월감을 느끼는 듯하다. 나가면서도 떨어진 자존심을 다시 확인하려는 듯 다시 큰소리를 치며 간다.

그런 손님을 대하고 나면 자괴감에 빠지고 자존감이 낮아진다. 마음은 쓰나미가 훑고 지나간 듯하다. 자존심 따위는 버려야 현실이 쉬워진다. 마음이 침체가 되고 나 또한 어딘가에 화풀이를 하고 싶어진다. 서비스업 종사자는 항상 미소 지어야 한다. 좋지 않은 일이 있으면 안색이 좋지 않을 때가 있다. 그러면 불친절하다고 불만의 말을 한다. 그래서 손님들의

　　　　　나를 잃어버리지 않고 사랑하는 법

반응에 민감하고 항상 웃어야 했다. 대접을 받고 싶어 하는 사람들의 마음을 수긍할 수밖에 없다.

싸움에서 이기려면 뻔뻔해야 한다

나는 남들이 말하는 장롱 면허였다. 장롱 면허를 탈출하기 위해 소형 중고차를 구입했다. 운전 연수까지 다시 받았다. 그런데 주차가 문제였다. 일반 주택에서는 주차장 확보하는 것이 힘들었다. 살고 있는 집 옆에 주차를 했다. 하루는 입력되지 않은 번호로 부재중 번호가 떴다. 잘못 걸려온 것이라 생각하고 무시했다. 나중에 주차 때문인 걸 알고 전화를 했더니 난리를 쳤다. 주차 때문에 싸움이 일어나고 말았다.

다음 날 큰 키에 살집이 많은 남자가 소리를 지르며 불렀다. 나갔더니 욕을 퍼부어대었다. 화가 나고 말문이 막혀 벌벌 떨렸다. 나는 당당하게 말했다. 우리 집 담에 주차하는데 무슨 상관이냐고 말했다. 그리고 돈을 내는 것도 아니고 아무라도 먼저 주차하면 되는 것이 아니냐고 말했다. 무대포에 뻔뻔한 여자라며 욕설을 계속 날렸다. 나는 미안했던 마음이 사라졌다. 처음부터 좋게 말하면 차를 빼려고 했다. 하지만 그 남자의 지나친 욕설에 화가 나서 나도 억지를 부리고 따졌다. 나는 구청에 물어본다고 했다. 당신의 주차 자리면 인정하겠다고 말했다.

그러자 더 큰소리로 입에 담지 못할 욕을 마구 했다. 녹음을 하려고 핸드폰을 가지러 갔다. 그러자 남편을 불러오라고 했다. 남편과 얘기를 하겠다는 것이었다. 크게 욕하는 소리에 구경꾼이 모였다. 욕으로 나를 누르려는 사람과 맞서려니 갑갑했다. 저런 욕을 먹고 그냥 물러서면 바보가 될 것 같았다. 욕하는 것을 사과하라고 했다. 그러지 않으면 물러서지 않겠다고 말하고 집으로 들어와버렸다.

　나는 남자와 맞서서 처음으로 싸워보았다. 여러 사람들 앞에서 상스런 욕을 먹는 것이 무척 창피했다. 창피한 마음에 그만 똥 밟았다 생각하고 지나고 싶었다. 하지만 욕을 먹고도 가만두면 정말 잘못한 것으로 생각할 것 같았다. 나는 끝까지 버티며 욕한 것을 사과하라고 했다. 그렇지 않으면 차를 빼지 않겠다고 했다. 그 사람은 계속 욕을 하며 때릴 듯이 우격다짐을 하다가 주위에서 사과하라고 하자, 억지로 사과를 했다. 하지만 나는 억울해서 구청에 알아보았다. 구청직원은 주차 문제로 이웃끼리 많이 싸운다고 했다. 서로 협의해서 하라고 했다. 뻔뻔하고 목소리 큰 사람이 이긴다는 것이다.

　겁에 질려 아무 말을 하지 않게 되면 내가 억지 부린 격이 될 것 같았다. 상대방이 억지를 부리면서 자신의 주장만 맞다고 뻔뻔히 우겨대면, 나의 주장도 밀고 나가야 한다. 정확한 상황을 모르는 사람들은 당연히 수근거린다. 나도 뻔뻔함으로 밀고 가면 된다. 그때뿐, 아무도 나의 뻔뻔함에 삿대질할 수 없다. 입장 바꿔 당사자가 되어보면 같은 마음일 것이다. 창피는 잠시고 문제는 해결되었다. 욕을 먹으면서 견뎌낸 자신이 대단했다. 예전에는 울음이 나와서 생각도 못하던 일이다.

바다 속에서 조개는 물속의 유기물을 먹고 배출을 한다. 미쳐나가지 못한 불순물이 조갯살로 파고들어 단단한 결정체가 된다. 그 결정체가 진주인 것이다. 내가 단단한 진주가 되어가는 듯 했다. 나는 점점 큰소리치고 막무가내인 사람에 대한 무서움이 사라졌다.

직장이나 여러 관계에서 시비 거리가 많이 생긴다. 그럴 때마다 피할 수는 없다. 시비를 가리다가 잘못하면 오히려 역습을 당할 것 같은 두려움이 있다. 본전도 못 찾고 창피만 당할 수 있다는 생각에 시작을 하지 않는다. 사람들이 보는 앞에서 당당하게 의견을 주장하는 것에 서투르다. 해보지 않아서이다. 실제로 맞는 말을 다수가 틀리다고 하면 틀린 것이 되어가는 것처럼 자신이 믿는 것에 대한 확실성이 없기에 그렇다. 따지고 파고들다가 오히려 더 나쁜 사람이 되지 않을까 하는 마음이다. 지금까지 살던 방식의 틀을 깨는 것은 쉽지 않다. 자신은 그런 사람이라고 스스로 단정 짓기 때문이다. 나비가 되려면 애벌레 집을 뚫고 나와야 한다.

자신의 생각이 옳다고 생각될 때는 뻔뻔해질 용기가 필요하다. 착하고 좋은 사람도, 정의롭고 의로운 사람도, 뻔뻔하게 해야 할 때는 해야 한다. 착하다고 억울하게 당하고 살 수 없다.

지혜로운 사람은 순간을 잘 헤쳐나간다. 약간의 뻔뻔함에 선의의 거짓말을 섞어 위기를 모면하기도 한다.

남들은 나를 물렁하게 보고 대했다. 나는 거기에 맞대응하지 못하고 물렁한 사람이 되어주었다. 삶의 풍파에 넘어지고 자빠지며, 때로는 비싼 값을 치르기도 했다. 그러한 과정은 나다운 사람으로 가는 길이었다.

타인의 성공을 거울삼아 자신을 변화시켜 보려고 노력해야 한다. 실패가 모두 패배만은 아니다. 때로는 쓴 약처럼 보약으로 생각하고 달게 받아 들이면 된다. 그러면 강단이 생기면서 단단하고 값진 보석이 되어갈 것이다. 자기의 살을 파고드는 고통을 이겨낸 진주처럼, 현실에서 빛나는 삶을 살아가길 기대한다.

부족한 부분
역시
나의 모습이다

책망 받고 고쳐야 할 것은 없습니까?
있으리라 받아들이고 자신이 직접 찾아내도록 노력해야 합니다.
- 레프 톨스토이

핑계는 대면 댈수록 자신을 넘어지게 한다.

성공하는 사람은 이유가 있다. 그냥 보기에는 쉽게 성공한 것처럼 보인다. 부모가 부자라서, 부모님 도움으로, 운이 좋아서, 똑똑해서, 학벌이 좋아서 다양하게 생각할 수 있다. 그런 조건에서 약간의 노력을 통해 순탄하게 살아온 것 같다.

하지만 그들이 성공을 이루기까지 사연을 알아보면 존경스런 마음이 생긴다. 여러 번의 실패를 했다. 실패를 하면서 좌절감에 빠져 절망에 이르기도 했지만, 절망을 극복하고 다시 일어나기를 수십 번을 했다. 성공을 하게 된 것은 굴하지 않은 신념이었다. 오뚜기 같은 정신으로 살았다. 성공한 사람들은 남다른 특징이 있었다. 실패의 원인을 분석했고, 자신이 부족한 것이 어떤 것인지를 찾아 나섰다.

나폴레온 힐의 『놓치고 싶지 않은 나의 꿈 나의 인생』에 나오는 금광 시굴자인 다비에 대하여 알아본다. 다비는 황금덩어리를 1미터 앞에 두고 금광 채굴권을 고물상에게 싸게 팔아버렸다. 그런데 금광 전문가가 금맥을 발견했다. 다비는 자신의 실수에 굴복하고 대신 이를 경험으로 삼아 백만장자 보험 세일즈맨으로 이름을 남겼다.

실패자와 성공자의 차이는 여기서부터 남달랐다. 성공한 사람은 실패를 바로 인정한다. 알고 보면 너무나 간단한 원리다. 실패를 반복하는 이유는 실패를 인정하지 않았기 때문이다. 자신의 패배를 인정하고 디딤돌로 삼아야 한다. 끈기가 없었음을 인정해야 한다. 다비도 조금만 더 참고 인내를 했다면, 금맥은 자신의 것이 되었을 것이다. 다비는 끈기가 없었던 자신의 한계점을 보았던 것이다. 한계를 자신이 만들었다는 것을 깨달았다. 다비는 금광굴 실패를 계기로 끈기와 인내를 요하는 보험으로 이름을 떨칠 수 있었다. 자신의 결점을 알고 고쳐서 보험으로 백만장자가 될 수 있었다. 결점을 알고도 실행으로 옮기지 않으면 모르는 것보다 더 어리석다.

나를 잃어버리지 않고 사랑하는 법

실패의 원인을 과거의 무덤에서 핑계를 만든다. 잘못된 모든 원인이 과거의 어떤 일 때문이라고 생각한다. 그때를 후회하며 탄식한다. 자신을 원망하고 방황하면 달라지는 것이 없다. 다시 실수하지 않기 위해 자신을 단련해야 한다. 실패는 남이 주는 것이 아니다. 조급해서 멀리보지 못하고 배신을 당했을 수도 있다. 배신을 당했다면 사람을 보는 눈이 부족한 자신의 탓으로 돌려야 한다. 사람들은 술과 담배로, 누구를 원망하기에 바쁘다. 오히려 자신을 망치는 길로 간다. 그럴수록 마음을 잡고 앞으로 나가야 한다.

나는 과거의 무덤을 파헤치며 들락거렸다. 자신을 잃어버리고 돌아볼 기력이 없었다. 하루하루 살아가는 현실에 급급했다. 미움은 가득차서 원망을 했다. 미움은 모든 것을 가렸다. 미워하고 원망하느라 모자란 부분이 보이지 않았다. 나는 잘한다고 한 것 같은데 잘되어 있지 않았다. 착한 것 같은데 착하지 않았고, 좋은 사람 같지만 좋은 사람이 아니었다. 뭔가가 잘못되어간다는 것을 발견했다.

실패의 원인은 내가 아닌 다른 이유를 대고 나는 살짝 빠져도 본다. 그러면서 자신에게 보호망을 친다. 잘못에서 제외되어 다시 하면 성공할 것이라고 생각한다. 내 생각은 맞고 다른 사람의 생각은 틀리다고 본다. 특히 다단계에 빠지면 더하게 된다. 자기만의 아이템이나 기술 노하우보다 자신이 보는 그대로를 믿는다. 나와 생각이 다르면 틀린 사람이 되어버린다. 성공을 위해 특별히 노력하진 않아도 된다고 믿는다. 그래서 사람이 많이 모여드는지 모른다.

나는 실패한 인생을 살고 있다고 생각했다. 주위를 보면 다 잘살고 있어 보였다. 뒤처진 삶을 살고 있다는 생각은 의욕을 상실시켰다. 핑계를 찾아 위안을 삼고 하루하루 삶을 연명하는 듯 살았다. 그때를 떠올리며, 그때 그런 일이 없었다면 그때의 그날과 함께 지냈다. 나의 인생을 방해한 방해꾼들을 제거하지 못했다. 나는 끝까지 그들을 방해꾼으로 모셔두고서 날 괴롭혔다. 핑계는 사람을 낙오자로 만든다.

부족한 부분을 인정하는 것이 성공의 지름길이다

나는 마사지 샵을 보증금만 겨우 받고 떠넘겼다. 권리금은 공중으로 날아가버렸다. 손가락 수술을 급히 해야 했기 때문이다. 그에 앞서 먼저 주인에게 속아 권리금을 많이 주고 인수했던 것이 문제였다. 나는 샵이 하향길에 접어들고 있다는 사실을 몰랐다. 무조건 하고 싶어서 따져보고 싶지 않았다. 상권이나 다른 것들을 분석했어야 했다. 꼼꼼하게 살펴보지 않고 잘된다고 말하는 샵 원장의 말을 그대로 믿었다. 샵 주위에 사람이 많이 다녔던 것은 시장가는 길목이었기 때문임을 나중에야 깨달았다.

샵을 인수하고 보니 생각과는 너무 달랐다. 그래서 다른 방안을 모색해야 했다. 샵을 업그레이드시키기 위해 공부를 했다. 미용기계를 들여오며 투자를 아끼지 않았다. 할 수 있는 것은 최대한 다 해보았다.

그러나 세심하게 보고 파악하는 부분이 모자랐다. 부지런하고 열심히 열정을 다했지만. 하지만 세부적 계획 없이 무조건 뛰어 들었다. 옛날 방식 그대로 나만의 스토리가 없이 그대로 하려고 했다. 손님에게는 인정 때문에 끌려 다녔다. 나의 고급 기술은 제대로 쓰지 못하고, 몸이 다쳤다. 경제적, 정신적 손실에 마음만 상하고 허망하게 샵을 정리했다.

당시 심정은 참담했다. 나는 내 손을 연장처럼 사용했다. 연장은 오래 쓰면 닳고 망가진다. 내 손이 그렇게 되었다. 연장을 수리하는 기간이 필요했다. 다른 인력을 대체할 여유 돈이 없었다. 그동안 공부하고 투자하는 것에 모두 써버려 여유가 없었다. 위험에 대한 대비를 하지 않고 계획 없이 샵을 운영했다. 어이없이 무작정 일을 실행하고 실패했다. 만약 능력 있는 남편이 있다면 샵을 넘기지 않았을 것 같다는 어리석은 생각까지 했다.

"핑계 없는 무덤이 없다."라는 속담이 있다. 무슨 일에라도 반드시 핑계가 있다는 말이다. 내가 그런 사람이 되어 있었다. 손이 아파서 실패했다는 핑계는 그럴싸한 이유였다. 경제적 어려움으로 힘들었다. 하지만 그냥 그만뒀다고 하면 자존심 상하지만 아파서 어쩔 수 없었다고 하는 말은 홀가분했다.

마음에서는 질책하는 소리를 내었다. 잘나가는 사람과 비교하지 말고 다시 도전하라고 말했다. 자신이 없었다. 뭐든 제대로 하는 일이 없는 내게 실망만 생겼다. 그냥 안주하고 대충 살고 싶은 마음이었다. '인생 이렇게 살다가 가는 것인가.' 하는 허망한 생각이 들었다. 그렇지만 나의 의지는 무너질 수 없었다. 너 자신을 보라고 경고했다. 지금 모든 것은 자신이 잘못 판단한 것에서 시작되었다는 것을 인정하는 것이 중요하다는 생각이 들었다. 그리고 꼬마였을 적 당당하고 열정적이던 나를 떠올려보았다.

여행 모임에서 캠핑을 갈 때가 있다. 이른 새벽에 가게 된다. 어둠을 뚫고 새벽을 달리다 보면 태양이 떠오른다. 떠오르는 태양을 눈이 부셔서 볼 수가 없다. 강렬한 빛에 빨려들 것 같다. 낮에 보는 태양과 너무나 다르다. 눈을 멀게 할 것처럼 강해서 찡그리며 본다. 그러다 선글라스를 쓰면 편하게 볼 수 있다. 하지만 그냥 보아도 눈이 부실 뿐이다. 아무 이상 없다.

나는 새벽녘에 보는 태양은 왜 저리 강렬할까 생각해보곤 했다. 어두운 곳에서 갑자기 밖에 나가면 눈이 부시는 것과 같은 이치다. 어두운 생각은 밝은 생각이 들어오는 것을 거부한다. 밝은 낮에 민낯으로 나가면 얼굴의 잡티가 신경 쓰이지만 화장으로 가리고 나면 아무렇지 않다. 나는 민낯으로 밖을 못 나가는 사람과 같았다. 눈이 부신 세상에 나가기 싫었다. 매일 순간순간 빠르게 변하는 세상에 적응하지 못했다. 퇴보하는 사람이 되어갔다. 그래서 모자로 안경으로 양산으로 차단을 하고 세상에 나섰다. 색안경을 낀 세상은 어둡다. 제대로 보지 못하고 그것이 전부인 줄 알았다.

　내가 세상을 바라보는 시선은 어둠에 초점이 맞추어져 있었다. 새장 안에 갇혀 있는 새는 새장 안이 전부인 줄 안다. 문을 열어도 쉽게 날지 못하고 머뭇거리는, 나도 같은 존재였다. 누군가 새장을 열어주고 등을 밀어주기를 기다렸다. 날다가 폭풍우와 천둥 번개를 만나면 따듯하고 편했던 새장 안이 그립고 다시 돌아가고 싶을 수 있다. 그래도 날개 짓을 시작했다면 자유롭게 날 수 있을 때까지 가야 한다. 비를 피할 수 있는 둥지를 다시 만들고 새다운 새가 되어야 할 것이다.

　날아가다가 힘들면 잠시 쉬어가면 된다. 조금 천천히 가도 좋다. 지금까지 새장에 갇혀 약해진 날개를 탓하지 말고, 자신의 부족한 부분을 인정하며 끝까지 최선을 다하자. 그러다 보면 단단해진 날개가 힘을 받아 더 높이 오를 수 있을 거라고 생각한다.

있는 그대로의 나를 내보이는 용기

자신의 약점이나 모자라는 점을 숨기고 감추기보다는
있는 그대로 드러낼 수 있는 용기를 가진 자에게는 결국 길이 열리게 될 것이다.
– 이드리스 샤흐

자신을 드러낼 용기가 있으면 길이 열린다

자신을 쉽게 내보일 수 있는 사람이 얼마나 될까? 나를 비롯해 대부분 보이는 것을 꺼려한다고 생각한다. 처음 만나는 사람에게 굳이 말할 필요는 더 없다. 비즈니스를 위해 처음 만나는 사람에게 좋은 이미지를 주기 위해 많은 신경을 쓴다. 오랜 시간을 두고 보지 않았기 때문에 처음 주는 인상을 중시 여긴다. 보이는 모습에서 사람을 평가하기 때문이다.

말하지 않아도 시간이 가면 상대의 모습이 보인다. 그래서 본 모습을 감추기 위해 과시를 하기도 한다. 윗사람이나 직장상사에게 잘 보이기 위해 이중적으로 행동한다. 보이지 않은 곳에서는 험담을 하다가도 얼굴을 보면 태도를 바꾸는 사람도 있다. 일에 자신이 없는 사람일수록 이중적 성향을 더 보인다. 자기 일을 잘하면 그렇게 할 필요가 없다. 어떻게 해서든 잘 보이고 싶은 마음에서 시작된다.

자신을 과감하게 보일 수 있는 사람이 드물다. 굉장한 자신감이 있어야 한다. "자신이 지닌 약점을 보이고 싶은 사람 없다. 약점이 보이면 그런 사람으로 낙인을 찍기 때문이다. 그래서 자신의 부족한 모습은 보이지 않으려 한다. 상대방의 결점에 나의 결점도 묻어가기 때문에 들추어내기를 좋아한다.

이드리스 샤흐는 이런 명언을 남겼다.

"자신의 약점이나 모자라는 점을 숨기고 감추기보다 있는 그대로 드러낼 수 있는 용기를 가진 자에게는 결국 길이 열리게 될 것이다."

자신을 내보이기 싫어하면 부작용이 따른다. 감추려면 거짓을 말해야 한다. 거짓을 반복하면 부작용이 오고 일이 커져버린다. 처음부터 자신을 솔직하게 내보이고 나쁜 점은 버리고 좋은 점은 발전시켜가면 된다. 나는 좋은 기억보다 나쁜 기억이 많았다. 성공보다 실패를 많이 했고, 잘한 것보다 못한 것이 더 많았다. 있는 것보다 없는 것에 집중했다. 더 많이 가지려고 발버둥 쳤다. 이루지 못한 것이 아쉬워 밤잠을 설쳤다. 사랑을 주기보다 사랑받기를 원했다. 이런 마음을 감추고자 즐거운 척했다.

나는 가난, 이혼, 학벌 등에 얽매인 삶을 살았다. 어딜 가면 주눅이 들어 꼼짝을 못했다. 그래서 매사에 자신이 없었다. 기가 죽어 어디를 가도 행복하지 않았다. 세상 사람들은 능력 있고 잘나가는 사람은 인정해준다. 틀린 말도 맞는 말로 들린다. 혼자이면서 가난하기까지 하면 우습게 보았다. 별 볼 일 없는 직업에 가난하면 사람 취급하지 않는 세상이다. 나를 내보인다는 것은 자존심을 떨어트리는 꼴이다. 사람들은 나보다 조금 하위라고 생각되면 휘두르려고 한다. 그래서 굳이 보일 필요가 없다고 생각했다.

자신을 내보이기 쉽지 않은 이유는 많다. 내가 그렇듯 다른 사람도 비슷한 이유가 많을 것이다. 먼저 자존심의 문제다. 그렇게 되면 자신이 비참해진다. 열등감에 사로잡히게 된다. 사소한 말에도 상처를 받기 쉽다. 앞에서는 웃어도 속으로 비웃는 듯하다. 궁금해하는 것도 싫다. 사람들의 얘깃거리가 되고 싶지도 않다. 남편과 자녀의 성공을 자신의 성공으로 생각하기도 한다. 그러면 나는 패배자가 되어버린 듯 했다. 있는 척해야 무시당하지 않는다. 나는 세상의 기준에서 나를 바라보고 나를 감추기에 급급했다.

나를 잃어버리지 않고 사랑하는 법

아들을 키우며 경제적으로 힘들었다. 지인이 아들 셋을 혼자 키운다며 걱정을 많이 했다. 재혼을 권유받았다. 가난 때문에 재혼하면 행복하지 않을 것 같았다. 고생을 해도 자존심을 굽히고 살고 싶지 않았다. 또 아이들이 걱정되었다. 경제적 여유가 있어도 아이들과 마음이 맞지 않으면 더 큰 고통을 겪을 것 같았다. 다른 한편으로는 경제적으로 안정되게 살고 싶었다. 남들 앞에서 나도 배우자가 있다고 당당하게 말하고 싶었다.

고민 끝에 선을 보았다. 마음이 내키지 않아 사람이 눈에 들어오지 않았다. 나는 상대방을 보자마자 아들 셋에 학벌도 낮고 직업도 좋지 않은 수준 낮은 사람이라고 말했다. 재혼은 관심 없다고 말했다. 처음 보는 남자에게 자신을 그대로 내보이는 것은 자존심 상하는 일이었다. 나는 다시 보지 않을 마음에 솔직하게 말을 했다. 나의 상황을 모두 털어놓고 내 할 말만 하고 일어섰다. 그러자 나를 앉히며 진중하게 말했다. 솔직하게 말해서 고맙고 마음에 든다고 말했다.

다들 자신을 자랑하기에 바쁜데 나 같은 사람 처음 본다고 했다. 의외의 반응에 놀랐다. 아마 재혼을 목적으로 나갔다면 잘 보이기 위해 좋은 말만 했을 것이다. 그 당시에 나는 그 남자가 이상하다고 생각했다. 자신의 부족한 점을 말하면 지고 들어가는데, 혹시 나의 결점을 이용하려고 그러는 것은 아닌가 하는 생각이 들었다. 처음 보는 사람에게 누가 말한단 말인가? 나한테 잘난 척하려고 위선을 부리는 것 같았다. 일주일 시간을 주며, 교제 여부를 결정해 달라고 했다.

자신을 내보이는 것이 어려우면 다른 사람의 마음도 파악하기 어렵다. 진심일까 거짓일까 고민만 하다가 아무것도 못하고 만다. 나는 믿기가 어려워 시작하지 않았다. 옛날 남편이 약한 마음을 이용했던 것처럼 다시 당하고 싶지 않았다.

어릴 적에 오빠가 누에 키우는 것을 본 적이 있다. 누에가 비단실을 뽑은 후 번데기가 된다. 번데기는 껍질을 벗고 진액으로 고치솜을 뚫고 나온다. 그리고 나방이 된다. 하얀 고치솜 안에 번데기가 나오지 못하면 나방이 될 수 없다. 번데기로 살다가 죽는다. 번데기일 뿐 아무리 나방이라고 외쳐도 번데기다. 껍질을 벗는 고통의 과정을 거쳐야 한다. 그리고 껍질을 벗고 나와야 나방이 되어 날 수 있다.

번데기 주름잡는다는 말이 있다. 나도 번데기처럼 살았다. 나방이 되고 싶은 마음만 있을 뿐 나올 용기가 없었다. 내 안의 주름진 모습을 벗기려면 부끄러움을 감수해야 한다. 나를 보여서 있는 그대로를 인정해야 한다. 그런 모습으로 되어갈 때 자유로운 나방이 되는 것이다. 번데기처럼 사람들의 안주거리로 살 수는 없다. 열심히 명주실만 뽑아놓고 번데기로 죽지 않으려고 고치솜을 뚫는 나방 같이, 일만 하다가 원하는 꿈이 무엇인지 모르는 사람이 되고 싶지 않았다.

나를 잃어버리지 않고 사랑하는 법

사람들의 실체를 들여다보면 번데기를 닮은 부분이 많다. 소리를 질러 외쳐 보지만 껍질 속에 갇혀 나가지 않는다. 혼자 소리에 갇혀 메아리만 울린다. 나의 자존심은 건들지 말고, 가치를 알아달라고 나비라고 외친다. 그렇게 소리만 지르다가 간다. 실패가 무서워 안주하고 고난을 피하면서 성공하려 한다. 쉽게 성공하길 바란다. 누에와 번데기를 보면 징그럽다. 반면에 영향이 덩어리다. 누에는 실을 뽑으며 가치를 발휘한다. 누에의 성장 과정을 통해 많은 생각을 해본다. 때로는 실이 되고 비단옷도 될 수 있는 누에같은 존재가 되어 타인에게 좋은 영향을 주어야 한다.

〈한국책쓰기1인창업코칭협회(이하 한책협)〉의 김태광 대표는 100억 부자가 되기까지 실패와 어려움이 많았다. 처음 시를 쓰고 여러 출판사에 투고를 했지만 수없이 거절을 당했다. 처음에 출판한 책은 팔리지도 못하고 사라졌다고 했다. 실망하고 낙담했을 것이다. 창피하고, 주위의 시선이 따가웠을 것이다. 그래도 포기하지 않았고 부족한 부분을 끝까지 찾아내었다. 오직 베스트셀러 작가가 된다는 꿈 하나만 보고 달렸다. 부족한 부분을 인정하고 찾아가며 포기하지 않았다. 노력했다. 끝까지 인내하며 갈 수 있었던 것은 꿈이 있었기에 가능했다.

자신의 못난 부분을 숨기고 싶은 마음은 누구나 가지고 있다. 단점을 드러낸다는 것은 용기다. 남에게 말하고 보인다는 것은 고치고 싶은 마음에서 시작된다. 고치고 싶지 않으면 말할 필요가 없다고 본다. "너 자신을 알라."는 소크라테스의 말처럼 자신을 알면 성공할 수 있다. 그런데 자신의 단점을 잘 모르는 사람이 많다. 아니 알고자 하지 않는다. 고치려고 노력하는 것이 귀찮고 싫어서이다. 변화되고자 하면 결단해야 하기 때문이다. 그러다 어영부영 세월을 보내버린다.

내가 이혼이 그렇게 부끄러웠다면, 이혼녀도 성공할 수 있다는 것을 보여주어야 했다. 창피하다는 핑계로 하지 않으려고 했다. 누구보다 부지런하게 열심히 했다. 하지만 결과물은 실패였다. 실패의 원인은, 있는 그대로 보이는 것을 두려워했기 때문이다. 가끔씩 교제를 신청했던 사람이 했던 말을, 솔직하게 나의 입지를 말했을 때 상대방의 표정을 생각해본다. 당시는 사람의 진심을 알아보지 못했지만, 솔직한 사람이 매력 있는 이유를 이제는 안다. 부족한 부분을 인정하고, 잘못된 부분을 고치고 바로잡아 실행으로 옮길 때에 성공은 다가온다.

나를 잃어버리지 않고 사랑하는 법

김새해는 유튜브 메신저로 유명하다. 꿈, 희망, 상처 치유, 사랑, 감사, 모든 수식
어로 유튜브 시청자들을 매료시키고 있다.

『내가 상상하면 꿈이 현실이 된다』에서 그녀는 아버지의 사업 실패와 부모님의 이
혼 등으로 상처를 많이 받았다고 말한다. 김새해 작가는 자신을 쓸모없는 사람
으로 생각하고 자신을 학대했다.
그러나 고름으로 수술을 받고 병원에 찾아온 언니의 따스한 손길과 눈물로 사랑
을 느꼈다. 그 후 그녀는 '나는 내 생각보다 훨씬 더 존귀하다.' 자신이 누구인지를
잊지 않으려고 노력했다. 그리고 어떤 사람을 만나 무슨 일을 겪는다 해도 긍정
적이고 감사한 마음으로 살기로 했다.

그녀는 미국을 비롯해 세계 여러 곳을 다니며 숱한 고생을 했다. 그녀가 뉴욕에
서 작품 판매를 할 때 돈, 명예 등 무엇이든 이루어주겠다며 유혹을 받기도 했다.
하지만 돈 때문에 영혼을 팔며 성공하고 싶지 않았다. 깨끗하고 멋진 성공을 하
기로 결심했다. 현재 김새해는 사랑 한 스푼 강연가로 성공한 삶을 살고 있다.

내 안에서
울고 있는
내면아이

내버려둔 상처가 있는가? 오늘 상처를 치유하고 싶은가?
방치된 상처는 상처를 넘어서는 데에 필요한 기력을 모두 소진해버린다.

– 이얀라 반젠트

상처는 회피하면 해결되지 않는다

세상에 상처 없는 사람이 얼마나 될까? 사람들과의 관계 속에 살아가려면 상처를 받지 않고 살 수는 없다. 크고 작은 상처를 받으며 살아간다.

상처를 보이기는 싫다. 상처를 말하면 기억을 떠올려 마음이 자극된다. '긁어 부스럼 된다.'고 그냥 가라앉혀 두고 싶다. 떠올리면 다시 가라앉히는 시간이 걸리기 때문이다. 그래서 부정하고 싶고 말하려 하지 않는다.

힘든 생활은 흐려지는 과거의 기억을 다시 떠올리게 만든다. 어린 시절은 진찬이라는 별명 때문에 세상에 존재하지 않았어야 할 사람이라고 생각했다. 20대 초에 겪은 성폭력, 그리고 결혼과 이혼, 나에게는 치명적인 아픔이요 상처였다. 당시에는 숨기고 싶은 비밀로 생각했다. 나를 알면 더럽다고 욕하고 도망갈 것 같았다. 마음이 너무나 아파서 견딜 수 없었다. 부모, 형제, 친구 그 누구에게도 말할 수 없었다. 혼자 끙끙대며 살아가야 했다. 감추면 될 줄 알았다. 잊으려고 노력하면 잊혀질 거라고 생각했다. 상처로 자리 잡고 있을 줄 몰랐다. 나는 커다란 상처 안에 사소한 것까지 쌓아두고 살았다.

나는 죄의식이 많았다. 나는 양심에 조금이라도 걸리면 못 견뎌한다. 과거의 일 때문이다. 졸업을 하고 첫 직장에서 나를 짝사랑했던 사람이 있었다. 나는 대학을 가려고 재수를 하느라 이성에 관심이 없었다. 그리고 순진하여 남자를 사귀면 결혼해야 되는 줄 알았다. 이성의 사랑 고백을 듣고는 상대방이 자존심 상할 말만 골라서 했다. 나를 욕하고 생각지도 말라고 냉정하게 대했다. 내 말을 듣고 그 사람은 많이 힘들어했다.

나는 그 후 지울 수 없는 상처를 받았다. 나를 사랑한다는 사람에게 못된 말을 해서 내가 벌을 받는 것 같았다. 어린 생각으로 나를 나쁘게 생각하고 빨리 잊으라고 했던 말이었다. 그런 말을 했던 것이 무척이나 후회되었다. 지금도 미안한 마음을 갖고 있다. 그래서 누가 아무리 잘못해도 상처 주는 말을 하지 않으려고 했다. 말을 뱉고 나면 주워 담을 수 없다는 것을 몸소 겪어 알고 있기 때문이다.

시간이 지나도 기억은 없어지지 않았다. 결혼을 하고서 힘든 생활의 연속이었다. 하루에 수십 번 후회하는 말이 떠올랐다. '잘난 척하더니 이렇게 살려고 그런 말을 했어.' 하는 생각에 자책했다. 앞으로는 절대 상처되는 말을 말아야겠다는 생각을 했다. 하나님께 수없이 용서의 기도를 구했다. 내가 무엇 하나라도 잘못하면 벌 받을 것 같아 무서웠다. 나는 상처를 준 것에 미안했고 상처를 받은 것에 마음 아파하며 지냈다.

시간이 지날수록 자신을 감당하기 힘들어졌다. 해야 할 말도 못하는 바보가 되어갔다. 실수라도 해서 사람에게 상처줄까 봐 말수를 줄였다. 내가 이익을 더 챙기면 마음에 걸려 잠이 오지 않았다. 스스로를 힘들게 하기에 양심을 바르게 했다. 하지만 사람들은 주관 없는 바보로 여겼다. 사람들과 함께하는 것을 좋아하지만 혼자였다. 상처받을까 봐 피했다. 주위의 눈치를 보며 소신 없이 살았고, 어디서든 존재를 보이고 싶지 않았다. 그림자처럼 왔다가 가는 것이 좋았다.

이런 내가 싫고, 답답했다. 마음의 감옥에 갇혀 꼼짝하지 못하고 있다. 모든 것을 버리고 죽고 싶다는 생각도 들었다. 원하지 않은 삶을 살아가는 듯 의미가 없었다. 일을 마치고 집으로 들어가면 우울한 마음은 더해졌다. 모든 의욕이 상실되고 무력했다. 갱년기 우울증 같아서 운동을 하며 애를 써 보았다. 하지만 그때뿐 소용없었다. 왜 그런지를 몰랐다.

벚꽃이 만발하던 작년 봄, 지인이 보내준 동영상을 보게 되었다. 김새해 작가는 루이스 L. 헤이의 『치유』를 읽어주었다.

"과거는 이미 지난 일이다. 지금 당신은 당신이 원하는 대로 자신을 대할 자유가 있다. 겁에 질린 아이를 달래 주어야지 꾸짖어서는 안 된다. 자신을 꾸짖으면 두려움만 더 커진다. 내면의 아이가 불안하다고 느낄 때 많은 문제가 발생한다. 어릴 때의 경험을 떠올려보라. 사람들이 당신을 무시하고 깎아 내릴 때 어떤 기분이 들었는가? 지금 당신 안에 있는 아이도 똑같이 느낀다."

동영상에 소개된 글처럼 이미 지난 과거에 묻혀 지내는 삶은 죽은 삶과 같다. 빛이 들어오면 빛을 보지 못하게 차단한다. 내면에 자리 잡은 상처를 버리려고 자신을 학대하고 미워한다. 자신을 미워하면 상처가 지워질 줄 안다. 스스로 상처를 주며 자신을 돌보지 않는다. 자신은 그렇게 내버려 두어도 괜찮다고 여긴다. 자신은 그런 대접을 받아도 되는 사람으로 생각하고, 그렇게 살아가야 하는 사람으로 생각한다.

부정적 생각과 자기 비난은 자신을 짓밟는 행위다. 우리의 생각이 부정적이든 긍정적이든 세 살 이전에 형성되었다. 이때 형성된 자아와 인생

관이 세 살 이후 경험의 기초가 된다. 주위에서 어릴 때 우리를 대한 방식 그대로 우리 자신을 대하고 있다. 꾸짖고 있는 상대는 내 안에 있는 세 살 짜리 꼬마에게 꾸짖는 것과 같은 것이다. 겁이 나고 화가 난다면 자신이 3살짜리 꼬마라고 생각해보라는 것이다. 어린아이가 울고 있을 때에 야 단을 쳐보라. 아이는 겁에 질려 더 크게 울고 만다. 우리의 내면은 이 아 이와 같다. 누군가 쓰다듬어주고 보듬어주어야 아이는 울음을 그친다.

이제 어른이 된 자신이 내 안의 어린아이를 달래주어야 한다고 했다. 김새해 작가의 영상을 듣는데 눈물이 났다. 듣고 또 들었다. 퇴근하여 자 기 전에 들으면서 잠을 잤다. 내면의 아이를 위로해주라는 말은 충격적이 었다. 한 번도 내면의 상처받은 나를 생각해보지 않았다. 항상 나를 늘 꾸 짖었기 때문이다. 왜 그랬냐고, 바보라고 자신을 내몰았다. 조그만 실수 도 용납 못했다. 당연히 자신을 채찍질하는 것이 맞다 여겼다. 오래된 지 난 과거를 떠나보내지 못했다. 붙잡고 있어야 살 수 있을 것 같았다. 상처 를 치유하는 법을 모르고 헤집어 파고 지냈다. 나는 시간이 지나도 상처 를 떠나보내지 않았다.

나는 아들을 키우며 엄마의 상처가 아이들에게 피해를 준다는 것을 깨 달았다. 아이들의 기준이 아닌 엄마의 기준에 맞추어 생각하고 판단하며 교육을 했다. 아이를 아이로 보지 않고 어른처럼 생각했다. 완벽한 사람 이 되어야 한다고 조그만 실수도 짚고 갔다. 아이가 실수하는 것은 당연한데 나무라고 야단을 쳤다. 완벽한 사람이 되어야 엄마 같은 삶을 살지 않을 것 같았다.

아이들에게 미안함에 죄의식이 왔다. 내가 잘못 선택하여 이런 결과를 가져왔다는 마음이 들었다. 모든 원인이 나인 것 같아 나를 원망했다. 내가 잘한 것은 아이들을 내가 키우는 것 하나뿐이었다. 겨우 의식주를 해결하고 살았지만 아이들이 위로가 되었다. 가끔 주위에서 대단한 엄마라고 말한다. 아들 셋을 어떻게 키웠냐고 칭찬의 말을 한다. 그런 소리를 들을 때면 쥐구멍이라도 들어가고 싶었다. 부족한 엄마인 것을 모르고 대단하게 보는 사람들에게 미안했다. 나는 그럴 때면 어디에 서야 할지 모르겠다.

혼자 자신에게 하는 자책은 그릇된 생각으로 몰기도 한다. 옳지 않은 것을 보아도 넘긴다. 내가 뭐라고 따지냐는 생각을 들게 한다. 아이들을 나무랄 때도 그러했다. 야단을 치다가 갑자기 나 자신을 생각하게 된다. 너도 그러잖아. 못난 자신을 견주어보다 끝나버린다. 나는 완벽하지 않은 엄마는 야단칠 자격이 없다고 생각했다. 아마 내가 대단한 사람이었다면 상대를 괴롭게 하는 사람일 수 있었다. 완벽을 추구하는 성격에 사람이 준 상처 때문에 자신을 잃어버렸다. 완벽하지 않은 사람은 아무것도 아닌 것으로 생각했다. 잘못된 방식은 해결되지 않은 내면의 상처와 싸웠다.

나는 『치유』라는 책에서 상처의 근원을 치유하고 회복해야 된다는 것을 깨달았다. 누구나 상처를 받을 수 있다. 받은 상처를 버려두는 것에서 문제가 시작된다. 버려진 것들은 메말라서 버석거리며 소리를 내다 서로 부딪힌다. 그러다 부서져버리고 만다. 상처는 부서지기 전에 치유해야 한다. 나의 회복되지 않은 상처는 잠재되어 있다가 자녀에게 다른 모습으로 나타났다.

TV에서 상처받은 사람을 위해 상담하는 방송을 보기도 했다. 관심이 있어서 보곤 했지만 별 의미가 없었다. 용서를 하면 치유가 된다고 했다. 그래서 나는 용서를 하려고 했다. 용서가 된 것 같았다. 예전 같지 않았지만 앙금이 남아 있었다. 용서라는 말은 말처럼 쉽지 않다. 타인을 용서하기 위해서는 먼저 자신을 용서해야 한다. 자신을 용서하지 못하면서 누구를 용서하겠는가. 타의든 자의든 본인 안에 잠식하고 있는 죄의식을 버리고 못난 모습을 사랑할 줄 알아야 한다. 그러할 때에 타인을 용서할 수 있다. 나는 내 안의 어린아이를 잘 돌보아주지 않고 홀대했다. 이제는 그 아이에게 말한다. '어떤 모습이라도 괜찮아.' 어떤 모습도 사랑한다고. 지금까지 힘들게 해서 미안하다고, 힘든 하루 잘 견디어주어 고맙다고. 용서는 사랑이 없으면 하지 못한다. 자신을 용서함으로써 타인을 용서하게 된다. 그리고 자신을 사랑하게 된다.

나를 잃어버리지 않고 사랑하는 법

06

감정의
주인이 되면
부끄럽지 않다

감정은 감정일 뿐이다. 감정은 무엇인가 잘못되었음을 알려준다.

중요한 것은 당신이 그 감정으로 무엇을 하느냐이다.

– 앤 윌슨 세프

감정의 주인으로 살자

자신의 감정을 솔직하게 드러내는 사람이 제일 부럽다. 당당하고 멋지게 보인다. 때로는 솔직한 말에 당황스러워 받아들이기가 어렵지만, 내게 없는 모습이 있는 그런 사람이 좋다. 솔직하고 진솔하면 믿음도 간다.

어디를 가도 솔직 담백한 친구가 있다. 나는 의사표현을 확실히 하지 않고, 언제나 두리뭉실하게 말한다. 나는 친구가 만나자고 제안하면 항상 약속을 했다. 일이 있어도 약속을 지키려 했다. 가끔 식사나 운동을 하자고 하면 시간이 없다는 말을 자주 했다. 처음에는 친구를 오해했다. 나는 바빠도 일부러 시간을 냈기 때문이다. 원하는 시간을 할애를 하는데 친구는 그렇지 못할 때가 있었다. 처음에는 서운했다. 그러면서 생각을 해보게 되었다. 바쁜 일이 생기면 그렇게 하는 것이 당연했다. 억지로 만난다면 더 부담되었을 것이다. 친구의 명확한 표현이 점점 편해졌다. 그래서 그 친구에게 나의 의사를 표현하는 것이 쉬워졌다.

만약 서로 두리뭉실했다면 서로에게 부담 갔을 것이다. 내 말을 모두 들어주면 상대방의 말도 들어주어야 관계가 오래간다. 그런 관계를 유지하기 위해 애를 쓰다가 지쳤을 것이다. 그러다 오해가 생겨 좋은 관계가 되지 못했을 것이다. 친구는 솔직하고 까칠했다. 하지만 처음 보는 사람과도 얘기를 잘했다. 나와 반대였다. 나는 성격이 좋고 유해 보여도 말을 걸지 못한다. 일도 잘하고 솔직한 친구가 부럽고 좋았다. 좋고 싫음을 분명하게 하는 사람이 현명하게 사는 사람이다.

"우리 사회는 분위기를 파악하는 것이 매우 중요하다고 가르쳐왔다. 튀지 않고 무난한 사람이 사회생활하기 좋은 사람이라 했다. 물론 어느 정도 맞는 말이고 일리도 있다. 하지만 대세를 따르라는 것에서 그치지 않고, 개인의 감정을 참고 숨겨야 함을 당연시했기 때문에 우리는 드러내는 것보다 감추는 것에 능숙해졌다."

나를 잃어버리지 않고 사랑하는 법

『나의 자존감 연대기』의 김미희 작가는 감정을 드러내지 못하는 이유가 사회적 분위기에도 영향이 있다고 했다.

직장에서 윗선 동료에게 할 말을 하면 뒷말을 듣는다. '어떻게 감히' 라는 말이 옛날에는 더 심했다고 한다. 하지만 지금도 사라지지 않았다. 마음은 감정을 표현하고 쉽지만 잘하지 못한다. 그래야 편하게 갈 수 있기 때문이다. 그래서 개성이 강하고 잘난 사람은 싫어한다. 좋지 않은 시선으로 잘난 척한다는 말을 한다. 개중에 일부러 난 척하는 사람이 있을 수도 있지만 극히 드물다. 특별나기 때문에 눈에 띄는 것이다. 잘나가는 사람에 대한 일종의 시샘일지도 모른다. 자신과 비교되는 그들이 부러워서, 잘나가고 개성 있는 사람은 나보다 못난 사람을 시샘하지 않는다.

솔직하게 말하지 못하는 이유는 자신감 결여에서 온다. 뭐든 잘할 수 있으면 주위의 눈치를 볼 필요가 없다. 주위의 분위기를 살피고 겁먹는 것이다. 하고 싶었던 말도 분위기에 휩쓸려 살며시 사라진다. 처음에는 사회가 원하는 사람으로 사는 것이 그리 힘들지 않다. 남이 시키는 대로 하는 것은 속 편하다. 내 책임이 아니기 때문이다. 잘못되면 상대에게 떠넘기면 된다. 본인에게도 조금은 있겠지만, 전적인 책임은 시키는 사람의 몫이기 때문이다. 그런데 그렇게 살다 보면 발전이 없다. 그 자리에 머물지도 못하고 퇴보한다. 나중에는 자신의 의견이 누구에게도 수렴되지 않는 사람이 되고 만다.

일이든 사람과의 관계든 분명한 것은 환영받는다. 자신의 감정을 솔직하게 드러내지 못하는 것이 내성적인 성격과는 다르다고 본다. 내성적이고 조용한 사람도 자신의 의견을 말하고, 성공한 사람을 보면 조용하고 차분하다. TV 드라마 주인공을 보면, 가난하지만 성공하기 위해 노력하고 사리가 분명하다. 해야 할 말과 하지 말아야 할 말을 구분할 줄 안다. 불의에도 굴복하지 않는다. 자신의 감정에 충실하다. 그러면서 확신이 있고 일처리도 잘 해나간다. 주인공을 보면 나도 그런 사람이 되고 싶어진다. 나를 대변하는 듯 카타르시스를 느낀다. 시청률이 높은 것은 그만큼 공감대를 형성하기 때문일 것이다.

하고 싶은 말을 참으면 내성적이라고 말한다. 내성적이기보다 할 말을 못하는 것이다. 내가 생각하는 내성적인 사람은, 조용하게 다른 사람의 말에 귀를 기울이고, 차분하고 세심하게 사람이나 사물을 살펴보는 지혜로운 사람이다. 말을 참으면 내성적이고, 말을 하면 외향적인 것이 아니다. 외향적이고 활발한 사람도 할 말을 참는다. 살기 위해 환경의 지배를 받기 때문이지 성격 때문이 아니다. 내성적인 사람이 나쁜 환경의 영향을 계속 받으면 할 말을 하지 못하는 사람으로 되어간다. 그래서 성격은 변한다고 한다.

환경에 지배 받게 되면 화를 누르게 된다. 누르고 있던 화를 다른 곳에서 쏟아내는 사람도 많다. 급하고 외향적인 사람은 쏟아내고 내성적인 사람은 참아내는 것이다. 성향에 따라 표출 방법이 다를 뿐이다. 외향적인

나를 잃어버리지 않고 사랑하는 법

사람이라고 무조건 화를 내고 할 말을 다하는 것이 아니다. 화만 낼 뿐이지 중요한 말을 하지 못한다. 상대를 설득하는 분별력 있는 말을 하지 못한다. 내성적이지만 솔직하고 자신 있게 말하는 CEO, 훌륭한 리더가 많다. 솔직하게 감정을 드러내는 것은 성격과 별개의 문제다.

자신의 성격을 탓하지 말아야 한다. 성격 때문이라고 단정 짓지 말고 감정을 읽어야 한다. 잃어버린 자존감과 자신감을 찾아야 한다. 회사에서 받은 스트레스를 집으로 가져온다. 그 스트레스를 배우자에게 푼다. 배우자에게 받은 상처는 다시 자녀에게 간다. 자녀는 다시 부모에게 상처를 준다. 종로에서 뺨맞고 한강에서 화풀이 한다는 말처럼, 스트레스나 화는 순환하여 돌고 돈다. 약자에게 화풀이를 하고 위안을 삼는다. 화는 풀어야 하나 사람에게 푸는 것은 잘못된 발상이다.

가게를 운영하면서 다양한 사람을 본다. 서비스 종사자가 실수라도 하면 꾹 참았던 분노를 터트리며 화를 낸다. 별것도 아닌 것을 크게 만든다. 같이 동행한 일행에게도 불쾌감을 준다. 한 말을 하고 또 하며 묻는다. 하고 싶은 말을 시원하게 하지 못했기에 누군가에게 푸는 것이다. 스트레스는 사람을 예민하게 하고 신경질적으로 만든다. 그래서 별것 아닌 것도 넘기지 못하고 따진다. 오랜 시간 방치하다 불면증과 우울증으로 가기도 한다. 할 말을 참는다는 것이 무섭다.

사람들은 '성격이 좋다, 착하다, 너그럽다'라고 하지만, 이것은 사실 우유부단하고 명확하지 못하다는 말이다. 나는 전자의 말을 자주 들었다. 하지만 후자가 나를 잘 설명하는 말이다. 내 감정에 충실하지 못하는 이유가 있다. 죄의식과 자신감 결핍 때문이다. 과거에 함부로 했던 말이 죄책감을 주었기 때문에, 혹시 실수해서 상처를 줄까 봐 겁이 났기 때문이다. 바나나 껍질을 까듯 쉽게 속살을 보이고 아무런 여과 없이 마음을 다 보인 것이 후회되었기 때문이다. 껍질 벗겨진 바나나를 다시 주워 붙일 수 없었다. 나는 내가 했던 말을 후회하면서 참는 사람이 되어갔다. 말은 참는 것이 덕목이라 생각하며 살았다. 마음은 펄펄 끓어도 참는 것이 맞다고, 부당한 것은 시간이 지나면 해결되고 진실은 언젠가 모두가 알게 된다고 믿었다.

"혼자 남는 걸 피하거나, 개인적 책임을 피하거나 비판이나 반감에 쉽게 상처를 받거나, 버려질까 봐 너무 두렵거나, 아주 수동적이 되어 관계를 포기하거나, 타인들로부터 도움을 받지 않으면 결정을 내리기 힘들거나, 갈등과 다툼을 피하고 사교적으로 지내려고 애쓴다면, 당신은 전문가의 조언이 필요한 상태일지 모른다."

『결단』의 저자 롬 무어는 도움을 필요로 할 때는 도움을 받아야 한다고 했다.

나를 잃어버리지 않고 사랑하는 법

우유부단한 것도 감정에 솔직하지 못한 이유 중 하나이다. 옳고 그름을 판단하는 기준이 있으면 자신의 의견을 잘 드러낼 수 있다. 하지만 자기의 생각이 옳은지를 분간하지 못하면 할 말을 조리 있게 할 수 없다. 머리로는 알지만 표현이 되지 않는다. 잘못 말하면 오히려 자신이 더 손해를 볼 수도 있다. 참는 것보다 못한 경우도 생기는 것이다. 상대가 잘못해서 욱하는 성질에 한 대 때렸다가 코피가 나면 때린 사람 잘못이 되는 것과 같다. 차라리 참는 것이 나은 것이다.

나도 화가 나면 말을 못한다. 안색이 바뀌면서 분을 삭인다. 하고 싶은 말이 목덜미까지 오르지만 꾹 참는다. 그렇게 하기를 반복하면 그 사람을 보지 않게 된다. 나는 부딪치기보다 보지 않는 것이 낫다고 생각했다. 부딪쳐 싸우면 품격만 떨어지고 좋을 것이 없었다. 그런데 주위의 사람들은 아웅 거리면서도 가까이 지냈다. 나는 그런 사람들이 이해되지 않았다.

성격이 비슷하다 보니 서로 티격 거리는 것이었다. 감정의 골이 있어서 그런 것이 아니다. 그런 사람들은 당시의 기분 나쁜 것을 짚고 넘어간다. 참고 지내는 것보다 훨씬 감정이 상하지 않은 것이었다. 그래서 금방 얘기를 하며 아무 일 없는 듯 지내는 것을 보았다.

감정에 솔직하기 위해서는 연습이 필요하다. 마음을 먼저 들여다 보고 자신에게 당당해야 한다. 화가 나는 마음도 인정해야 한다. 화가 나는 이유를 알아야 한다. 그리고 정확하게 설명해야 한다. 마음이 시키는 대로. 해야 할 말이라면 꼭 그때 하지 않아도 좋다. 문자나 카톡, 메일, 얼마든지 마음을 드러낼 수 있는 방법은 많다. 마음을 보여주고 이해를 받을 때 가까워지고 성숙한 사람으로 성장한다고 생각한다.

07

지금의 내가 괜찮은 사람이라는 사실

누가 누구보다 약하든 강하든, 하얗든 검든 무슨 소용인가? 대학 학위가 왜 그토록 대수이며,
이력서는 왜 비교하는가? 그들이 중요한 자리에 앉는 것이 뭐가 그토록 중요한 일인가?
당신은 신의 자리에 함께 앉아 있다.

– 맥스 루케이도

사소한 것에서부터 행복은 온다

"당신이 하는 조그마한 일들, 낯선 이에게 살짝 웃어주는 것과 누군가
에게 작은 칭찬을 하는 일들이 영적인 진실과 영혼의 순수함에 더욱 다가
가게 하는 일들이다."

– 디펙 초프라

사소한 일에서 행복을 많이 느끼고 사는 사람이 행복한 사람이다. 행복
은 돈이 가져다주는 것이 아니다. 마음에서 행복을 느낄 수 있어야 행복

이다. 자신이 하는 일에 만족하며 사는 사람이 그리 많지 않다. 딱히 하고 싶던 일을 하는 것이 아니다. 남들이 하니까 자신도 하는 것이다. 돈이 없으면 사람 행실도 할 수 없다. 직장이 없으면 서야 할 길이 없다. 유산을 상속받지 않는 이상 아무것도 못한다. 일은 곧 돈과 연결이 되기 때문에 삶을 영위하기 위해서 일을 할 수밖에 없다.

치열하게 살아도 평범한 생활에서 벗어나기 어렵다. 자신만의 특별함이 없기 때문이다. 젊은 시절에는 살아온 시간보다 남은 시간이 많기에 희망을 걸어본다. 남은 시간은 갈수록 짧아진다. 그러면서 마음은 초조해진다. 마음은 그대로인데 겉모습이 변해간다. 변해가는 자신을 수용하기가 싫어진다. 인정하고 싶지가 않다. 갈수록 변화되는 세상에 적응하기는 점점 더 어려워진다. 나의 한탄을 들어줄 세상은 어디에도 없다는 것을 깨닫고 시간을 헛되이 보내지 말아야 한다.

환경은 현실을 실감하게 한다. 원하지 않은 환경 속에서 버티며 자신을 비하한다. 버려진 깡통처럼 발길질 당하는 기분이 된다. 지지리 못난 모습이 싫어 감추려 하면 할수록 허탈감만 엄습한다. 잘하는 것이라곤 없다. 자녀를 잘 키운 것도 아니다. 그렇다고 돈을 잘 버는 것도 아니다. 지식도 없고 지혜도 없다. 도무지 잘하는 것이 떠오르지 않았다. 무능력한 모습이 나의 실체인 듯했다. 우울한 마음은 삶을 뒤엎었다. 의욕이 없었다. 희망도 꿈도 물거품이 되었고, 모든 것이 한순간이라 생각된다.

아무것도 아닌 지금은 없다

- 글배우

어느 날 가만 밤이 왔다

손에 들고 있던 불빛이 너무 작아
밤이 무서웠지만
밤하늘을 올려보니 멀리 있는 약한 별보다
가까이에 있는 불빛이 더 큰 별로 보인다

… (중략) …

내안에 작은 즐거움을 찾아
우울함과 맞설 수 있기를 바란다
그리고 시간이 지나 당신의 밤하늘에
당신이 찾아낸 즐거움들이
수많은 별이 되어 반짝이길

자신을 보잘 것 없다고 생각하는 사람을 위한 시 같다. 보잘 것 없다고 생각했던 나를 위로해주었다. 자신이 바라보는 시선을 어디에 두는가에 따라 달라질 수 있다고 생각한다. 보잘 것 없고 하찮다고 여기면 끝없이 작아지는 존재가 된다. 타인의 시선에서 생각하기보다 나의 관점에서 행복하면 되는 것이다. 아무리 작은 것이라도 소중하지 않은 것은 없다는 말은 마음을 일깨웠다. 남의 눈에는 하찮은 것이라도 내게는 소중한 것이다. 그래서 세상은 돌아가는 것이다. 내 안에 있는 보잘 것이라도 찾아내어 갈고 닦아야 한다. 그러다 보면 빛을 발하는 별이 되어 나올 것이다. 내 안에 있는 소중한 것을 꺼내어서 밝게 반짝거리게 해보자.

내 인생은 보잘것없이 쓸모없는 사람으로 살아온 것 같았다. 어려운 이웃에 봉사하지 않았고 도움 주지 못했다. 사는 것에 급급한 삶이었다. 그래서 삶 자체가 허무했다. 배움도 짧고, 가난하고, 무엇 하나 이룬 것이 없는 인생이었다. 나이만 먹어가는 볼품없는 초라한 모습만 있을 뿐이었다. 허무함에 몸부림치는 나약한 모습만 비추어졌다. 허무함은 삶을 무력하게 만들고 지치고 힘들다는 생각으로 가득했다. 감당해야 하는 현실을 받아들이고 살아가는 하루하루가 벅찼다. 책임져야 하는 가족은 커다란 뭉치 같았다. 그것 때문에 질질 끌려서라도 다녔다. 나를 지탱하게 하는 힘이 되기도 했다. 그래도 재미있는 척을 했다. 자존심을 지키기 위해서.

아이들이 어릴 때는 자식에게 만큼은 필요한 엄마라고 생각했다. 그러나 아이들이 커갈수록 엄마의 존재는 희미해지기 시작했다. 나는 설 자리를 잃어버린 듯 갈 곳이 없어졌다. 나의 존재 부재로 수면 위를 떠다니고 있었다. 어디로 가야 할지 방향이 없었다. 바람이 부는 대로 떠가는 돛단배 같았다. 가야 할 방향도 모르고 목적지도 잃은 난파선이었다. 여기저기 표류하며 떠다녔다. 그런 나를 반겨주는 항구는 어디에도 없었다.

"당신이 몸을 함부로 다룬다면 당연히 몸에 문제가 생긴다. 눈 가리고 아웅은 통하지 않는다. 당신의 신체에는 운동과 좋은 음식이 필요하다. 당신이 마치 이겨야만 하는 경주를 뛰는 양 인생을 내달리며 살고 있다면, 속도를 줄이고 휴식을 취할 필요가 있다. 당신은 이미 이겼기 때문에 더 이상 내달릴 필요가 없다. 그것이 진실이다. 당신은 여전히 이곳에 있지 않은가. 잘못을 바로잡고 더 나은 인생을 살면서 성장할 수 있는 또 한 번의 기회가 있다. 지금 시작할 수 있다."

– 오프라 윈프리, 『내가 확실히 아는 것들』

자신을 함부로 다루면 그에 따르는 대가가 나타나게 되어 있다. 오프라 윈프리의 말처럼 눈 가리고 아웅 하며 현실을 도피하려 하면 할수록 문제는 커진다. 내 안의 문제점을 인식하고 인정해야 한다. 그대로 받아들이고 나아가야 한다. 그렇게 할 때만이 바로 나갈 수 있는 것이다. 자신의 단점을 비하하지 않아야 한다. 그러면 자신의 좋은 점을 발견할 수 있게 된다. 자신이 얼마나 괜찮은 사람이라는 것을 알아내야 한다.

성공을 하고, 돈이 많고, 지위와 명예가 높고, 학문이 뛰어나고, 명문대를 나오고, 조건이 갖추어진 사람을 괜찮은 사람이라는 말을 많이 한다. 주위에 친구나 지인 가족 중에서 그런 사람이 있으면 자랑삼아 많이 이야기한다. 그 범주에 들어가지 못하는 사람은 별 볼 일 없는 사람으로 치부된다. 물론 괜찮은 사람이 맞는 말이다. 우리는 실제를 볼 수 없기에 외적 요소만 보고 판단한다.

거기서부터 비교가 되고 열등감이 싹튼다. 성품이나 인격은 아무 쓸데 없는 물건 취급하는 것이다. 외모가 뛰어나고 세련되면 속마음을 모르지만 괜찮은 사람으로 여긴다. 그래서 외모 지상주의가 된다.

괜찮은 사람이란, 외모가 멋져서가 아니란 것쯤은 안다. 그래도 우리는 보이는 것에 목을 맨다. 세상이 그런 것을 요구하기 때문이다. 하지만 세상이 바라는 기준에 흔들리지 않으면 된다. 내가 나의 기준을 바로 잡는 것이다. 세상의 기준과 비교하지 말고 나의 길을 반듯이 묵묵히 갈 용기가 있으면 된다. 나의 가치는 스스로 정하는 것이다. 존재하는 자체만으로도 사랑받을 소중하고 괜찮은 사람이다. 지위 학벌 명예 돈 이런 것은 가치와 상관없는 능력이요, 복이다. 어떤 의미가 있어야 괜찮은 사람이 아니다.

나를 소중하게 다룰 때 타인도 나를 소중하게 여겨 주는 것이다. 비교할 것이 없다. 나는 나답게 살면 되는 것이다. 내게 주어진 삶을 성실하게 살아온 하나만으로도 충분하다. 무엇을 해야, 이루어야 괜찮다는 생각을 버리면 행복이 물밀 듯이 밀려온다. 주어진 하루를 최선을 다해 살아가는 사람이 괜찮은 사람이 아니면 누가 괜찮은 사람이란 말인가.

문화 공간 민들레 영토는 감성을 일깨우는 클래식 음악이 흐르고, 고객과 함께 웃고 우는, 고객이 원하는 문화 공간을 만들어 어머니가 자식에게 사랑을 베푸는 마음처럼 고객을 맞이하는 카페이다.

민들레 영토 지승룡 대표는 성직자였다. 그는 이혼 후 모든 것이 달라지고, 이혼자는 성직자로 살 수 없는 현실에 방황했다. 남을 구원하고 길 잃은 신자를 이끄는 목자였지만 이젠 자신이 길을 잃고 헤매고 탈출구를 찾고 있었다.
그러던 그는 자신을 위로해줄 탈출구가 책이라는 것을 깨닫고 3년 동안 2,000권의 책을 읽고 사색했다. 보이지 않았던 다른 세계가 만들어졌다. 그는 절망감과 좌절감이 사라지고 무엇인가 하고 싶은 의욕이 생겼다.

무일푼인 그는 카페를 차리기 위해 가래떡 장사를 했고 2,000만 원을 모아 신촌에 10평짜리 카페를 열었다. 남다른 방법으로 10평에서 4,000평이 넘는 대형 카페로 성장시켰다.

4장

나를 잃어버리지
않고 사랑하는 법

완벽함에
대한
강박 버리기

사랑과 조화로움을 발산하고, 마음과 몸을 평화롭게 해라.
그리고 세상이 나름의 완벽한 방식으로 흘러가도록 가만히 두어라.
– 웨인 W. 다이어

서툰 경험이 모여 완전해진다

"서투르다는 말을 언제까지나 듣고 사는 사람은 없다. 서툰 경험이 쌓이고 쌓이다 보면 능숙해진다."

나카타니 아키히로 작가가 미숙하고 서투른 사람에게 주는 위로의 말이다. 스트레스까지 받으며 완벽을 집착하고 추구하는 사람이라면 생각해볼 말이다.

완벽하다는 것은 어떤 것에 기준점을 둔 것인지 모르겠다. 나는 그 기준점을 모르면서 지금까지 완벽해야 한다는 생각으로 살았다. 기준은 끝이 없었다. 갈수록 완벽이란 것이 모호해졌다. 어느 시점부터 이랬다저랬다 했다. 엎어쳤다 뒤집었다를 반복하며 횡설수설했다. 그러다 혼란도 잠잠해지고 내가 편한 대로 생각하게 된다.

나는 완벽하게 보이는 모습을 좋아했다. 어릴 적부터 스스로 하는 습관이 배어 있었다. 방 정리부터 책을 꽂아놓는 순서까지 정해야 했다. 내가 정한 대로 되어 있지 않으면 다시 해놓았다. 학교에 다닐 때나 누구와 약속을 하면 일찍 가서 기다리는 것이 좋았다. 친구도 정한 기준에 맞아야 사귀었다. 공부를 잘하고 좋은 직업을 가지면 이상형과 사랑도 할 수 있을 거라고 생각했다. 그러다가 나의 시계는 어느 시점에서 멈추었다. 그리고 자신의 상처와 싸워 이기지 못하고 시계는 거꾸로 가고 있었다. 과거의 시간에 빠져 사는 삶을 살았다. 시간은 가고 생각했던 기준에서 점점 멀어졌다. 인생의 오점은 상처였다. 상처에 발이 묶여 허점투성이로 살았다.

완벽하지 않은 내가 용서되지 않았다. 나를 미워했다. 조금이라도 실수하는 나 자신을 용납할 수 없었다. 실수하지 않으려 몸부림을 쳤다. 실수하여 잘못되어도 인정하지 않았다. 완벽하게 이끌어갈 수 있다는 오만함으로 가득했다. 완벽해야 된다는 강박감은 자신을 조금씩 죽인다는 사실을 인지하지 못했다. 완벽함 때문에 나는 기가 죽고 주눅 들어 있었다. 우

나를 잃어버리지 않고 사랑하는 법

습게도 집 나간 자식이 성공하면 부모님 찾아뵙겠다고 말하는 것같이, 나는 하나님 앞에도 완벽해진 후에 가고 싶었다.

결혼 생활 중에 아내로, 엄마로서 완벽해야 된다는 생각에 짓눌렸다. 시부모님을 비롯해서 가족 모두에게 잘하려고 했다. 상대방이 잘못해도 너그럽게 보려고 했다. 그러면 완벽한 가정이 될 것 같았다. 외부에 불안한 가정사를 보이고 싶지 않았다. 배우자가 흠을 보이면 자존심이 상했다. 못난 사람과 살고 있는 나를 같은 취급을 할 것 같았다. 우리집에 있는 흠집을 닦아내고 니스 칠을 해서 예쁘게 보이고 싶었다. 니스 칠은 임시방편이었다. 부수고 다시 짓든지 인정하는 길 밖에 없었다. 완벽한 가정, 완벽한 사람은 없다는 것을 알지만 나는 인정하기 싫었다.

인생의 일부를 아이들에게 걸었다. 자식이 잘되면 엄마도 성공한 것처럼 보이기 때문이다. 그래서 아이들에게 완벽한 엄마가 되고 싶었다. 먼저 신앙이 깊은 엄마가 되고자 했다. 신앙으로 양육하기 위해 저녁마다 아이들에게 성경을 읽히고 기도했다. 하나님은 사랑이라고 하신 말씀에 어긋나지 않기 위해서 남편을 무조건 사랑하려고 했다. 미워하고 싶은데 사랑하라는 말씀은 가시처럼 나를 찔렀다. 현실과 신앙 사이에서 갈등을 많이 했다. 나의 행동과 생각이 하나님 말씀과 일치하지 않았기 때문이다. 나는 모든 부분에서 완전해지지 않자 실망하며 자신을 잃어갔다.

완벽한 사람이라고 완벽한 것이 아니다

『결단』의 저자 롬 무어는 완벽에 대하여 이렇게 말했다.

"우리는 완벽주의를 마치 우리의 위대함을 드러내는 명예의 훈장인 듯 생각하고 추종하는 경향이 있다. 내가 같이 일할 사람을 찾기 위해 응시자들에게 '약점'이 있는지 물었을 때 가장 흔하게 듣는 대답 중의 하나가 '저는 완벽주의자입니다'이다. 이 말은 약점이 없다는 의미로 사용되고 있었다."

완벽주의라는 말은 자신을 부각시키려고 하는 말에 불과하다는 것이다. 그래서 저자는 그런 사람을 절대 채용하지 않는다고 했다. 완벽주의는 무엇이든 잘하는 것처럼 보이는 효과를 나타내기 위해 쓰는 말과 같다. 완벽이란 기준을 정하기는 어렵다. 끝이 없기 때문이다. 완벽하게 다하고 나면 한 단계 더 높은 또 다른 완벽한 것이 기다리고 있다. 완벽을 추구하다 보면 완벽 안에 갇혀 다른 것을 볼 수 없다. 완벽한 지점에 도달하지 못하면 그에 따른 자괴감이 크게 온다. 자신을 위축시키게 된다. 상대방이 정한 완벽함은 나보다 높은 지점이다. 자신의 능력을 반영하지 않고 완벽한 것을 따르면 상대에게 실망을 안겨준다. 완벽한 결과에 집중하기 때문에 어려움이 오면 빨리 지치고 쉽게 포기하는 것이다.

그래서 '완벽'이란 말을 규정지어놓고 일을 하게 되면 그르칠 수도 있

나를 잃어버리지 않고 사랑하는 법

다. 거기에는 어떤 잣대와 기준이 정해지기 때문이다. 타인이 만들어놓은 기준을 따라가다 보면 숨이 가쁘다. 같이 발을 맞춰야 하기에 그렇다. 모자라고 뒤쳐지면 밀어주고 당기며, 앞서거나 뒤서거니 하는 것이 인생사이다. 그런데 완벽주의는 추구하면 할수록 혼자 잘하려는 마음이 커진다.

끊임없는 경쟁 속에서 살아남으려고 몸부림치다가 실족할 수 있다. 남들이 잘하면 나도 잘해야 한다. 2등이 있어야 1등이 있듯 등수는 작은 오차로 정해진다. 혼자이면 등수는 의미 없다. 사람의 인격을 등수로 매기고 실력으로 인정한다. 1등을 거머쥔 경쟁에서 살아남은 자에게만 갈채를 보낸다. 완벽한 1등인 주인공에 가려져 2등이 1등으로 갈 수 있다는 가능성을 보는 사람은 드물다. 사람들은 정해진 틀 안에 들어가야만 완벽하다고 생각한다. 완벽주의를 마치 장점인 양 부각시킨다. 완벽하다고 하면 일을 잘하고, 능력 있는 것으로 착각하게 만든다.

어떤 부인의 이야기를 들었다. 자신의 기준에 남편과 아이들이 들지 못해서 잔소리를 하며 볶는다고 했다. 아이들은 엄마를 속이고 딴 짓을 하고 다닌다고 했다. 친구의 남편과 비교하며 노력하지 않는다고 남편을 야단친다고 했다. 그런데 남편은 좋은 직업을 가진 사람이었다. 부인은 아이들이 자신처럼 공부를 잘하고 대학도 좋은 곳을 나오기를 바라는데 자기처럼 모범생이 되지 않는 아이들이 이해가 되지 않는다고 한다. 자신을 완벽한 사람이라 생각하기 때문에 완벽해 보이지 않은 가족을 인정해주지 않았다.

완벽주의자는 타인의 결점을 용납하지 못한다. 자신이 생각하는 원칙대로 따라야 한다. 본인이 완벽하게 완전하면 할수록 주변을 더 괴롭힌다. 완전한 사람보다 완전하지 않은 사람이 많기 때문이다. 곁에 있는 배우자나 자녀, 가족들은 따라가지 못하는 것에서 열등감을 느낀다. 그래서 갈등하며 방황하는 것이다. 상대방의 기준에 자신을 맞추는 것처럼 어려운 일은 없다. 자신에게 쉬운 일이면 상대방도 그런 줄 안다. 왜 그걸 못하느냐고, 왜 하지 않느냐고 몰아붙이는 것이다.

사람은 각자 기질과 개성을 다르게 타고 난다. 자식이라도 나와 같을 수 없다. 다행히 자신의 기질을 닮았다면 수용하고 잘 따를 것이다. 그렇지 않으면 가족 간의 불화가 이어진다. 완벽한 사람에게는 들어갈 빈틈이 없다. 틈 사이로 끼어들어갈 데가 없다. 사람들은 부족한 가운데서 함께 이루어가는 과정을 통해 소통하고 공감한다. 그러나 완벽주의자는 처음부터 잘하기를 원하기 때문에 곁에 있는 것도 힘들다.

완벽이란 뜻을 국어사전에서 찾아보면 '필요한 것이 모두 갖추어져 모자람이나 흠이 없음'이라고 되어 있다. 모든 면에 모자람이 없다는 것은 경제적, 정서적, 인격적 모든 면이 다 갖추어져야 한다는 것이다. 한 부분이라도 갖추어지지 않으면 온전한 완벽이 아니다. 그런데 사람들은 착각한다. 능력이 좋거나 일을 잘하면 모든 것이 완벽하다고 말한다. 사람들은 그런 완벽한 사람을 좇을 뿐이다. 완벽한 삶을 추구하기 위해 앞을 보며 달려간다. 하지만 생각하던 완벽한 것들은 잡히지 않고 지치게 한다.

자신이 완벽하다고 말하는 사람을 보면 완벽해 보이지 않는다. 정말로 완벽한 사람이라면 완벽하지 않은 다른 사람의 실수나 잘못을 너그러이 봐줄 수 있어야 한다. 그런 사람이 되지 못하면서 타인의 완벽하지 못함을 탓한다면 자격이 없는 사람이다. 자신의 지난날이 완벽하지 못했다고 후회하지 말고, 조금 모자라고 부족하더라도 인정하고 사랑하자.

완벽이라는 틀은 벗어나기 힘들다. 욕심을 내려놓는 연습은 끊임없이 해야 한다. 그렇지 않으면 스스로 살 수 없다. 완벽하라고 말하는 것은 자신의 욕심을 채우기 위해서이다. 완벽이란 물거품 같은 존재다. 언제 허물어질지 모르는 허망한 공든 탑이다. 공식도 정답도 없는 완벽을 추구하기보다 본연의 모습 그대로 온전히 충실한 삶을 살아보자. 그렇게 조금씩 성장해가는 것이 완벽을 향해 가는 길이라고 생각한다.

나를 위한 선물을 마련하기

당신은 좋은 것을 누릴 자격이 있다.

- 도린 버추

자신에게 인색하면 삶이 인색해진다

누구든지 선물은 받으면 기분이 좋다. 선물은 가치와 상관없이 받는다는 자체가 즐거움이다. 귀한 선물은 더 소중하게 여기며 오래 간직하라는 의미로 줄 것이며, 흔하고 값싼 것은 주는 사람의 성의와 받는 즐거움을 함께 나누고 싶은 마음일 것이다.

나는 어린 시절부터 가난해서 부모님에게 선물을 받아 보지 못했다. 생일이라고 축하 파티를 해본 기억이 없다. 그저 밥 먹여주고 학교 보내준 것만으로도 감사했다. 선물을 받는다는 것 자체를 몰랐다. 둘째 언니가 일해서 명절에 옷을 사준 기억이 있다. 빨간색 티와 바지를 사주어 입고 다니며 자랑했던 기억이 있다. 너무 좋아 매일 입고 다녔다. 모두가 비슷하게 살고 있어서 가난을 가난이라 여기지 않았다. 비교할 줄 몰랐고, 불편한 것도 몰랐다. 모두 그렇게 사는 줄 알았다.

결혼을 하면 남편이 생일이나 기념일을 잘 챙길 줄 알았다. 그런데 나의 기대는 산산이 부셔졌다. 거기다 불규칙한 수입은 생일을 챙길 만큼 여유롭지 못했다. 선물을 사온다고 해도 마다해야 할 상황이었다. 그래서 내 자신에게 무척이나 인색했다. 아이들과 살기 위해서 절약해야 했다. 아이들 옷은 거리에서 싸게 사고, 백화점에서 비싸게 산 것처럼 거짓말하며 저축을 했다. 나는 교회를 가거나 외출할 때는 늘 단벌이었다. 노점에서 파는 길표 옷이 나에게 최상이었다. 그런 생활에 점점 익숙해져갔다. 절약이 몸에 배어갔다. 그러면서도 남에게는 잘했다. 내가 절약한 돈으로 다른 사람은 잘 챙겼다.

여유롭지 못하면서도 철철이 옷을 사서 입는 사람들이 부럽고도 이해되지 않았다. 그러니 결혼식에 참석하거나 외출을 하려면 고민이 많았다.

내가 살 수 있는 길은 돈을 쓰지 않고 사는 것이었다. 그리고 나에게 쓰는 돈이 제일 아까웠다. 하지만 헌금을 하거나 남을 도와주는 것은 아까워하지 않았다. 남편의 경마장 출입은 생활을 빡빡하게 했다. 하지만 워낙 절약을 하며 헛되게 돈을 쓰지 않아 저축을 하며 살았다. 친구를 만나면 돈이 들기 때문에 만나지 않았다. 초라한 모습을 보여주고 싶지도 않았고, 친구 남편과 비교하면 속상했기 때문이다. 그래서 친구들과의 만남도 피하고 싶었다.

지질하게 사는 것을 운명으로 생각했다. 이혼하지 않는 이상 나를 포기해야 살 수 있었다. 그런 상황에서도 한 가닥의 희망을 걸었다. 하지만 내가 생각한 순간은 오지 않았다. 남편은 갈수록 심하게 경마에 빠지고 점점 감당하기 힘들었다. 나는 나 자신을 헌신짝처럼 대했지만 남는 것이 없었다. 버려진 나를 찾기가 벅찼다. 나라는 존재는 어디에도 없고 누더기를 걸친 한 사람이 있을 뿐이었다.

사람은 변화를 원하지만 두려워한다. 오지 않은 미래를 미리 걱정하기 때문이다. 초라한 모습이 진짜인 줄 알던 사람이 갑자기 화려한 옷을 걸치면 적응하지 못하는 것과 같다. 세상과 단절하고 살던 사람에게는 세상이 두렵고 무섭다. 둥지 밖으로 나온다는 것은 큰 결심이 필요하다. 나를 돌보지 않고 살았기 때문인지 나는 내가 항상 모자라 보였다. 나를 위하는 것이 나쁘다고 생각했다. 나에게 인색한 것을 좋은 것으로 생각했다.

나를 빛나게 가꾸는 것이 나에게 주는 선물이다

사회에서 사귄 동생이 있다. 그 동생을 통해 자신을 아끼는 법을 알았다. 혼자서 음식을 먹을 때에도 예쁜 접시에 차려놓고 먹는 것이 신기했다. 때로는 도시를 떠나 캠핑을 떠났다. 자신이 좋아하는 캠핑용품을 사는 것에 돈을 쓰며 즐거워했다. 아들이 셋인 나로서는 상상할 수 없는 형편이지만, 나도 그렇게 살고 싶었다.

캠핑을 좋아해서 동생과 함께 캠핑을 갔다. 캠핑은 세상에 찌든 나를 충전시켜주었다. 자연 속에서 신선한 공기를 마시면 힐링이 되었다. 집에서 하는 식사 준비와 다르게 캠핑에서 하는 요리는 즐거웠다. 예전에 느끼지 못했던 행복을 느꼈다. 비싼 옷을 입는다고 행복한 것이 아니다. 작은 것이라도 만족하다면 그것이 나에게 해주는 선물이었다.

세상에 보이고 들리는 것에 눈이 뜨였다. 내가 누리는 것이 사치 같았다. 힘들게 돈 벌어서 나를 위해 쓰는 돈이 아까웠다. 한편으로는 그렇게 사는 내가 허무했다. 주위 사람들은 자신을 즐기며 살라고 하지만 마음대로 되지 않았다.

차츰 주위에 홀로 사는 사람들의 모습이 눈에 들어왔다. 자신을 위하여 살뜰하게 챙기는 모습이 보였다. 예전에는 대충 사는 것처럼 보였는데 관심을 가지고 살펴보니 못 보던 모습이 보였다. 취미를 갖거나 여행을 하며 밝게 살고 있었다. 하는 직업과 상관없이 당당해 보였다. 오직 살기 위해 몸부림을 치며 끙끙대던 나와는 달랐다. 나는 삶에 변화가 없어도 미련하게 버텨왔지만 그들은 행복을 누리는 듯했다.

자기를 아끼고 사랑하는 사람은 다르다. 여유가 있고, 하고 싶지 않은 것은 하지 않는다. 좋은 소리를 듣기 위해 희생하지 않고, 자신의 마음이 가는 대로 움직이고 행동했다. 어떻게 보면 이기적이라고 생각할 수도 있겠지만 맞는 것 같았다. 나와 다르게 생각하고 다른 모습으로 살아가는 그들의 모습이 옳은 것 같았다.

"주어진 과제의 다양한 단계를 끝마치는 것에 대해 스스로에게 보상을 주어라. 영화를 보든지, 친구에게 전화를 걸든지, 또는 산책을 나가는 일도 좋다."

– 줄리 모건스턴

자신을 위해 성과와 상관없이 보상을 해주는 것이 얼마나 좋은가. 잘해야 상을 주는 것이 아니다. 타인이 내리는 평가는 스스로를 힘들게 할 수 있다. 나에 대한 보상은 순수한 자신을 격려하는 보상인 것이다. 자신만이 할 수 있는 보상이다. 일 때문에 미루어 두었던 것을 꺼내어 여유로움을 즐겨 보는 것이다. 어떤 것이라도 상관없다. 나를 위한 것이면 무엇이든 좋다.

대단한 것을 해주어야 보상이 아니다. 사사로운 것이어도 좋다. 자신이 즐거운 생각이 들면 되는 것이다.

생각의 전환점을 가져야 한다. 지금까지 '이렇게 살다가 죽는구나.'에서 '지금부터 재미있게 살아보자.'로 마음을 바꾸어보는 것이다. 나를 위한 통장을 만들고. 매월 돈을 불입한다. 돈이 모여 가는 쏠쏠한 재미를 느낀다. 돈이 모이면 여행을 갈 수 있다는 목적 때문에 희망이 생긴다. 힘든 날을 견뎌낼 에너지원이 되고, 하루하루가 즐거워진다. 돈이 모이는 즐거움, 현실을 잠시 멈추고 떠난다는 생각만으로도 즐거워진다. 그래서 여행은 자신을 뒤돌아보는 길목이 되고, 생활에 활력이 넘치고, 삶의 완충제가 된다.

나를 위한 것에 도전하고 싶었다. 아들들과 함께 여행 가보지 못한 것이 마음 아팠다. 아들은 그다지 원하지 않았지만 무조건 여행을 신청했다. 세 집이 모여 함께 여행을 갔다. 아들과 함께하지 못해 미안했던 마음을 덜고 싶었다. 아들도 즐거워했고 마음이 뿌듯하고 행복했다. 어릴 적에 하지 못해서 미안했지만 마음이 가벼워졌다.

마음의 부담을 더는 것도 자신을 위하는 길이다. 나는 돈을 모으려고 많은 것을 포기했다. 그런데 행복하지 않았다. 희생을 치른 후의 나중이 무서웠다. 누군가를 원망하며 옛날에 하지 못했던 것을 후회할 것 같았다. 오늘이 없으면 미래도 없다. 오늘 행복하지 않으면서 미래가 행복하기를 바라는 것이 우스운 일이다. 그래서 과감하게 행동으로 옮겼다. 미루면 못할 것 같기 때문이었다. 아들과 여행을 다녀온 후 삶이 즐거워졌다. 카드 대금을 지불하느라 생활에 여유가 없었지만 일하는 것이 즐거웠다. 일하는 목적을 여행 가기 위한 것으로 정했다. 여행은 나를 위한 최대의 선물이 되었다.

나에게 여행을 선물하며 즐겁게 지냈다. 그렇지만 만족되지 않았다. 무엇인가 진정 원하는 다른 것이 있을 것 같았다. 그러다 내가 찾던 것을 찾은 것이다. 바로 글 쓰기였다. 나는 덥석 물어버렸다. 물고 놓지 않았다. 글을 쓰는 과정은 나에게 사치 같기도 했다. 시간과 돈과 열정과 노력을 필요로 하기 때문이다. 그래도 하고 싶었다. 오직 나만을 위해 도전하고 싶었다. 해보지 않았던 일이라 시간이 걸려도 하고 싶었다. 여행은 나를 쉬게 하는 필수품이고, 글을 쓰는 것은 진정으로 하고 싶었던 것을 나에게 주는 선물이다.

새로운 도전이 나를 위한 선물이다. 오직 나만을 위한 선물. 하고 싶은 것을 하는 즐거움과 행복은 지치지 않는다. 힘이 들어도 즐겁다. 시간적 여유가 없어서 잠자는 시간을 줄이고, TV를 보지 않고, 쓸데없는 일에 시간을 소요하지 않는 바쁜 일상이 즐겁다. 자신이 하고 싶은 일을 하면서 주어진 선물을 빛나게 가꾸는 즐거움이 나에게 해주는 최고의 선물이라고 생각한다.

나를 잃어버리지 않고 사랑하는 법

스스로
결정한 일에
책임을 지기

당신이 선택한 일, 아니면 지금하고 있는 일에 쏟아 붓고 있는 열정을
성공으로 바꾸려면 '난 할 수 없어.'라는, 당신을 가로막는 것을 버려야만 한다.
당신은 할 수 있다!
- 디팩 초프라

선택 결정 장애는 두려움

당신은 자신이 결정한 일에 만족합니까? 나는 거의 만족하지 못했다. 선택 장애를 가졌기 때문이다. 그래서 가지 않은 길에 미련이 남아 후회를 많이 한다. '만약에 내가 했더라면 어땠을까?' 하고.

후회 없는 삶은 없을 것이다. 후회하지 않기 위해 선택의 기로에서 신중하게 해도 하고 나면 후회한다. 옷을 사도, 음식을 먹을 때도 무엇이든 선택이다. 스스로 결정해야 한다. 결혼은 해도 후회, 하지 않아도 후회한다고 한다. 그러면 해보고 후회하라는 말도 있다. 선택에 따르는 책임이

본인에게 오기 때문에 고민하는 것이다. 음식점에서 여럿이 식사를 할 때 메뉴를 선택해야 한다. 고른 메뉴가 맛이 없다면 고른 사람은 미안해질 수 있다. 그래서 다수가 원하는 것을 선택하면 본인의 책임이 없기 때문에 본인 위주가 아닌 다른 사람 의견을 묻는 것이다.

"만약 남편과 결혼하지 않았더라면 저렇게 예쁜 딸은 못 낳았겠지? 누구에게 말을 하고 있는 건지 나는 마치 고해성사를 하듯 읊조리고 있었다."

『나도 가끔은 위로 받고 싶다』에서 김선미 작가가 예쁜 딸이 자신을 향해 사랑한다고 속삭이며 하는 말을 듣고 생각했던 마음이다. 결혼은 후회되었지만 세상에서 하나밖에 없는 딸을 선물로 받은 것이다. 후회에는 나쁜 것만이 있는 것이 아니다. 온전하게 만족되는 것은 없다. 득과 실이 따른다. 그러나 온전한 득만을 우리는 추구한다. 그러다 보니 실패와 후회가 따르는 것이다.

나도 '결혼을 하지 않았더라면…'이란 말을 마음에 품고 살았다. 위의 말은 나에게 들려주는 말과 같았다. 그 말은 변수를 심어주는 말로서 위로가 되는 말이었다. 내 탓이 아닌 상대의 탓으로 돌릴 수 있기 때문이다. 너 때문에 이렇게 되었다고 책임을 떠넘길 수 있었다. 그러다 사랑스런 아들을 보면 미안하고 죄책감이 들었다. 듬직한 아들을 보면 뿌듯하고,

먹지 않아도 배부른 듯 좋지만 상반된 감정에 휘둘렸다. 후회와 기쁨은 동시에 온다. 기쁨이 더 크기에 견딜 수 있었다.

엄마가 아이를 홀로 키울 수 있는 힘은 모성애와 아이들이 주는 고유한 기쁨이다. 자식이라는 존재 자체만으로 살아갈 힘이 되는 것 같다. 내가 선택한 결혼을 책임지려고 무던히 노력했다. 하지만 사람들은 그렇게 생각하지 않는다. 좀 더 참아보지, 성격이 못나서 그런 것이 아니냐는 편견의 시선으로 본다. 나름의 고통이 있기 때문에 이혼을 선택한 것이다. 이혼을 쉽게 도장만 찍으면 되는 것으로 생각한다. 하게 되기까지 괴로운 과정은 겪어보지 않으면 모르기 때문이다. 어려운 과정을 겪으며 자신이 한 결정을 후회하지 않으려 노력했다. 생활고는 생사를 건 싸움이었다.

삶은 매순간 후회를 안겨준다. 내가 선택한 일이 당시에는 잘한 것으로 판단되어 후회하지 않을 것처럼 생각한다. 하지만 또 다른 후회는 항상 있다. 시작한 일이 잘되지 않을 때는 해보지 않은 쪽을 생각하며 후회한다. 그래서 후회만 하다가 끝나는 사람이 많다. 후회를 할 것이 아니다. 후회할 시간에 원인을 찾고 이유를 알아내야 한다. 하지만 사람들은 후회하는 것에 시간을 보낸다. 후회는 마음만 상할 뿐 돌아오는 득이 없다.

조각들이 사방에 굴러다니면 모아 붙여보라. 삐뚤어져도 완성된 작품을 만들 수 있다. 여기저기서 실패를 했다면 실패의 경험을 모아서 새롭게 재정비해가면 된다. 실패는 선택의 결과물이다. 결정한 일에 최선을 다했을지라도 나쁜 결과를 가져다줄 수 있다. 최선과 노력을 다한 결과물이 최악이라면 정면 돌파구를 찾아야 한다. 만약 승객을 태운 배가 강풍과 폭우를 만났다고 해보자. 목적지 항구를 찾아 가기 위해 선장의 빠른 판단이 있어야 한다. 결정에 대한 책임이 승객을 살리는 길이다. 자신이 한 결정에 대하여 책임이 있을 때만이 승객을 살릴 수 있다.

책임에는 고통이 따른다

세월호 사고 당시 많은 사람이 희생되었던 것은 책임감 회피에서부터 시작되었다. 결정권을 사고의 현장에서 쥐지 못했다. 윗선에서 내리는 결정에 의존했다. 생명을 살리는 일에 지휘 체계를 운운하며 서로 떠넘기기에 바빴던 것이었다. 한 사람이라도 '내가 책임을 진다고 했다면 어땠을까.' 하는 생각을 많이 해보았다. 꽃봉오리를 예쁘게 피워보지도 못하고 사라져간 어린 영혼을 보며 가슴 아팠던 기억이 지금도 생생하다. 결정에는 책임이 따르기 때문에 자신 있게 나서지 못했다. 의로운 결정을 했다면 손을 들어 주지 않았을까 하는 생각을 해보았다. 내 자식이 그 현장에 있었다면 달랐을 것이다.

결정을 내리는 것이 말처럼 쉬운 일은 아니다. 고통이 뒤따른다는 것을 감안해야 하기 때문이다. 결정을 못 내리는 주요 원인이 바로 책임이다.

나를 잃어버리지 않고 사랑하는 법

결정이 어려운 것은 아직 오지 않은 미래에 대한 불안감이다. 가보지 않은 길을 간다는 것은 당연히 불안하다. 또 다른 실패가 두렵기 때문이다. 실패를 해본 사람은 실패에 대한 두려움이 있다. 처음에 내린 잘못된 결정에 대한 기억 때문이다. 트라우마는 선택 장애가 된다.

"죄책감과 두려움을 강하게 느끼더라도 당신은 올바른 결정과 행동을 알고 있다. 또 스스로가 그걸 느끼고 있다는 것도 안다. 나중에 과거를 되돌아봐도 마찬가지다. 당신은 스스로 생각하는 수준 이상으로 더 강하고 똑똑하다. 고통은 시간이 지나가면 줄어든다. 그 결정으로 상황은 분명 더 나아진다."

『결단』의 롬 무어는 힘든 결정은 처음에는 고통이 따르지만 시간이 지나면 고통에 다른 보상이 따른다고 했다. 하지만 결정을 미룬다면 많은 고통을 겪을 수 있다고 했다.

내 느낌대로 판단하고 결정한다는 것만큼 힘든 것이 없다. 우리는 항상 양 갈래의 길에서 선택을 해야 한다. 그에 따른 결정의 책임자이기도 하다. 그래서 힘든 것이다. 누군가 대신 책임을 져줄 수 있다면 얼마나 좋겠는가. 결정을 하려고 할 때 실패를 먼저 떠올리게 된다. 그러면 결정의 장애가 온다. 또 너무 쉽고 단순하게 생각한 결정도 좋은 것이 아니다.

자신이 내린 결정에 대한 두려움에서 벗어나야 자유롭게 나아갈 수 있다. 두려움을 가지고 있으면 한 발짝도 나아갈 수 없다. 실패를 두려워하지 말아야 한다. 실패를 하나의 과정으로 볼 수 있을 때 안전지대로 나갈 수 있다. 두려움을 가지면 두려움을 이용하는 자가 달라붙게 된다. 두렵고 불안하게 되면 판단이 흐려질 수 있다. 흐려진 판단으로 결정을 하면 실수를 하게 된다.

어려움을 무릅쓰고 결정을 했다면 최선을 다하면 된다. 결정은 잘할 수도 있고 그렇지 못할 수도 있다. 그 결정에 대하여 후회하지 말자. 인정하고 헤쳐나가야 한다. 잘잘못을 따지지 말자. 시작하는 마음, 어려운 결정일수록 더 힘들지만 상황은 더 나아져간다.

나는 이혼을 결정하기까지 15년이 걸렸다. 그것도 아이를 셋을 낳고서 말이다. 이혼을 하기 힘들었던 것은 막연한 두려움 때문이었다. 불안하고 무서웠다. 어떻게 살아가야 할지 구도를 그릴 수가 없었다. 백지 도화지를 가져다 놓고 그림을 그리는 것과 같았다. 미술에 소질이 있다면 쉽게 쓱 그리면 된다. 하지만 한 번도 그려보지 않은 사람은 다르다. 그림 솜씨가 없는 사람은 알 것이다. 나는 미술 시간에 그림 그리는 것이 제일 싫었다. 그래서 그림을 그리는 일이 얼마나 막막한지 알고 있다. 어른이 된 지금도 어릴 적 미술 시간 꿈을 꿀 정도로….

나를 잃어버리지 않고 사랑하는 법

잘 그리지 못하는 그림을 그리듯 이혼도 그러했다. 백지에 점을 매일 찍었다. 완성되지 않은 점들이 여기저기 흩어져 있었다. 찍어놓은 점을 하나하나 연결했다. 빼곡히 찍어놓은 점들을 빼버리고 싶었다. 하지만 인내하며 연결고리를 만들어갔다. 때로는 책임을 빼고 싶고, 고통을 빼고 싶었다. 후회와 책망은 넘치게 많았다. 손을 놓고 싶은 순간도 왔다. 하지만 더 꽉 잡았다. 그러지 않으면 불바다가 될 것이기 때문이다. 순간을 모면하기 위해 책임을 회피하면 마음의 짐은 점점 무거워진다.

모든 선택은 본인의 몫이다. 스스로 내린 결정을 믿고 후회하지 않을 때에 좋은 결과가 나온다고 생각한다.

있는 그대로의
나로
살아보기

만약 당신이 많은 것들에 둘러싸이는 것을 좋아한다면,
여유 있고 효율적인 환경을 만들지 마라.
오히려 지금 갖고 있는 것들을 정돈함으로써 마음껏 누려라.

– 줄리 모건스턴

아이같이 있는 그대로 해보라

어린 아기를 목욕시키려면 엄마는 진땀난다. 울고불고 보채는 아기를
달래가며 목욕시키느라 마음이 바쁘기 때문이다. 그러다 보면 아기는 적
응한다. 목욕을 하고 나면 뽀송뽀송 쾌적하여 방실거리며 잘 논다. 그러
다 잠도 잘 자게 된다. 아기는 이런저런 것을 따지고 눈치보지 않는다. 아
기는 순간순간 느끼는 감정을 그대로 나타낼 뿐이다. 기분이 좋으면 웃
고, 뭔가 마땅하지 않으면 우는 것으로 의사를 표현하면 되는 것이다. 그
런 아기가 건강한 아기다.

우리는 아기처럼 살지 못한다. 부모님의 교육이나 주변 환경의 영향을 받으며 성장하기 때문이다. 그래서 싫으면 싫다고 하고, 좋으면 웃는 것을 잊어버린다. 사회는 자신이 감정의 주인으로 사는 것을 좋아하지 않는다. 감정을 억누르고 참고 견디는 사람을 좋아한다.

아기처럼 자신이 느껴지는 대로 표현하고 말하는 사람은 스트레스가 없을지 모른다. 하지만 아기처럼 굴 수가 없다. 성장한 어른이요 이성적인 사람이기 때문이다. 그래서 가정환경이나 부모와 학교에서의 교육, 사회의 묵시적인 약속과 관습에 묶여 눈치를 살피며 산다. 엄격한 부모는 자녀를 자유롭지 못하게 간섭하고 명령한다.

엄마는 아기의 말을 듣고 행동하지 않는다. 아기의 표정이나 행동을 보고 아기의 마음을 읽는다. 아기가 처음 태어나면 엄마는 경험이 없기에 당황하고 힘들어한다. 그러면서 시간이 지날수록 능숙해진다. 그래서 두 번째 아이는 능숙하게 키우게 된다. 경험이 동반되었기에 쉬워지는 것이다. 아기가 자랐는데도 엄마는 아기를 젖먹이 아기로 생각하는 경우가 많다. 모든 의사 결정을 엄마가 하는 것이다. 아이가 점점 자라면 아이가 할 일과 엄마가 할 일이 분리되어야 한다. 엄마가 해주지 않으면 큰일나는 줄 안다.

독립적 아이로 키워야 독립적 사고를 갖게 된다. 성인이 되어서도 눈치 보지 않는다. 자신이 하고 싶은 일을 선택하고 결정하는 것이 어렵지 않다. 스스로 할 수 있는 일을 엄마가 빼앗은 것이다. 성인이 되어도 엄마의 도움이 없으면 힘들어하는 사람을 보게 된다. 타인의 입장을 먼저 생각하고 주변의 눈치를 살피다 보면 자신의 감정은 뒤에 숨겨진다. 우유부단해지고 결정 장애가 생긴다. 실패에 대한 두려움, 결과물에 대한 책임을 지고 싶지 않기 때문에 우유부단해진다. 하고 싶은 일을 한다고 모두 성공하지 않는다. 실패를 감안해야 도전이 쉽다. 실패를 한다면 있는 그대로 받아들이고 다시 시작하면 된다. 실패가 두렵다면 평생 그대로 머무를 수밖에 없다.

이웃에 딸을 둔 S엄마는 어릴 때부터 딸이 해야 할 것을 모두 대신 해주었다. 다른 것에 공부할 시간을 뺏기지 말라고 대신 해준 것이다. 시간이 지나면서 한계를 느끼고 딸과 자주 싸운다고 했다. 딸이 고등학생이 되어도 여전하자 이제부터 혼자 하라고 했다. 그러자 딸은 엄마가 자신을 그렇게 만들어놓고 이제 와서 그러면 어떡하느냐고 따졌다고 했다. S엄마가 후회하며 속상해하는 것을 보았다. S엄마는 자신을 대신 해서 좋은 대학에 가주길 바랐다. 자신이 희생하면 딸이 잘할 것 같았다. 하지만 엄마의 기대에 미치지 못하자 화가 나는 것이다.

배우자나 자녀는 있는 그대로를 인정해주지 않는다. 한계치가 70인데 그 이상을 바라기 때문에 불만이 생긴다. 그 이상의 능력은 본인의 의지에 달렸다. 그런데 부모, 배우자라는 이유로 그 이상을 바란다. 자라면서 내가 생각하는 대로 해보지 못했다. 주변에서 원하는 방향이 내 생각인

나를 잃어버리지 않고 사랑하는 법

줄 알았다. 그래서 하라는 대로, 시키는 대로 생각 없는 사람으로 살았다. 그래야 편하게 넘어가니까.

마음이 시키는 리듬을 감지하면 불안하지 않다

나는 어릴 적부터 하고 싶은 것이 무척 많았다. 배우고 싶은 것이 너무 많아서 열 손가락을 넘겼다. 피아노를 치는 친구를 보면 피아노를 배우고 싶었다. 그림을 너무 못 그려 미술 학원도 가고 싶었다. 공부를 더 잘하고 싶어서 참고서를 사고 학원도 다니고 싶었다. 부러움과 하고 싶은 것이 무척 많았다. 운동을 잘하고 싶어서 탁구, 배드민턴, 테니스 등 라켓을 구해 학교 담벼락에서 연습하기도 했다. 무엇이든 잘한다는 것을 보여주고 싶은 마음에 몰래 시도해보았다. 나는 만능꾼이 되고 싶었지만 제대로 하는 것이 없었다.

결혼을 하고 아이 엄마가 되었다. 해보지 못한 것이 한이 맺혔다. 자식은 원하는 것을 다 해줄 것 같았다. 생각처럼 생활이 뒷받침해주지 않았다. 아이들에게 대리 만족을 느끼고 싶었다. 하지만 대리 만족도 아무나 받는 것이 아니었다. 아이가 원하는 것이 무엇인지 몰랐다. 내 방식대로 모두가 원하는 것을 하길 원했다. 내가 원하고 세상이 원하는 것을 배우라고 했다. 그러면 사회의 일원으로 뒤처지지 않을 줄 알았다. 내가 느끼는 콤플렉스를 아이들도 느낄까 봐 그랬다. 개별적 존재로 인정하기보다 내 방식으로 판단하여 따르게 강요했다.

"하지만 마음의 소리는 '여기다'라고 말하고 있었습니다. 저는 직감에 따랐습니다. 이런 경우에 저는 리듬감을 중요시합니다. '좋은 유치원이 있는데.', '그럼 가볼까?', '실제로 보니 좋네.', '여기로 결정하자', '그러자.' 이러한 리듬감 말이다."

『원하는 대로 산다』의 저자 혼다 켄의 말이다. 저자는 딸아이의 유치원을 어디로 보낼지 고심했다. 그러다 나가노에 좋은 유치원이 있다는 소문을 듣고 찾아갔다. 자연 속에서 아이들을 활동시키는 게 기본인 유치원이었다. 저자는 그곳이 마음에 들었다. 그러나 직업과 교통 등 주변 여건을 생각하지 않았다. 느낌과 직감을 따랐다고 했다. 저자는 당시 도시에서 일을 계획하고 있었다. 하지만 딸의 교육을 먼저 염두에 두었기 때문에 마음이 가는 대로 실행을 했다. 작가는 여러 부분에서 어려움이 따른다는 것을 알았지만 주저하지 않았다. 그런 것을 당연하게 받아들인 것이다. 작가는 딸을 위해 도심을 떠났지만 더 많은 것을 얻었다고 한다.

나는 내가 원하는 것이 무엇인지 생각하지 않았다. 생각하기 싫었다. 나는 할 여건이 안 된다는 고정 관념 때문이다. 그렇지만 포기하지 못한 미련들이 마음 깊이 남아 있었다. 절망적이고 힘든 상황에서 나를 위로하던 말이 있다. '언젠가는 해보고 말거야.' 아득하고 언제일지 모르는 망상 같은 생각을 했다. 마음은 갈수록 갈급하여 죽을 것 같았다. 그러던 중 찾

나를 잃어버리지 않고 사랑하는 법

아오던 것을 만났다. 나를 깨워줄 곳을 만난 것이다. 지금까지 직감을 무시했지만 이젠 믿기로 했다. 뒤따르는 것들이 두려워 포기하다가 나이만 먹었다. 대학을 가지 않고 결혼을 잘못 선택한 것은 리듬감이 없어서 본인의 마음을 알아차리지 못했던 것이다.

이제는 알려주는 마음의 소리를 믿는다. 다시 후회를 반복하며 살고 싶지 않았다. '해.'하는 마음의 지시를 따랐다. 우연히 〈한책협〉을 만나게 되었다. 길을 헤매다가 목적지를 본 것처럼 뜨거움이 울컥 솟아올랐다. '이거다!' 하는 마음이 들었다. 마음이 움직였다. 마음이 가는 대로 '책을 써보자.'라는 결정을 했다. 내생에 처음 나를 위한 만찬을 차렸다. 혼자 춤을 추며 상상의 나래를 펴보았다. 신이 주신 지혜를 잘 사용하려 한다. 지금 나의 여건과 환경을 인정하며, 있는 그대로의 나를 그려보기로 했다.

유튜브를 뒤적이다 보면 30~40대 엄마들이 아이를 키우면서도 자기계발을 하며 성공한 사연을 볼 수 있다. 육아와 일을 병행하며 충실하게 살아온 모습은 신선한 충격이었다. 지금까지 핑계를 대고 살아왔던 나 자신을 돌아보게 했다. 부끄러운 마음이 들었다. 그리고 나는 너무 늦었구나 하는 생각으로 후회만 했다. 50대 중반의 나는 꿈꿀 수 없다는 생각만 들었다. 도전이 두려워 시도 자체를 해보지 않았다. "구슬이 서 말이라도 꿰어야 보배."라는 말이 있다. 마음만 먹었지 행동으로 옮기지 못했다. 백번 천 번 되뇌어도 행동하지 않으면 아무런 소용이 없다. 실천을 하지 않고 탁상공론으로는 아무것도 못한다.

　내가 잘하든 못하든 상관없이 하고 싶은 일을 시작했다면 끝까지 가보는 것이다. 결과는 내가 한 만큼 주어질 것이라고 생각한다. 비록 기대하던 결과치에 미치지 못한다고 해도 실망할 것 없다. 지금 비록 초라하지만 초라한 이 모습을 창피하게 여기지 않고 담담하게 글을 쓸 수 있어서 좋다. 용기 있게 시작했다는 것에 찬사를 보낸다.

가끔은
혼자만의
시간 갖기

번영은 숨 쉬는 것만큼 자연스러운 것이다.
숨을 깊이 들이켜보거나 휴식을 취함으로써
당신의 자연스러운 번영이 더욱 견고해질 것이다.
– 아브라함 힉스

'혼자' 외롭지 않다

요즘 흔히 자주 듣는 말이 있다. 혼밥, 혼술, 혼행, 혼독 등 혼자서 일상을 보내는 것을 칭한다. MBC 〈나 혼자 산다〉라는 프로그램을 가끔 시청하게 된다. 주로 독신 연예인들을 대상으로 한다. 혼자이지만 자신의 삶을 외롭지 않고 재미있게 살아가는 모습을 비추어준다. 과거에는 혼자 산다고 하면 이상한 시선으로 바라보았다. 어딘가 모자라고 성격이 이상해서 등 결격 사유가 있다고 생각했다. 혼자는 이제 자유로움이고 개성으로 보인다.

아날로그 시대에서 디지털 시대로 넘어가면서 혼자 사는 것이 어렵지 않다. 앱을 켜고 터치하고 계산만 하면 무엇이든 집으로 찾아온다. 이런 편리함 때문에 혼자 사는 것이 쉽고 익숙해졌다. 과거에는 식당에 혼자서 밥 먹기가 어려웠다. 지질하고 못나서 혼자 먹는다고 생각을 할 것 같아 들어가지 못했다. 여행을 가고 싶어도 혼자 가기 어려웠다. 사람들의 시선이 신경 쓰여 제약을 받았다. 지금은 혼자서도 당당히 밥을 먹고 여행 가는 것을 예사롭게 본다. 자신의 삶을 당당히 즐겁게 사는 모습이 멋져 보인다.

반면 혼자는 외로움이 동반된다. 핵가족 사회가 되면서 구성원이 간소화되었다. 독신자 소형 아파트, 원룸, 전월세 빌라가 인기가 많다. 결혼을 하지 않고 부모로부터 독립하는 젊은 층이 갈수록 많아지고 있다.

이혼을 하기 전 합의가 되지 않아서 혼자 지내게 되었다. 누구와도 교류를 하지 않고 아이들에게만 연락을 했다. 오갈 곳이 없어 식당에서 일하며 숙식을 해결했다. 식당은 지하 1층에, 지상 2층 건물이었다. 저녁이 오는 것이 너무 싫었다. 모두가 가고 나면 커다란 식당이 공포의 공간이었다. 지하에서 무슨 소리가 들리는 듯했다. 바람이 불어서 털컹거리는 소리는 마치 귀신이 나와서 문을 밀고 들어오는 것 같았다. 가게에서 지내는 밤은 공포였다. 무섭고 외로워 울다 지쳐 잠들었다.

이혼 전에 남편과 살갑고 다정한 사이가 아니었다. 그래도 부부라는 관계가 끊어졌다는 것이 박탈감을 주었다. 상실감, 외로움, 고독, 혼자, …
온갖 단어들이 마음 안에 가득 찼다. 새벽부터 일찍 일어나서 일을 하면
아무 생각이 없다. 밤이 되면 무서워 떨고, 아이들 생각에 미칠 것 같았
다. 쉬는 날이면 갈 곳이 없어서 대형 서점에서 하루를 보냈다. 식당에서
자는 것이 무서워 찜질방에서도 많이 지냈다.

처음 식당에서 지낼 때는 마음을 잡을 수가 없었다. 가게에 많던 사람
들이 밀물처럼 사라지면 나의 존재도 사라지는 듯했다. 덩그러니 혼자 남
는 외로움이 너무 컸다. 아무도 없는 가게에서 멍하니 지내곤 했다. 사람
은 환경에 적응하는 동물이라는 말처럼, 점점 혼자 있는 시간에 익숙해졌
다. 커다란 공간에서 혼자 지내는 시간이 조금씩 좋아졌다. 쉬는 날 서점
에서 사온 책을 읽었다. 앞으로 어떻게 살아야 할지 방법을 궁리하며 지
냈다. 하루를 점검하며 일기를 쓰고, 때론 울고 싶으면 울기도 하며 아무
에게도 간섭 받지 않는 것이 좋았다. 결혼 이후 처음으로 혼자 시간을 보
내고 사색하며 자신을 돌아본 시간이었다.

인간이 살아남기 위해서는 어떤 환경에서도 적응하게 되어 있다는 것
을 실감했다. 무서워서 누구라도 와서 같이 지내고 싶었다. 그래서 같이
일하던 사람들과 함께 지내게 되었다. 그런데 갈수록 불편하고 행동에 제
약을 받았다. 퇴근 후 만큼은 자유롭고 싶다는 마음이 들었다.

점점 혼자 있고 싶어졌다. 혼자 있는 시간을 점점 의미 있게 보내게 되
었다. 아들과 함께 살아갈 방법을 모색했다. 두부 만드는 법과 요리 레시

피 만들기를 매일 연습했다. 갈 곳도 반기는 사람도 없었다. 신용불량에 무일푼이어서 자력으로 살아야 했다. TV도 라디오도 아무것도 없이 혼자 지내는 것이 나를 백지로 만드는 듯 했지만 남편에게 묶여 있던 사슬이 끊어져나간 듯 홀가분했다. 혼란스럽던 마음을 빨리 정리하며, 다시 일어서야겠다는 마음을 가질 수 있었다. 만약 혼자의 시간을 갖지 않고 아이들과 정신없이 살았다면 심적인 고통으로 더 힘들어했을 것이다.

혼자의 시간을 즐겨라

『원하는 대로 산다』에서 혼다 캔 작가는 이런 말을 했다.

"여러분도 자신의 마음의 소리에 귀 기울여보기 바랍니다. 예를 들어 마음의 소리가 '지쳤다.'라고 말한다면 이를 받아들이고 휴식을 취해야 합니다. 많은 사람이 '아니, 일은 제대로 해야지.' 하고 이성의 소리를 내세워 마음의 소리를 무시해버립니다."

마음에서 울리는 소리를 무시하지 말고 알아주어야 한다. 혼자만의 공간에서 오롯이 자신을 위해 휴식을 줘야 한다. 쓰러지는 마음에 생명수를 붓는 것과 같다. 자동차를 운전하는 중에 신호를 기다리는 동안 차가 꿈쩍하지 않을 때가 있다. SOS를 부르면 대부분 배터리 방전이 원인이다. 자동차로 멀리 여행을 가려면 차를 점검한다. 미리 점검하고 떠나면 안심

나를 잃어버리지 않고 사랑하는 법

하고 여행을 즐긴다. 점검 없이 떠났다가 SOS를 부르며 시간 낭비하지 말아야 한다. 삶도 마찬가지다. 지금까지 달려온 자신에게 SOS가 필요할 수 있다. SOS를 부르기 전에 미리 점검하여 삶을 부드럽게 넘어갈 수 있으면 좋겠다. 일에 빠져서 바쁘다는 핑계로, 자신에게 휴식을 취하지 못하고, 뒤늦은 후회를 하는 사람이 많다. 마음에서 쉬고 싶다는 생각이 드는 것은, 몸이 원한다는 것이다. 몸과 마음은 같이 움직인다.

나는 한의원에 침을 맞으러 자주 다닌다. 한의원은 빙 둘러 앉아 침을 맞는 것이 특징이다. 열다섯 명 이상이 함께 침을 맞으면서 한의사 선생님이 환자에게 하시는 말을 듣게 된다. 환자들은 다양한 질병으로 침을 맞는다. 그중에 마음에서 오는 병 때문에 오는 분도 있다. 선생님은 침을 다 맞히고 나서 환자들에게 한 말씀하신다. "몸이 아파서 신경을 쓰다가 마음이 우울할 수도 있고, 마음이 아파서 몸에 병이 올 수도 있다."라고 하며 그러려니 하며 마음을 편하게 먹으라고 한다. 마음이 여려서 그런다며 위로해준다.

그런 말을 들으면 마음과 몸을 살펴보게 된다. 선생님이 의술로 아픈 곳만 치료하는 것이 아니라, 아픔까지 콕 끄집어내면 도사님 같아 감탄한다. 선생님은 휴식을 권유하신다. 몸에 휴식을, 생각에 휴식을 취하라는 것이다. 비축한 에너지를 한꺼번에 모두 소진하지 말고, 아끼고 푹 쉬라고 한다.

대부분 삶에 얽매여 살다 보면 쉴 여유가 없다. 경제적인 것보다 마음에 여유가 없는 것이다. 이런저런 핑계를 대며 지낸다. 그러다 어쩔 수 없는 상황까지 가게 된다. 그때서야 불을 끄려고 하는 것이다. 집이 타고 난 후에 수습을 한다. 이미 타고 나면 원상 복귀에 시간이 걸리고 후유증이 남는 것이다. 한의원에는 어르신을 비롯해 다양한 층을 이룬다. 어른들은 과거 어렵던 시절 살기 위해서 생활전선에서 몸으로 부딪히며 살아왔다. 반면 현대인들은 심한 육체노동보다 정신적 노동에 시달리고 있다. 육체적, 정신적 원인과 상관없이 휴식은 질병으로 이어지는 것을 막을 수도 있다.

남녀노소를 막론하고 인간은 쉼이 필요하다. 쉰다는 것은 육신과 마음을 놓는 것이다. 여행을 떠나야 쉬는 것이라고 생각하기도 한다. 휴일 날 여기저기 구경하며 돌아다니다 집에 오면 더 피곤하다. 구경하고 다니느라 에너지를 썼기 때문이다. 패키지 여행을 떠나도 마찬가지다. 다녀오면 여독이 남는다. 여행일 뿐 나를 위해 충전하는 시간이 없었기 때문이다.

혼자만의 단촐한 시간을 갖는 것이 쉽지 않다. 나만의 공간이 없기 때문이다. 가족이라는 구성원 속에 있다 보면 감정을 숨겨야 할 때가 많다. 힘든 모습을 보이면 가족이 걱정할까 봐 감추려 한다. 지쳐 아무것도 하고 싶지 않을 때도 있다. 내 모습 그대로 울고 웃고 화를 내며 마음대로 하고 싶을 때도 있다. 며칠이고 가만히 아무것도 하지 않고 쉼을 주고 싶다. 하지만 혼자가 아니기에 그럴 수가 없다. 엄마의 표정 하나하나에 신경을 쓰는 아이들이 있기 때문이다. 엄마라서 마음을 다스리고 웃어야 한다. 그래서 아무도 간섭하지 않는 혼자의 공간이 필요하다.

나는 감정을 그대로 끄집어낼 수 있는 공간이 없었다. 혼자 지고 가는 무거운 짐을 내려놓고 싶었다. 하지만 그런 시간은 잘 주어지지 않았다. 그러다 혼자 등산을 하기도 하고, 산책을 하며 나만의 시간을 가질 수 있었다. 혼자 산에 가고 걷는 것이 무척 좋았다. 사람들은 혼자 외롭지 않느냐고 말을 한다. 나는 혼자를 즐기는 것이다. 마음이 심란하고 뒤숭숭하면 산에 더 자주 간다. 유일하게 혼자 있는 나만의 탈출구이다. 혼자 산에 오르면 무수한 잡념들이 사라진다. 걱정하던 일도 잠시 잊어버린다. 가끔 빠른 속도로 산에 오르면 헉헉거리고 가쁘게 내뿜는 숨 속에 모든 것이 사라진 듯 상큼하다.

나에게 우거진 숲은 피톤치드를 선물해준다. 선물을 마음껏 즐기고 오면 그만이다. 신은 나를 위하여 자연을 준비해둔 것 같다. 혼자 황홀해하며 자연이 주는 에너지를 맘껏 받아 온다. 누구나 즐길 수 있는 공간이다. 무료로 무한정.

혼자만의 시간을 외로운 시간이라 여기지 말고, 혼자 있는 시간을 즐겨보자. 모든 대중매체와 단절하며 잠시나마 누구의 방해도 없이 자신과 깊이 대화해보자.

06

사소한
말들에
상처 받지 않기

당신이 지금 옳은 일을 하고 있다면, 당신 스스로든 누구에게든 상처를 주고 있지 않다면, 당신은 다른 사람이 뭐라고 하는지에 연연해할 필요가 없다. 당신은 자유인 것이다.

– 브라이언 L. 와이스

손톱 밑에 박힌 가시가 더 아프다

매일매일 즐겁고 재미있는 일만 있다면 얼마나 좋을까. 그런 사람이 있다면 천복을 받은 사람이다. 부러움의 대상이고, 꿈꾸어보는 이상세계다. 그게 바로 천국일 것이다. 마음이 행복하면 매일 천국에서 살고 있는 것이다. 일을 하는 목적은 행복하기 위해서다. 우리는 행복을 찾기 위해 열심히 살아가고 있다. 하지만 그런 과정 속에서 상처를 받기도 하고 주기도 한다.

232

사람의 마음은 일기예보를 닮았다. 맑고 화창한 날이었다가 갑자기 천둥 번개를 치며 소낙비가 내리기도 하는 것이다. 저기압과 고기압 전선의 기류의 변화와 다양한 요소에 의해 날씨의 영향을 미친다. 사람의 감정도 주위의 환경, 여건, 기분에 따라 감정이 다양하게 나타난다. 감정의 기류를 체크하지 못하여 천둥 번개처럼 내뿜기도 한다. 그렇게 되면 가까이 있는 사람이 상처를 많이 받는다. 큰 상처는 주위에서 알 수도 있다. 그러면 주위의 관심 속에 위로를 받을 수도 있다. 위로를 받으면서 억울함, 분노를 진정하고 가라앉힐 수 있다.

사람들은 큰일보다 사소한 것에 목숨 걸고 싸운다. 특히 가까운 사람일수록 더하다. 그리고 사소한 것에 상처를 더 받는다. 웃으며 넘길 수 있는 일도 예사롭게 넘기지 못한다. 감정이 들어가서 자존심을 건드리는 것이다. 특히 자존심과 연결된 부분에서 상처를 많이 받는다. 상대방은 상처를 주려고 그런 것은 아니지만 당사자는 상처를 주었다고 여긴다. 자존감이 낮을수록 거센 항의를 한다. 자신을 향해 너는 왜 그런 소리를 듣고 사느냐고 묻는다. 바보라고 속삭인다. 그러니까 너를 무시하는 거라고…. 혼자 스토리를 만들어 대본을 쓰고 연극을 연출하고 있다.

나는 얼마 전에 친언니, 조카 부부와 손녀들과 함께 태국으로 여행을 가게 되었다. 생전 처음으로 세 명의 언니와 함께한 해외여행이었다. 처음으로 함께하는 여행이라 가슴 설레며 즐거웠다. 방콕에서 2박을 하고 후아인으로 갔다. 호텔 수영장에서 언니들과 물놀이를 하며 즐거운 시간을 보냈다. 두 언니는 때론 의견이 맞지 않아서 토닥거리기도 했다. 그러면서도 즐겁게 지냈다. 마지막 날에 40분 거리에 있는 후아인 시내로 갔다. 마사지를 받고 마켓에서 쇼핑을 하고 야시장 구경을 하기로 했다.

비가 많이 와서 야시장 구경은 취소되었다. 마켓에서 말린 과일, 치약, 비누 등 여러 가지를 샀다. 내가 먼저 계산을 했다. 연이어 셋째 언니가 하고 마지막에 큰언니가 하게 되었다. 계산 중에 큰언니는 내 이름을 불렀다. 내 것과 앞에 있는 치약을 같이 계산하고 있다고 했다. 앞사람 물건과 구분하는 막대를 내가 놓아두었다. 내가 구분했다고 하며 잘못 본 거 아니냐고 물었다. 그러자 셋째 언니가 한마디 거들었다. 셋째 언니도 분리막대를 둔 것이 분명하다고 했다. 그러면서 둘째 언니는 내가 돈을 주면 될 것 아니냐는 말을 했다. 그러자 큰언니는 화를 내고 두 언니는 말다툼을 했다.

말이 통하지 않는 카운터 앞에서 옥신각신했다. 카운터 계산원은 실수를 한 것을 알고 슬그머니 사라졌다. 한국이라면 영수증 내용만 봐도 금방 알 수 있지만 마음이 답답했다. 그리고 문제가 되지도 않았을 것이다. 말은 통하지 않고, 언니는 분명 정확하게 보았는데 동생은 잘못 보았다고 하는 말에 화가 났다. 타국에서 언어가 통하지 않아 삐그덕거리며 우스운 꼴이었다. 별일 아닌 것을 가지고 말다툼을 했다. 두 언니는 기분이 좋지 않게 호텔로 돌아왔다.

나를 잃어버리지 않고 사랑하는 법

호텔 안에서 셋째 언니는 시무룩하니 말을 하지 않았다. 큰언니는 둘째 언니에게 화를 낸 이유를 말했다. 큰언니는 자신의 말을 믿어 주지 않아서 기분이 나빴다고 했다. 내가 사 줄 수도 있지만 "사주는 것은 사주는 거고 계산을 잘못 하고 있어서 말했던 거야."라고 했다. 그런데 큰언니가 잘못 본 거라고 우겨서 화가 났다고 했다. 그것뿐이라고 했다. 그런데 셋째 언니는 큰언니를 야속하게 생각했다고 했다. 얼마 되지 않는 돈인데 따진다는 생각에 서운했다고 했다. 언니가 저런가 보다 생각한 것이었다.

언니는 경상도 특유의 사투리에 성격까지 급하다. 그러면 오해를 살 수 있다. 별것도 아닌 말투에 둘째 언니는 상처를 받았다. 옛 기억까지 떠올리며 속상해했다. 두 언니는 서로 본마음을 잘 알고 있다. 말이 통하지 않은 것 때문에 오해한 것이다. 두 언니는 서로 화해를 했다. 작은 언니는 눈물을 글썽였다. 엄마가 돌아가신 후부터 큰언니를 엄마처럼 생각하는데, 얼마 되지 않은 돈 때문에 인색하게 하는 것으로 오해했다고 했다. 속내를 털어놓고 눈물을 글썽였다.

셋째 언니는 상처가 많았다. 셋째 언니는 결혼 전에 고생을 많이 했다. 내가 어릴 때여서 확실한 기억은 없지만, 우리 집 형편이 어려울 때 부모님과 나는 언니의 도움을 받은 것 같다. 언니는 인정이 많아 부모님에게 잘했다. 결혼 후론 형부의 공장이 부도가 나게 되어 언니가 생활을 책임지며 살다시피 했다. 생활고에 시달리며 이런저런 상처를 많이 받으며 살았다. 마음이 착해서 어딜 가도 욕먹지 않고, 법이 없이도 살 수 있는 언니다. 싫고 좋음을 잘 표현하지 못한다. 시부모님과 시가족에게 상처도 많이 받았다. 언니 얼굴을 보면 밝지 않았다. 언니는 평상시 몸도 여기저기 많이 아프고 우울해했다. 그런 언니를 보면 마음이 많이 아팠다.

소독하지 않고 약을 바르면 상처가 덧난다는 사실을 잊지 마라

넘어져서 다치면 먼저 소독을 하고 약을 바른다. 그런데 소독을 하지 않고 약만 덕지덕지 바른다. 따갑고 아프다고 소독을 거부하는 것과 같다. 얇은 상처는 문제가 없겠지만 깊은 상처는 문제가 생긴다. 소독을 하다 보면 약만 발라도 괜찮을지 꿰매야 할지 가늠이 된다. 그에 따른 조치는 상처를 빨리 회복시키는 데 도움이 된다. 과거에 받았던 희미한 상처는 언니의 마음에 다양한 모습으로 자리잡고 있었다. 누군가가 한 부위를 건들면 봇물처럼 터지는 것이다. 그러면서 현재의 상처와 겹치며 속이 상했던 것이다. 큰언니가 미워서도 야속해서도 아닌 별것 아닌 것에 속상해하는 자신을 속상해했다.

사소한 일에 상처를 받는다는 것은 자신의 마음을 몰라주는 것에서 비롯된다. 마음을 몰라주는 것에 대한 서운함이 점점 가슴에 새겨진다.

'어떻게 그럴 수가 있어, 내가 너에게 어떻게 해주었는데….'

236

온갖 생각을 다한다. 그 이유는 '너와 나' 공통으로 공감하는 부분이 없는 것에 있다. 평상시 소통이 원활하지 않았다는 것이다. 대화를 해도 각자의 이야기만 한 것이다.

상대방의 말에 귀 기울여 듣지 않고 있다가 불쑥 나오는 한마디에 상처를 받기도 한다.

상처받을 때에 특징이 있다. 어떤 것에 제동이 걸리면 그때부터 상대방의 말이 귀에 들리지 않는다. 네가 나에게 나쁘게 했다고 판단하는 마음 때문이다. 그때부터 무슨 말을 해도 혼자의 생각에 집중한다. 상처받은 자신의 마음을 인정하고 싶지 않아 한다. 속이 끓어도 태연한 척한다. 그러면서 나는 피해자, 너는 가해자로 결론짓는다. 마음이 넓은 자신이 이해한다는 태도다. 하지만 마음이란 그렇지 않다. 시간이 지날수록 화가 치밀고 속이 상해진다. 계속 곱씹어지고 되새김을 한다. 그러면서 마음 깊이 상처로 하나씩 자리 잡아간다.

"화가 치민다."를 따옴표로 묶어 생각하듯이 어떤 감정 상태든 따옴표로 묶어 '~라고 생각하고 있을 뿐이야.'라고 마음에 되풀이해서 들려준다. 그러면 자신의 마음을 담담하고 객관적인 시선으로 바라볼 수 있다. 그렇게 되면 마음속을 어지럽히는 생각이 따옴표로 묶여 명확한 의식 상태가 된다. 이처럼 한숨 돌리며 거리를 두는 것만으로도 상대방의 기분 나쁜 요청을 그대로 받아들이든지, 혹은 당당히 다른 의견을 제시하든지,

지혜로운 선택을 할 수 있게 될 것이다. 『생각 버리기 연습』에서 코이케 류노스케 작가는 '화가 나는 마음', '상처가 되는 말이나 행동' 등을 하나의 생각으로 따로 묶어 멀리서 바라보라고 한다.

상처의 대부분은 가까운 사람에게서 받는다. 그래서 서로 잘 알고 가까운 사람이 주는 상처가 더 아프고 오래간다. 그래서 더 말 못하고 슬프고 어렵다. 보지 않아도 될 사이라면 간단하지만, 숨을 쉬고 사는 동안 마주 보고 가야 할 사람이라면 괴로워진다. 그렇다면 화나 상처 이런 것은 내 안에 두지 말고 따로 넣어두면 좋겠다. 다른 곳에 있는 화나 상처를 멀리서 바라보면 다르게 보일 수 있다. 나와 아주 멀리 두고서 현명하게 바라보는 지혜가 있으면 좋겠다. 상처를 피할 수 없는 삶, 상처가 되는 말과 행동에 시선을 고정시키지 말자. 그것은 상대방이 그냥 하는 버릇쯤으로 생각하자.

상처는 호흡하는 공기와 같이 매일 마신다고 생각하면 좋겠다. 건강한 폐는 거를 것은 거르고 산소가 필요한 몸 구석구석 산소를 공급하듯, 생각과 사고가 건강하면, 흡수된 상처를 잘 걸러, 자신을 더욱 성숙하고 건강하게 만들어줄 거라고 생각한다.

나를 잃어버리지 않고 사랑하는 법

07

타인과
조금 다른
방향으로 가기

나귀와 마부는 똑같이 생각하지 않는다.

– 독일 속담

평범한 일상을 꿈꾸는 것도 사치였다

어린 시절에 꾸는 꿈은 크고 장대하다. 꿈이 커야 작은 꿈이라도 이룰 수 있다고 한다. 어릴 적에 꿈이 무어냐고 물으면 생각나는 대로 말했다. 마땅히 아는 것이 없어서 선생님만 떠올랐다. 그래서 선생님, 과수원 주인, 몇 가지 없었다.

나는 초등학교 6학년에 처음으로 읽어본 책이 추리소설이었다. 밤을 새우며 책을 읽었다. 당시에는 책 내용이 진짜 있는 일로 생각되었다. 무서우면서도 재미있었다. 상상을 많이 하게 된 계기가 되었다. 확실하게 모르지만 무서운 세계가 있다는 생각이 들었다. 중고등학교에 들어가서는 명작소설을 보았다. 계몽적인 책을 통해 그런 사람이 되는 상상을 하곤 했다. 제자들을 훌륭하게 지도하고 도움이 되는 선생님이 되고 싶었다.

나는 세상에서 제일 부러운 사람이 있다. 부부가 함께 놀이공원에서 아이들이 뛰노는 것을 지켜보며 웃는 모습이 참으로 부럽다. 여행을 하며 함께 사진을 찍는 모습도 부러움의 대상이었다. 남들에게 평범한 일상들이 소중해보였다. 평범한 일들이 내게 어려운 일이 될 줄은 몰랐다. 나는 부부가 한평생을 끝까지 살아가는 모습을 대단하게 생각한다. 순조롭게 살아온 사람도 있지만, 어려움과 고난을 마주하며 이겨낸 사람이기 때문이다. 그래서인지 오랫동안 함께 살아온 부부는 서로를 알기에 평온해 보인다. 나는 그런 평범함을 꿈꾸었다.

나는 평범함 속에 비범함이 숨어 있다는 생각을 많이 했다. 노하우가 있기 때문에 별일 아니듯이 삶을 살아가는 것 같았다. 나는 평범한 것들을 누릴 자격이 없었는지를 많이 생각했다. '천복이 없기 때문일까? 아니면 남편 복이 타고 나길 없는 건가, 돈복이 없는 건가, 운이 없는 사람인가?' 혼자 수없이 생각해보았다. 아무도 나에게 답을 주지 않았다. 그러다가 답 같지 않은 답을 얻었다. 대학을 못 갔을 때는 부모 복이 없고, 결혼에 실패했을 때는 남편 복이 없고, 하던 일에 실패했을 때는 돈복이 없어서 그렇다고 생각했다. 모든 것이 운명이라고….

나를 잃어버리지 않고 사랑하는 법

모든 원인은 복이 없기 때문이라고, 포기하면 마음이 편한 듯했지만 절망에 빠졌다. 다양한 상처를 가슴 안에 쌓아놓고 살았다. '~~때문'이라는 말은 위로의 처방약이었다. 혼자 의사 처방 없이 마음대로 지어다 먹었다. 머리가 아파도 배가 아파도 비슷한 처방이었다. 때론 의사가 되기도 하고 약사가 되기도 했다. 위로의 처방은 진통제와 같았다. 감각이 없고 아무렇지 않았다. 무기력하고 허망했다. 때로는 평안으로 이끌고 불안하고 낙담하게도 했다. 진통제에 내성이 생기기 시작하면 더 강한 진통제가 필요해진다. 더욱 강하게 와 닿는 위로의 메시지를 찾았다. 위로를 받고 싶어 영혼은 길을 잃고 헤매었다. 세상은 아무도 위로해주지 않았다. 머리는 텅 비었고 마음에는 바스락거리는 소리만 들렸다.

하고 싶은 대로 하는 것이 타인과 다른 삶이다

나는 남들이 하는 결혼을 쉽게 생각했다. 그냥 하면 저절로 살아지는 것으로 오해했다. 하고 싶은 모든 것을 결혼을 빌미로 그만두고 싶었다. 꿈을 향해 노력하고 가야 할 길이 멀게 느껴졌기 때문이었다. 꿈에 대한 가치나 자긍심이 없었다. 끝까지 갈 자신이 없었다. 그래서 편하게 보통으로 살아가고 싶었다. 보통으로 살아가는 사람이 부러웠다.

그런데 시간이 지나면서 마음은 달라졌다. 일이 뜻대로 이루어지지 않으면 지난 기억을 끄집어내놓고 후회하며 자책하며 살았다. 매일 과거를 주머니에 넣다 뺐다 반복하며 지냈다. 이렇게 살다가 가려고 세상에 왔나? 허무주의에 빠졌다. 시계바늘이 더 빨리 가는 것 같아 마음은 초조해졌다. 내 안에서 부르짖는 소리가 들렸다. 하지만 거부했다. 자신이 없었기 때문이다. 무엇인가 하고자 할 때에 느끼는 두려움이 있다. 두려움 때문에 하고자 하는 것을 포기하게 된다.

"좋은 기회를 놓칠까 봐 느끼는 두려움이 강할 때 그것을 의식하고, 일단 기다리며 그것이 지나가게 하라. 그러면 균형과 노련함으로 무장한 채 결정을 바라볼 수 있다."

『결단』에서 롬 무어 작가는 두려움을 갖지 말라고 했다. 기회를 놓치면 안 된다는 생각에 어리석은 선택을 하지 말라고 했다. 남이 한 것은 쉽게 빠르게 운이 좋아 잘된 것처럼 보인다. 남이 한 것을 토대로 뒤따르면 불안감이 따른다. 나만의 노하우와 나의 경험이 없기 때문이다. 새로운 것에 뛰어들기 위해서는 기존에 하는 일에서 시간을 빼내어 열정을 쏟아야 한다고 했다. 놓칠까 봐 두려움에서 하는 일은 두려움에 잠식되어 그릇된 판단을 하게 한다.

나는 기회를 놓칠까 봐 느끼는 두려움 때문에 선택한 일이 많았다. 남들과 다른 시선으로 바라보지 못한 것이다. 그런 사람의 마음을 이용해 이득을 취하는 사람이 많다. 영업이나 판매, 상업적으로 사람의 마음을 움직이게 할 때 필요한 부분이다. 하지만 새로운 사업, 투자 등 일을 하고자 할 때 유의를 요하는 말이다. 현실적으로 쉬운 성공은 없다. 부단한 노력과 인내가 가져다주는 것이다.

지나온 과거를 보면 노력을 많이 한 적도 있고, 그렇지 않고 헛되게 산 적도 많다. 그런 것을 통해 깨달은 바가 컸다. 남은 삶을 다르게 살아가야 한다는 마음이 들었다. 인생을 생각 없이 허비하며 TV나 인터넷을 뒤적거리며, 남의 삶을 부러워만 하고 싶지 않다는 생각이 들었다. 나다운 것이 무엇인지를 끊임없이 찾았다.

"공부를 삶의 일부로 여기도록 다른 사람들과 협력하고 끊임없이 자신을 갈고 닦는 마요 칼리지의 학생들이나 공부를 일상 속 사명이라 생각하고 몰입했던 노무현 대통령을 생각해보시기 바랍니다. 이들의 공통점은 자신이 생각하는 바를 이루기 위해 일상 속에서 끊임없이 공부하고 노력했다는 것입니다."

정의석 작가의 『인간 노무현의 27원칙』에서 노무현 대통령은 공부는 일상 속의 사명이라고 했다. 노무현 대통령의 원칙 중의 제1원칙은 공부는 살아가는 데 있어 균형을 잡아주는 것이라고 했다. 필요 없는 것은 정리하고 중요한 일에 집중하라고 했다. 공부를 통해 삶의 균형을 잡아야 하고, 그래야 올바른 마음으로 지식을 쌓을 수 있다고 했다. 공부를 일상의 일부로 생각하며 살아야 한다고 했다.

배움을 게을리하면 무지에 이르게 된다. 세상을 보는 안목이 좁고, 타인의 말에 쉽게 현혹되어 판단력이 흐려진다. 이 말도 맞고 저 말도 맞는 것 같다. 결정하는 것에 장애가 온다. 내가 하는 생각은 불안하고 남의 말을 믿자 하니 못 믿겠다. 이리저리 흔들리는 갈대처럼 작은 바람에도 요동하게 된다.

나는 마음이 답답했다. 하나님께 기도했다. 루이스 L. 헤이 여사의 책 『치유』에 이런 글이 있었다.

"신의 지혜가 나에게 사용할 지식을 전해준다."
"나는 신이 주신 성공의 기회를 놓치지 않는다."
"나는 내가 원하는 꿈보다 더한 축복을 받는다."

나는 이 문구를 매일 쓰고 외웠다. 길을 찾기 위해 책을 읽었다. 하나님께 간절히 기도했다. 우연하게 글쓰기를 알게 되었다. 글을 쓴다는 것은 지금의 나와 전혀 다른 방향의 삶이다. 한 번도 가보지 않았다. 비탈길인지, 낭떠러지 길인지, 구부러진 길인지, 아무것도 모른다. 그냥 가보는 것이다. 마음이 시키는 일이기에. 인정해주지 않고 비웃어도 좋다. 지금 나의 모습을 아는 사람은 더할 것이라는 것을 안다. 그래도 좋다. 인생 최대

나를 잃어버리지 않고 사랑하는 법

의 용기로 결정을 했기 때문이다. 인정을 받으면 더할 나위 없이 좋겠지만, 지금까지 살아온 모습을 빨리 지울 수 없기에 천천히 가고자 한다. 토끼처럼 빨리 가서 정상에 오르면 좋겠지만 느림보 거북이도 좋다.

연마되지 않은 도구는 빨리 망가진다는 것을 안다. 삶이 직진으로 가지 않고 떨어뜨리고 우회시키는 이유를 깨달았다. 나를 나답게 만들기 위해서였다. 만약 직진으로 쭉 나갔다면 어떠했을까? 카페에서 커피를 마시며 시간을 죽이고, 남편과 아이들에게 서로 잘잘못을 따지며 하루를 무사히 보낼 수도 있었을 것이다.

순탄한 삶을 살든 순탄하지 않은 삶을 살든 인생에는 나름의 행복이 있다. 순탄하지 않은 삶을 비관하고 슬퍼했지만, 그것을 통해 글을 쓰고, 꿈이 이루어지게 하는 과정이라고 생각할 수 있어서 행복하다.

우리들의 삶은 비슷한 듯하나 각기 다르다. 같은 직업을 가졌다고 해서 같은 방향의 삶을 살지 않는다. 기준, 목표, 꿈, 생각, 방식 모두가 다르다. 목표와 꿈이 같다고 해도 과정과 지향하는 것이 다르다. 살아 숨쉬는 생명은 복제가 되지 않는 한 어렵다고 생각한다. 비슷하지만 다르게 살아가는 개성 있는 존재다. 잘생긴 사람은 못생긴 사람 앞에서 돋보이지만 잘생긴 사람만 있는 곳에 가면 돋보이지 않는다. 못난 모습에 기죽을 필요가 없다는 것이다. 부자가 있으면 가난한 사람이 있듯, 각자 다른 모습

속에 자신이 원하는 모습을 그리며, 꿈을 잃지 않고 끝까지 가는 것이, 다른 사람과 조금 다른 방향이라고 생각한다.

08

늘 현재에 감사하는 마음을 가지기

당신의 삶이 어떤 모습이든, 현재 얼마나 어렵든 기뻐하라.

다만, 과도기일 뿐이다.

– 크라이언

'감사합니다'를 습관처럼 말하자

"이미 당신이 누리고 있는 축복을 재발견하라."

세리 카터 스콧의 명언 속에는 감사의 의미가 깊다. 매일 누리고 있는 것에 감사하지 않는다면 현재에 주어진 것이 축복인지를 모르고 살고 있는 것이다. 감사는 사소한 것에서부터 시작된다.

'감사합니다.'라는 말을 습관처럼 하는 것은 좋은 버릇이라고 생각한다.

'감사로 제사를 드리는 자가 나를 영화롭게 하나니 (생략…).' – 시편.50:23

　진심이 깃든 감사는 하나님이 기뻐하신다고 했다. 사람에게도 진심이 담긴 감사의 말은 감동을 준다. 거대한 우주 공간 안에 나의 존재가 살아 숨 쉬고 있다는 것만으로도 감사할 수 있어야 한다. 그런데 우리는 그것을 당연한 것으로 생각한다. 당장 눈앞에 보이는 득과 실 앞에 불평이 앞설 때가 많다. 나약한 인간인지라 보이는 것이 먼저이기 때문이다. 보이는 나쁜 현상에 '감사하다.'라고 말하는 것은 쉽지 않다.

　정말 감사한 일이면 누구나 쉽게 말할 수 있다. 하지만 화를 내야 하는 상황이 오면 다르다. 화를 내는 것이 당연한데 억지로 감사하다고 하면 비웃느냐고 할 수도 있다. 진심이 아니라는 것을 상대가 알기 때문이다. 그렇다면 화도 내지 못하고 어떻게 하는 것이 옳을까 생각해본다.

　『생각 버리기 연습』에서 코이케 류노스케 작가는 "감사병은 마음을 삐뚤어지게 한다."라고 말했다. 상대방이 화를 내게 만든 상황인데 '감사합니다.'라고 말할 수는 없다. 늘 감사해야 한다고 주문을 하고 살다 보면 헷갈리는 상황이 온다. 화도 내지 못하고 감사하지 못하면서 감사하다고 하는 것은 자신에게 거짓말하는 것이다. 그러면 오히려 마음을 삐뚤어지게 한다고 했다.

　화가 나는 상황인데 굳이 감사하다고 말을 할 필요는 없다. 다만 자신을 위해서 마음속에 주문을 외우는 것이다. 굳은 얼굴에 미소를 띠우고

248

마음속으로 '감사합니다.'를 되풀이한다. 계속 '감사합니다.'를 되풀이하면 화났던 마음이 저절로 사라진다. 마음이 편해지며 감정 처리가 잘된다.

나는 작은 가게를 운영하고 있다. 고객을 대하다 보면 언쟁이 생길 때가 있다. 말도 안 되는 것으로 우겨대기도 한다. 원칙을 따지면 내가 맞는 일이지만 고객과 싸울 필요가 없다. 득이 될 게 없어서 항상 물러난다. 그럴 때면 마음은 물이 끓듯이 뜨겁게 달아오른다. 감정을 억제하기 힘들어지고, 스트레스가 증가하게 된다. 처음엔 감정에 휘둘려서 힘들었다. 나는 매일 눈을 뜨면 '감사합니다.'라는 말을 했다. 매일 그렇게 하고 있어도 좋지 않은 상황이 오면 감사하다는 생각은 들지 않았다.

어느 하루 몸 컨디션이 좋지 않아 엉망인 날이 있었다. 그런 때는 모든 것이 귀찮고 쉬고 싶은 마음뿐이다. 그래도 영업은 해야 하므로 문을 열었다. 기분이 우울해서 마음으로 주문을 외웠다. '감사합니다.'를 수없이 반복했다. 종이에 쓰며 마음을 다스렸다. 그런 중에 손님이 음질을 가지고 시비를 했다. 말을 하고 또 하며 되풀이를 했다. 화가 났지만 가만히 듣고만 있었다. 순간 마음속으로 '감사합니다.'를 되뇌어보았다. 몇 번이고 되풀이를 했다. 그 사람은 열심히 말을 하다가 슬그머니 그만두었다. 내가 '감사합니다.'를 마음으로 했지만, 입 꼬리가 위로 올라가면서 미소 짓는 것으로 보였던 것이다. 고객은 미소 짓는 나를 보고 미안했던 것이다.

얼마간 바빠서 감사 일기를 쓰지 않고 지냈다. 비슷한 상황이 왔다. 나는 화가 나서 감사한 마음이 떠오르지 않았다. 시큰둥하게 대했다. 그러자 다른 결과가 나왔다. 손님은 화를 내고, 나쁜 욕설에 악담까지 하며 나갔다. 그때 깨달았다. 사람은 자신이 유리한 쪽으로 생각하기 때문에 처음에는 잘못을 인정하려 하지 않는다. 상대방에게 몰아붙인다. 내가 한 것은 옳다고 한다. 하지만 조금만 지나면 자신이 너무 했나 하는 생각을 한다. 그런데 상대가 화를 내거나 따지면 미안했던 마음도 없어지는 것이다. 거기에 맞대응을 하면 큰 싸움이 되는 것이다. 생각대로 행동한다면 싸우고 싶다. 하지만 마음을 조절해야 한다. 바로 '감사합니다.'를 되풀이하면 좋을 것 같다.

이성적으로 생각하면 욕먹을 때 말할 수 없이 참담해진다. 하지만 마음으로 '감사합니다.'라고 하며, 자신을 타이르다 보면 마음이 잠잠해지는 것이 느껴질 것이다. 마음이 진정되고 상황을 극복하는 지혜의 방법이 떠오르게 된다. 이젠 깨달음을 통해 '감사합니다.'라는 말을 중얼거리게 된다. 감사한 마음을 갖고 지내면 사소한 것에 화가 나지 않는다.

감사하는 마음은 불평하는 마음을 죽인다

『내가 확실히 아는 것들』에서 오프라 윈프리가 말하는 감사다.

"당신은 10년 전과 같은 여성이 아니다. 운이 좋다면 작년의 당신과도 다를 것이다. 나이가 든다는 것의 핵심은 변화다. 우리가 그렇게 하기만

한다면, 살아가는 동안 우리는 미처 모르고 있던 자신에 관한 새로운 것들을 계속 배울 수 있다. 정말로 기뻐할 만한 일이다! 나이가 들 수 있다는 것을 찬양하자. 나이 듦을 숭배하자. 내게 복되게 다가올 한 해 한 해의 나이에 나는 감사할 따름이다."

그녀는 세계적으로 유명한 〈오프라 윈프리 쇼〉의 진행자로 토크쇼의 여왕이며 작가다. 그녀의 삶에는 우여곡절이 많았다. 자신이 체험한 경험의 바탕에서 우러러 나오는 진정성 있는 방송으로 열성팬이 많다. 진정성이 세계적으로 유명한 토크쇼의 여왕이 된 이유일 것이다. 그녀는 감사할 수 없는 상황에서도 감사를 하며, 받아들이고 인정하며 자신을 성장시켰다.

나이를 먹은 것을 한탄하지 말아야 한다. 나이를 먹는다는 것은 지금까지 살아 있기에 가능한 것이다. 그래서 찬양하고 숭배하라는 것이다. 지금 내가 있지 않으면 나의 나이 듦을 모를 것이다. 먼저 간 이들은 당시의 나이에 멈춰 있다. 이에 어찌 감사하지 않겠는가. 앞으로 다가올 나이에 더할 나위 없이 감사하다는 것이다. 우리는 살아 있음을 당연히 여긴다. 그러나 위험한 사고나 질병으로 빛을 보지 못하고 가신 이들이 많다. 무사히 하루를 맞이하고 보낸 오늘 하루가 얼마나 감사한지 모른다.

나이가 드는 것에 대한 두려움이 생겼었다. 시간적 경제적 여유가 없다는 이유 때문이었다. 하루의 절반 이상을 가게에서 보낸다는 것은 스트레스다. 아무것도 할 수 없다는 생각만 들었다. 나의 자유를 돈과 바꾸고 살고 있었다. 돈은 할 수 있는 것보다 할 수 없는 것이 더 많게 하고 구속시켰다. 돈에 얽매인 삶은 우울할 뿐이었다. 그런데 감사한 마음을 가지면서 바라보는 관점이 달라졌다. 가족이 건강한 것에 감사했다. 무엇보다 생활을 할 수 있는 물질을 주심에 감사했다. 일하는 장소를 주신 것에, 살아 있는 오늘이 감사했다. 주위를 둘러보니 감사할 일이 수없이 많았다.

나이가 들면 자녀로부터 자유로워진다. 그래서 시간적 여유가 생긴다. 배울 수 있는 기회가 많아진다. 무엇을 배우든 간에 배움은 삶을 살아가는 윤활유 같은 역할을 해준다. 모르는 것을 알아가는 재미는 열정을 불러일으켜 활력소가 된다. 자녀로부터 자유로워진 것에 감사하다. 배울 수 있는 시간을 주신 것에 감사한다. 이 글을 쓸 수 있다는 것에 더할 나위 없이 감사하다.

감사한 마음을 갖는 것도 하나의 훈련이 필요하다. 어릴 적부터 생활 가운데 적용하고 살지 않았다면 더욱 그러하다. 감사의 반대는 불평이다. 나는 감사보다 불평에 대한 감정이 더 많았다. 체면 때문에 불평을 드러내놓지도 못했다. 마음속은 불만족으로 들끓고 있었다. 만족하지 못하고 불평이 드리워진 삶은 행복하지 않다. 마음을 비단보로 가린 것과 같았다. 겉은 유하고 부드러워 보였지만 마음은 비판이 가득했다. 불만을 가지고 있으면 불만은 순식간에 튀어나올 확률이 높다. 그러다 참고 있던

나를 잃어버리지 않고 사랑하는 법

불만족스런 생각들이 한 번씩 나온다. 그래서 제일 가까운 자녀에게 화살을 쏘곤 했다.

만족이 없으면 감사가 나오지 않는다. 기준에 미치지 않으면 만족되지 않아 비교와 불평이 뒤를 이어온다. 만족이 되지 않으면 사소한 것을 꼬투리로 잡는다. 하지만 감사한 마음을 억지로라도 하면 기적이 일어난다. 감사한 마음은, 숨을 쉬고 공기를 마시듯, 밥을 먹고, 운동을 해서 나를 살찌우듯 해야 한다. 매일 반복되는 일상 안에 같이 동행해야 한다. 감사한 마음에서 멀어지면 행복에서도 멀어진다. 큰 것을 받아야 감사한 것이 아니다. 내 옆으로 살짝 눈만 돌려도 감사한 것이 주렁주렁 달렸다.

아침마다 감사의 기도를 한다.

주님! 아침마다 눈을 뜰 수 있어서 감사합니다.

감사는 무궁무진하다. 거리를 걷고, 일을 하며, 순간순간 감사할 것을 찾으면 된다. 그러면 행복이란 녀석은 내 등 뒤에서 나를 토닥여준다. 행복은 감사할 때 시작된다.

KBS 뉴스 중에 이런 내용이 있었다. 피해자가 피해자를 도와준다는 것이다.

한 여성이 오래전 남편을 잃었다. 처음에는 일반 사고사인 줄 알았는데 10년이 지나서 아는 사람에게 살해당한 것으로 밝혀졌다. 그녀는 법원에서 범인을 보면 소름이 끼치고 마음의 고통이 컸다고 했다. 남편을 잃은 후 곱지 않은 주위의 시선과 경제적인 어려움으로 고통을 겪었다고 했다.

같은 피해를 겪고 어려워하는 사람들이 모여 서로의 상처를 보듬어주고 경제적인 도움도 지원 받았다. 그녀는 서로의 아픈 상처에 공감이 간다고 했다. '어느 순간을 보면 이 순간도 지나가리라'는 마음으로 어려움을 이겨냈다고 했다.

그녀는 자신과 같은 피해를 입은 피해자를 도와주는 봉사를 하고 있다. 봉사를 통하여 아픔을 나누며, 피해자들이 삶을 잘 살아갈 힘을 실어주고 있다.

나를 잃어버리지 않고 사랑하는 법

5장

바로 지금을
'나 자신'으로 사세요

미래를
불안해하지 말고
오늘을 살아라

지금 당신의 생각과 믿음이 미래를 결정한다.

그 생각과 믿음으로 내일과 다음주,

그리고 내년의 모든 경험을 만들어갈 테니까 말이다.

-루이스 L. 헤이

불안한 마음은 용기를 삼켜버린다

나는 보이지도 않고 잡히지도 않는 미래를 걱정하며 노심초사 불안해했다. 혼자 사는 것도 아니고 한참 돈이 들어가는 세 아이를 둔 엄마로서 사는 것이 막막했다. 누군가가 미래를 보여주었으면 싶었다. 그래서 철학원에 가보기도 했다. 하지만 철학원은 과거의 일은 알려주어도 미래는 알려주지 않았다.

만약 미래를 알 수 있다면 좋을 수 있겠지만 그렇지 않을 수도 있다. 부자가 되고 훌륭한 사람이 된다고 하면 신이 나서 열심히 살겠지만 가난하고 별 볼 일 없이 산다고 하면 실망하여 아무것도 하고 싶지 않을 것이다. 노력해도 되지 않는다고 하면 포기하며 되는 대로 살게 된다. 미래를 알 수 없기 때문에 노력하여 이루어가려는 것이다. 그래서 진취적이고 열정 적으로 도전한다.

한부모 가정의 부모가 제일 어려워하는 점은 아이들만 집에 두는 것이 다. 식사에서부터 학업 등 관리하는 것이 어렵다. 엄마의 간섭을 받지 않 는 아이들은 마음대로 행동한다. TV와 컴퓨터를 끼고 산다. 자고 싶으면 자고 놀고 싶으면 놀면 된다. 친구를 만나고 싶으면 마음대로 갈 수 있다. 자유로운 영혼이 되어 편하게 지낸다. 엄마가 없는 시간 통제하기 어렵 다.

엄마가 일터로 가면 아이들만 남게 된다. 아들은 공부에는 관심이 없고 중독자처럼 게임만 했다. 엄마가 하는 말은 한 귀로 듣고 한 귀로 흘려보 냈다. 잔소리는 서로를 지치게 만들고 내가 먼저 포기하고 말았다. 사춘 기 때였으므로 누구의 말도 듣지 않으려 했다. 또래 친구들과 어울려 사 고를 칠 것 같았다. 돌이킬 수 없는 길을 걸을까 봐 걱정했다. 일을 해도 마음은 늘 아이들 걱정으로 편하지 않았다.

큰아들 하나일 때 이혼을 하고 싶었지만 자신이 없었다. 할 수 있는 것 이 아무것도 없기 때문이었다. 하지만 셋을 데리고 무대포로 이혼을 했

나를 잃어버리지 않고 사랑하는 법

다. 미래가 불안하고 알 수 없지만 이혼 하지 않으면 살 수 없겠다는 마음뿐이었다. 아들과 함께 살아야 한다는 마음 하나로 모든 것을 시작했다. 견뎌내기 힘든 하루하루 지옥 같은 일도 많았다. 그래도 참았다. '지금보다 더 나쁜 상황이 오면 어떻게 하나.' 하는 생각 때문이다. 지금의 현실을 참지 않으면 더 두려운 미래가 기다릴 것 같았기 때문이다. 마음이 약할수록 미래에 대한 불안은 더욱 많다. 미래가 걱정되지 않았다면 주저앉아 일어나지 못했을 것이다. 내가 무너지면 아들들의 미래는 더 불안해질 것이라는 마음으로 살았다.

살다 보면 아무리 생각해도 답이 나오지 않을 때가 있다. 답이 없다는 것은 너무 많은 무리수를 두었기 때문이다. 답이 보이지 않는다면 간단명료해져야 한다. 아무리 해도 이혼하는 것에 해답이 없었다. 살아갈 자신이 없었다. 아이들이 나쁜 길로 빠지면 어쩌나, 밥을 굶기면 어쩌나, 무엇을 해서 돈을 벌까, 돈이 없는데 살 집은 어떻게 구하나 등등 끝없이 많았다. 그러다 이런 생각이 들었다. '간장 고추장만 있으면 먹고 살 수 있어. 잘되고 못되는 것은 본인 하기 나름이야.' 죽이 되든 밥이 되든 해보자 하는 생각이 들었다.

불안은 미래를 잠식시킨다. 한 걸음도 꼼짝 못하게 그 자리에 머물게 한다. 그 자리에서 퇴보하는 삶을 살아야 한다. 옛 어머니들이 남편의 구타와 학대를 참고 살았던 이유가 있다. 이혼을 하면 소박맞았다고 여겼다. 아내 노릇 못해서 남편이 겉돈다는 말까지 했다. 경제력도 없기 때문에 아이들을 데리고 살 수도 없으므로 무조건 참았다.

시어머님이 생존해 계실 때 하신 말씀이 생각난다. 아버님의 외도를 알고도 참고 계시는 어머님이 가여웠다. 어머니가 불쌍하여 질문을 하곤 했다. 아버님이 다른 여자를 만나는데 왜 지금까지 참았냐고 질문을 했었다. 자식들 때문이라며 한 맺힌 한숨을 쉬었다. 당신이 없으면 자식들이 불쌍하게 살게 될까 봐 참았다고 했다. 여자로서의 자존심은 자식을 위해 버리고 사신 것이다. 어머님 마음이 이해되었다. 과거에는 여성들이 할 수 있는 일이 적었기 때문에 이혼은 엄두도 내지 못할 일이었다.

과거의 경험은 미래의 밑거름이다

『원하는 대로 산다』에서 혼다 켄은 이렇게 말했다.

"'과거의 시나리오'에서 만들어낸 것이 '관념'이라면 '미래의 시나리오'가 만들어낸 것은 '불안'입니다. 자신의 소원을 명확하게 그린 후 최고의 미래를 향한 발걸음을 내디딜 때 문득 불안하지 않나요?"

처음 사업을 창업하게 되면 고민과 걱정이 많다. 대부분 자신이 경험했던 분야를 시작한다. 그래도 사업을 직접 이끄는 것은 처음이기에 불안하다. 모든 것을 책임져야 한다는 것은 큰 부담이다. 아무리 자신이 있다고

나를 잃어버리지 않고 사랑하는 법

해도 불안감은 온다. 불안감이 지속적으로 온다면 자신감이 결여된다. 불안하고 자신이 없다면 잠시 멈추고 기회를 기다릴 줄 알아야 한다. 불안은 일을 그르칠 수 있기 때문이다. 불안한 마음에 욕심이 앞서고 판단력을 흐리게 하고 실수하게 된다. 불안한 마음이 오래가면 초조해져서 우울증과 불면증에 시달릴 수 있다. 불안은 아무 데도 쓸모없는 것을 껴안고 있는 것과 같다.

요즘 세대 부모들은 아이를 데리고 여행을 많이 다닌다. 경험을 통해 아이들이 몸으로 느끼게 해주기 위해서이다. 학교 교육에서도 체험교실을 열어 아이들에게 직접 경험해보는 기회를 제공한다. 해보지 않은 것을 경험함으로써 미래에 올 수 있는 것들을 두려움 없이 헤쳐갈 수 있도록 교육하는 것이다. 아이들은 겪어본 경험을 통해 자신감을 갖고 성장해간다.

실패를 많이 경험했다면 다시 일어설 수 있다는 자신감이 있는 반면 불안함도 있다. 실패가 있었기 때문에 불안한 마음은 당연하다. 불안을 잠식시키고 자신 있게 나아가는 것뿐이다. 실패가 두려워 아무것도 하지 않았다면 세상은 변하지 않았을 것이다. 원시 시대 그대로 머물러 있었을 것이다. 도전과 실패를 반복하며 오늘날에 이른 것처럼 실패를 두려워하지 말아야 내일을 향해 나갈 수 있다.

걱정과 불안은 삶의 방해꾼이다. 걱정만 하다가 삶이 끝날 수 있다. 실패는 물론 괴롭다. 괴로움은 이겨내기 위해 있는 하나의 과정이라 여겨야 한다. 이겨내는 것이다. 실패하지 않고 성공하는 사람은 없다. 부모가 물려준 재산을 그대로 받아도 끝까지 돈을 지킨다는 보장은 없다. 돈을 관리하는 법, 사업을 잘 이끄는 것은 본인 몫이다. 미래는 보이지 않기에 도전하는 것, 불안해하지 말고 맞서야 한다.

『나는 직장을 다니면서 1인 창업을 시작했다』의 김태광 작가는 이런 말을 했다.

"사실 나는 말더듬증 때문에 학창 시절을 비롯해서 사회생활을 하면서 많은 어려움을 겪어야 했다. 나 혼자만의 시련이었기에 남들은 알지 못했다. 예를 들어, 다른 사람들 앞에서 말을 해야 할 때면 마음속에는 하고 싶은 말이 많아도 정작 사람들 앞에서는 꿀 먹은 벙어리가 되었다. 사람들 앞에서 말을 더듬어서 망신을 당하면 어쩌나 하는 불안감과 두려움 때문이었다."

현재는 〈한책협〉 대표, 책 쓰기 스타 강사, 시인 작가 등 많은 수식어가 붙어 있는 유명한 분이다. 그런 사람도 한때는 말더듬증이 콤플렉스로 작용하여 남들 앞에서는 두려움이 있었다고 한다. 현재의 모습으로는 봐서

나를 잃어버리지 않고 사랑하는 법

는 믿어지지가 않는다. 김 대표는 말을 더듬는 것에 대한 불안과 두려움을 극복하기 위해 많은 노력을 했다. 김태광 대표는 현재의 스타 강사가 되기 전에 첫 강연을 해야 할 기회가 왔다. 강연가가 꿈이었지만 막상 청중들 앞에서 실수 할 것 같은 두려움이 왔다고 했다. 김 대표는 두려움을 극복하기 위해 원고를 달달 외우고, 목소리를 녹음해서 호흡과 발음 교정까지 하며 연습에 매달렸다고 했다.

피나는 노력의 결과는 성공적이었다. 그 후 어린 시절부터 괴롭혔던 말더듬 증세에서 해방되었다고 했다. 두려움은 내부 세계인 내면에서 비롯된다. 스스로가 자신을 규정지어놓고 한계를 만들어놓게 되면 자신감이 생길 수 없다. 말더듬이라는 규정은 넘어뜨릴 수 없는 높은 벽과 같았을 것이다. 높은 벽을 무너뜨리면 걸림돌이 사라진다. 이처럼 한계를 무너뜨리기 위한 노력을 수없이 하다 보면 서서히 무너지게 된다. 그러다가 순식간에 무너지면서 옛 모습을 찾아볼 수 없어진다.

내면의 한계와 끊임없이 싸워야 한다. 쉽게 무너지지 않는다. 순간 포기하고 안주하고 싶은 마음이 온다. 못 하는 이유가 있으므로 중압감에서 해방된다. 나는 글쓰기를 시작하기까지 고심을 하고 마음이 불안했다. 한 번도 써보지 않은 글을 쓴다는 것은 모험과 같았다. 나는 지금까지 글쓰기와 전혀 다른 삶을 살아온 사람이었다. 글은 문학을 전공하든지, 재산이 많든지, 유명하든지, 특별한 사람이 쓴다고 생각했다. 아무것도 아닌 사람이 글을 쓴다는 것이 우습다고 생각했다. 지금까지 생각하고 있던 관념을 깨뜨리는 획기적인 일이다.

　나는 미래를 향해 도전장을 내밀었다. 해보지 않은 것이기 때문에 두렵다. 하지만 살아온 경험은 결코 헛되지 않다는 것을 삶은 가르쳐주었고, 이젠 자신을 믿어보기로 했다. 실패한 오늘의 경험은 내일의 성공을 위한 밑거름으로 생각한다.

당신의 과거는
당신의 미래가
아니다

당신의 과거에는 얼마나 많은 소중한 날들이 있는가?

지혜와 사랑을 제외한 당신의 모든 것은 그저 그것의 목적에 따라왔다.

그렇기에 당신의 어제가 당신 과거의 증인인 것이다.

-케롤라인 미스, 피터 오키오그로소

과거가 없었다면 오늘도 없다

당신에게 과거는 어떤 의미인가? 멋지고 아름답게 살아온 과거였다면 미소를 지으며 회상에 잠기겠죠. 하지만 힘들었던 과거라면 머리를 휘저을 것이다. 과거란 각자에게 즐겁고 아픈 추억으로 마음에 살아 있는 기억이다.

나는 지난 시간들을 의미 없이 산 것 같다. 무지하게 생각 없이 시간을 보내며 살았다. 보이는 현실 속에 내 모습은 너무나 초라해져가고 있었다. 눈에 보이는 것만 믿고, 다가오는 미래는 부정하고 싶었다. 지난 과거에 연이어 미래도 같이 연결되어진다는 믿음 때문이다. 과거에 얽매이면 생각이 흐려지고 자신의 마음을 알지 못한다. 사람의 소리에 귀를 기울이고, 주변을 관찰하고 자신과 동떨어져간다.

과거의 실패를 재료로 우려먹는 사람이 많다. 과거의 화려했던 기억에 머무르며 과거에서 빠져나오지 못한다. 과거는 지난 것, 현실과 미래를 보고 살아야 한다. 미래를 향해 가려고 하지 않는다. 지난 과거에 못한 것이 아쉬워 회한에 빠져 현실을 직시하지 않는다. 지금 처한 먹구름만 보고 해가 떠오를 내일을 생각하지 않는다. 먹장구름이 덮이면 비가 오고, 비가 온 후엔 먹구름이 걷힌다. 그리고 맑게 개인 하늘을 볼 수 있다. 과거에 얽매이면 이런 과정을 생략하고 바로 축복의 단비를 맞고 싶어 한다.

어려움과 고생을 좋아할 사람은 없다. 쉽고 편하게 돈을 벌고 성공하고 싶어 한다. 하지만 현실은 그런 것을 용납하지 않는다. 오히려 그런 사람에게는 달콤한 유혹이 다가오기 쉽다. 별다른 노력을 하지 않아도 성공한다는 말이 큰 함정이라는 것을 안다. 그러면서도 혹시나 하는 마음에 유혹을 이기지 못하고 당하는 경우도 있다. 돈과 성공에 눈이 멀면 아무 말도 들어오지 않는다. 하지만 막상 뛰어 들어보면 가장 힘들다는 것을 안다. 노력의 대가를 치르지 않은 것은 한계가 오는 것이다.

나를 잃어버리지 않고 사랑하는 법

과거를 생각해보면 부끄러운 일과 잘했다고 자신 있게 자랑하고 싶은 것도 있다. 모두가 좋은 기억만 있는 것이 아니다. 과거의 경험을 어떻게 활용하는가에 따라 미래도 다르게 그려진다. 부정적 결과의 과거일지라도 보는 시점을 달리하고 잘못이 무엇인지를 깨달아야 한다. 밝은 눈은 미래를 달리 볼 수 있다. 그것을 깨달을 때 성장을 한다. 중요한 것을 인지해야 앞으로 나아간다.

사람들은 당장 보이는 것에만 급급하여 모르고 넘어간다. 마음이 느긋하지 않고 조급증을 갖고 있다. 과거와 같은 실수를 다시 되풀이할 수 있다는 생각 때문이다. 과거에 그러했기 때문에 미래도 다르지 않을 거란 생각에 잡혀 있다. 실패가 거듭되면 실패에 초점을 맞추고 고장난 시계처럼 멈춘 삶을 산다.

"웨스트버지니아에서 은둔 생활로 보내던 시간은 내 인생에서 다른 어떤 것과도 비교할 수 없는 가장 가혹한 형벌이었지만, 그때의 경험은 내가 받은 고통을 상쇄하고도 남을 만큼 소중한 지식의 형태로 축복을 가져다주었다. 두 가지 결과, 즉 내가 겪은 고통과 그것으로부터 얻은 깨달음은 필연적인 것이었다. 미국의 사상가 랄프 왈도 에머슨이 너무나도 명쾌하게 정의한 '보상의 법칙'에 따라 이 당연하면서도 피할 수 없는 결과가 초래된 것이다."

『결국 당신은 이길 것이다』에서 나폴레온 힐은 과거의 실패했던 경험은 변형된 축복이 되었다고 했다. 사람들은 과거에 겪었던 실패가 가치 없다고 생각하기도 한다. 실패라는 하나만 보고 있는 것이다. 거기에는 반드시 사람들이 모르고 지나가는 것이 있다. 그것을 깨닫고 알아가는 사람과 그냥 실패라고 여기며 가는 사람과는 차이가 난다. 힐이 겪은 역경과 고통은 좌절감을 주었다. 빈곤과 가난에 휩싸이기도 했다. 그런 삶이 자신에게 들어오면서 다른 사람들과도 소통할 수 있는 힘이 되기도 했다. 힐은 과거의 실패를 영원한 실패로 치부해버리고 앞으로 나아가길 주저할 때도 있었다. 하지만 좌절 속에서도 더 큰 이익을 가져다줄 씨앗을 발견하고 성공을 이룰 수 있었다.

나폴레온 힐은 과거의 실패와 성공에서 얻은 경험에서 원인을 연구하여 사람에게 도움이 되는 『성공학 노트』라는 저서를 출간했다. 성공을 하고 싶다면 읽어야 하는 필독서라 생각할 만큼 사랑을 받고 있는 책이 되었다. 과거는 다가올 미래를 위해 준비하는 과정이요, 오늘을 살아가는 밑거름 역할을 했다.

실패는 변형된 축복으로 다시 온다

"과거의 시나리오로 살아가는 사람은 술술 풀리는 인생을 살기 힘듭니다. 과거 체험에서 만들어진 관념이 방해하기 때문입니다. 여기서 말하는 관념이란 부모에게 받은 가치관, 그 사람의 체험으로 만들어진 고정화된

시각, 사고방식 등입니다. 또는 문화나 사회의 관습에서 생겨난 생각이기도 합니다."

『원하는 대로 산다』에서 혼다 켄은 관념이 소원을 방해한다고 했다.

어린 시절에 받은 나쁜 기억이나 상처가 있게 되면, 무의식 속에서는 그것을 믿어버리게 되고 마치 일어날 것처럼 생각한다고 했다. 미래를 바라볼 때도 과거 일과 연결 지어 지레짐작한다는 것이다. 과거에도 그러했기 때문에 미래도 그렇다고 단정을 지으면 한 걸음도 갈 수 없다.

하고 싶은 일을 계획할 때 과거를 끌어들이면 자신이 없어진다. 할 수 없다는 부정적인 생각이 꼬리를 문다. 할 수 있는 것을 보지 않고 할 수 없는 이유만 찾는다.

나 역시 그런 마음이 많았다. 작가가 되고 싶어 마음을 먹으려고 하는데 장애물만 보였다. 스펙도 타고난 재능도 성공도 뛰어난 그 무엇도 갖추어져 있지 않았다. 나의 과거 스펙은 너무나 보잘 것 없어 보였다. 이혼녀에 상처투성이 아줌마가 무슨 작가의 꿈을 꾸느냐고 스스로 비웃었다. 작가는 타고난 능력과 재주가 있는 특정한 사람이어야 한다는 고정 관념이 자리 잡고 있었다. 감히 넘겨볼 수 없는 높은 벽으로 보였다. 또 시간까지 없었다. 생업을 위하여 종일 일터에서 일을 해야 했다. 넓은 인맥도 없고 학력도 짧았다. 갖추어진 것이라곤 하나도 없었지만 그냥 글을 쓰고 싶다는 마음 하나뿐이었다. 할 수 없다는 생각에 묶이면 창조적이고 생산적인 것을 이끌어내지 못하고 만다.

과거에 묶여 있으면 미래를 열어 나아가는 데 어려움이 온다. 과거를 마치 미래처럼 바라보기 때문이다. 의식의 방향을 과거에서 새로운 미래를 향한 의식으로 바꿔야 한다. 다가올 미래를 최고의 미래로 꿈꾸어야 한다. 최악의 과거를 최대의 미래로, 몸과 마음을 밝은 미래로 향하는 것이 중요하다.

『상상의 힘』에서 네빌 고다드는 내면과 대화를 해보라고 한다.

"여러분은 자신이 선택한 그것이 됨으로써 생명과 축복을 택할 수 있습니다. 내면의 대화가 축복이 될 수 있도록 참된 대화를 만드십시오. 자신의 미래에 대해 모른다는 것은 자신의 내면의 대화를 모른다는 말과 같습니다. 내면의 대화는 지금 여러분의 상상이 어떤 모습인지를 보여줍니다."

네빌 고다드는 형이상학자이다. 그는 미래를 상상할 때 현재에 이루어진 것처럼 받아들이라고 했다. 소망이 현실로 이루어진 것처럼 믿으라고 했다. 과거 안에 갇힌 관념이 깊이 잠재해 있다면 의식을 바꿔야 한다고

나를 잃어버리지 않고 사랑하는 법

했다. 과거의 습관대로 몸이 움직이고, 생각도 과거를 따르고 있기 때문이다. 우리의 생각은 선택을 할 수 있기 때문에 과거 나쁜 패턴을 따르든지, 현재의 새로운 패턴으로 소망이 이루어진 것으로 상상을 하든, 본인의 선택이다. 무의식에 있는 나쁜 습관을 고쳐야 한다.

사람들은 과거를 미래와 연결 고리를 짓고는 과거에 그러했기 때문에 미래도 그럴 것이라고 짐작한다. 어리석은 판단인줄 알지만 마음이 사로잡혀 놓여나질 못한다.

새로운 아이디어로 세계를 이끌어가는 이들은 과거의 경험을 바탕으로 새로운 아이디어를 반영했다. 생각의 패턴을 이루어진 모습으로 그리고 상상한다. 미래에 대한 상상은 생각한대로 이루어진다는 믿음을 가져야 한다. 이루고자 하는 소원은 명확하게 오직 미래를 향해 있어야 한다. 그렇게 따를 때 미래는 나를 따라오는 것이다.

만약 미래를 다시 그리고 싶다면, 종이 위에 하고 싶고 되고 싶은 버킷 리스트를 적어보는 것이다. 과거에 해보지 못하고 놓쳐버린 것들이 수없이 떠오를 것이다. 하나하나 꺼내어 적어 보면 해보고 싶은 것이 그렇게 많을 수 없다. 과거에 되지 않았던 것이라고 영원히 되지 않는다는 마음은 버려야 시작할 수 있다.

과거를 꺼내어 마주 보며 버려야 할 것들을 버리고 수정할 것은 다시 수정을 해본다. 모두 쓸모없는 것만 있는 것이 아니다. 골동품 같은 보물이 숨어 있을지도 모른다. 내 안에 숨어 있는 보물을 꺼내어 갈고 닦아 빛을 발하는 미래를 만들어보자. 어둡고 힘든 삶이었다고 결코 미래도 어둡다고 할 수 없다. 마음을 놓지 않고 상상하고, 믿고 기도하면서 오늘에 최선을 다할 때, 미래는 다른 모습으로 우리들 곁에 다가와 있을 것이라고 본다.

과거를
후회하느라
오늘을 망치지 마라

밀턴은 말했다. 모든 사람의 내면에는 천국과 지옥이 있다고.

후회와 죄책감을 놓아버리고 천국을 택하라.

신은 사랑을 통해 당신의 고통과 부서진 마음을 하나로 어루만져 줄 것이다.

– 실비아 브라운

과거를 기억하라는 것은 새롭게 살라고 하는 것임을 알아야 한다

'과거를 후회하지 않는 사람이 얼마나 될까?' 후회하지 않는다고 말하면 궁금하여 사람들은 그렇게 잘 살아올 수 있는 비결이 무엇인지 묻고 싶어 할 것이다. 위인전에서나 볼 수 있는 그런 사람은 드물기 때문이다.

과거에 얽매여 후회하는 하는 사람이 많다. 아무 도움이 되지 않는 후회는 오늘을 잘못 살아갈 수 있다. 배신당하고 사기당한 지난 과거가 억울하여 그르친 판단을 하기도 한다. 그래서 우발적 사고나 범죄가 일어난다. 과거의 쓰라린 기억일수록 사람을 수렁으로 빠지게 한다. 잊지 못하고 복수를 생각하다가 내일을 향하는 발길을 망치기도 한다.

나는 경제적으로 어려움에 부딪히면 과거에 받았던 상처를 생각했다. '만약에 ~~라면' 하고 후회를 수시로 했다. 끝없이 후회를 하며 살아도 변하는 것은 없고 마음만 우울할 뿐 나이만 먹어갔다. 우습게도 후회는 시간이 갈수록 늘어나고, 후회는 먼지처럼 차곡하게 쌓여갔다.

나는 가난한 집안의 막내딸로 내세울 것 하나 없었다. 거기에다 마음의 상처까지 있었다. 상처가 너무 커서 자신을 학대하며 미워하는 20대를 보냈다. 나는 나를 사랑하고 싶지 않았다. 못난 자신이 용납되지 않았고 하고 싶지 않았다. 살고 싶은 의욕이 없었기 때문이다. 어떻게 하면 죽는 길인가를 생각하며 되는 대로 살았다.

KBS2 드라마 〈왜 그래 풍상 씨〉에서 주인공 풍상 씨의 동생 진상은 과거에 친구에게서 받은 배신감과 열등감 때문에 복수를 생각하며 산다. 결혼을 해서 가정을 꾸리고 살아야 할 나이에 직업도 없이 형에게서 용돈을 받으며 살아간다. 여동생 화상이도 쌍둥이 언니 정상이만 예뻐하는 오빠와 언니를 미워하느라 말썽만 피운다. 과거에 받았던 상처를 떠올리며 핑계 삼아 현실을 도피하고 가족들을 힘들게 하지만, 오빠의 진정한 사랑을 깨닫고 회복되어가는 모습을 그린 가족 드라마이다.

드라마에서 진상은 희망도 꿈도 내일도 없었다. 과거의 그 기억에 머물러 오늘을 살지 않았다. 오늘이 있어야 내일이 있다는 사실을 모르는 사

나를 잃어버리지 않고 사랑하는 법

람이었다. 사람은 과거를 먹고 오늘을 살고 내일을 향해 나아가야 한다는 말이 있다. 하지만 과거를 후회하는 사람은 오늘과 내일은 없다. 과거만 있을 뿐이다. 그리고 현재의 못난 자신을 미워하게 된다. 그러면 어리석은 선택을 하게 된다. 결국은 후회하는 길에 발을 내딛게 된다. 과거에 대한 자책은 수렁에 빠진 자신을 깊은 수렁 속으로 밀어 넣는다. 과거에 갇히면 현재와 미래를 보지 않는다.

미래를 보고 살아야 하지만, 오늘 나의 모습이 이렇게 된 것이 다른 사람 때문이라는 핑계는 합리화시킨다. 그래서 아무런 감각이 없다. 다른 사람에게 미안함도 없다. 자신이 그렇게 하는 것이 당연한 것이 된다.

JTBC 〈미스티〉의 마지막 장면이 기억난다. 여주인공은 방송국 유명 앵커이고, 남편은 국선 변호사로 나온다. 여주인공 고혜란의 비밀을 캐며 프로골퍼의 죽음의 의혹에 대해 범인으로 지목한다. 방송 내내 여주인공이 프로골퍼를 죽인 범인이 아닐까 하고 마음 졸였었다. 그런데 남편이 범인이었다. 부인의 사랑을 받기 위해 자신의 방법으로 부인을 사랑하는 법을 택한 것이었다. 과거에 남편은 아내에게 자신을 이용하는 조건으로 결혼을 해도 된다고 했었다. 자신이 사랑하고 도와주면 사랑할 거라고 믿었다. 하지만 아내는 유명한 앵커가 되기 위해 임신중절 수술까지 하며 유명인이 되었다. 남편은 아내에게 배신감을 느낀다. 그로부터 부부관계는 냉랭해졌다. 남편의 부인을 만난 것에 대한 후회와 미움은 변질된 방법으로 사랑을 보여주었다.

두 사람은 서로 바라보는 방향이 달랐다. 남편은 알콩달콩하고 소소한 행복을, 부인은 자신의 야망을 이루어내고자 했다. 남편은 그런 아내를 이해하지 못했다. 자신을 사랑해주지 않는 것을 힘들어했다. 모든 조건을 선택받은 사람으로 부러울 것 없이 행복한 사람이었다. 그러나 남편은 이혼을 요구하지 않고 아내와 끝까지 가고 싶어 했다. 하지만 남편은 선택에 대한 후회를 만회하기 위해 다른 방향으로 옳지 않은 선택을 한다. 변호사로서 법을 이용해 완벽한 범죄를 저지르고 부인이 용의선상에 오르게 한다. 그리고 자신이 변호를 하며 부인에 대한 사랑을 변호하는 과정을 통해 받으려고 했다.

비록 드라마이지만, 아무리 훌륭한 인품이라도 이성을 잃으면 별다르지 않다는 생각을 했다. 과거에 얽매여 자신의 삶을 파괴하는 것이다. 살인이라는 붉은 띠를 둘러야 했다. 가끔씩 뉴스에 안타까운 사연이 나온다. 모두가 과거에 원한을 앙갚음하는 형태였다. 상대에 대한 분노와 자신에게 밀려오는 후회의 감정을 주체하지 못하고 실수를 저지르게 된다. 돌이킬 수 없는 과거에 대한 생각은 삶을 힘들게 한다.

과거에 대한 집착은 변화하는 사회를 따라가기 어렵게 한다. 오늘의 소중함을 모르고 과거만을 소중하게 생각하는 것이다. '옛날에 말야.'를 반

나를 잃어버리지 않고 사랑하는 법

복하며 강조하며 산다. 나쁘다는 것이 아니다. 하나의 추억쯤으로 간직해야 한다. 부자가 가난해지면 적응하지 못하고 폐인으로 살기도 한다. 가난을 모르므로 부자였던 기억 때문에 가난에 적응하지 못한다. 하지만 가난을 딛고 이겨낸 부자는 다르다. 가난을 알기에 끊임없이 노력한다. 다시 실패해도 가난을 겪어보았기에 가난을 달게 보고 일어나게 되는 것이다.

과거가 없었다면 지금의 나는 없었다

"사람이든, 소지품이든, 또는 눈에 보이지 않는 그 무엇이든, 과거란 곧 오늘의 나를 있게 한 내 모습의 부분 부분이 아닐까? 과거를 사랑하는 것은 자신에 대한 사랑이며 연민이며 반성이며, 그래서 현재와 미래에 대한 조심스러움이 되리라. 또한 미래의 과거가 될 현재를 살아가는 소중한 그 무엇도 되어주리라."

『부르고 싶은 이름으로』에서 유안진 작가는 과거를 후회하기보다 사랑하라는 말을 한다. 상처가 커서 아프다면 보듬어주고 위로해줘야 한다. 상처를 준 사람을 용서해야 된다. 또 사업, 직장, 가정, 인간관계 등 다양한 원인을 찾아 되풀이하지 않게 다시 나아가면 과거는 결코 헛된 것이 아니다. 과거의 불행은 일어난 일 때문에 불행한 것이 아니다. 자신의 생각이 불행하다고 믿기 때문이다. 자신이 갖고 있는 생각과 믿음, 편견 안에 가두는 것이다.

후회를 하는 것이 옳지 않은 것만은 아니다. 과거에 잘못한 것을 후회한다면 되짚어보고, 되풀이하지 않으면 된다. 후회는 반성의 일부이기도 하다. 반성은 다시 하지 않겠다는 자신과의 약속이다. 반면 후회를 나쁜 방향으로 방출하는 데서 문제가 생긴다. 타인 때문에 생긴 일인 경우 상처를 받았다고 원망과 분노는 범죄를 저지르게 한다. 자신의 잘못이나 실수를 용납하지 않으면 정신적 고통의 삶을 살아간다.

과거의 기억을 지우고 후회하지 않기 위해서 과거와 마주하는 것이다. 돌아갈 수 없는 그때를 다시 더듬어본다. 그리고 진정 자신이 원하는 삶이 어떤 것인지를 자신에게 물어봐야 한다. 행복하기 위해 과거와 싸우고 있는 자신을 보아야 한다. 지금 행복하지 못한 것이 과거에 묻혀 있기 때문이라는 것을 깨달아야 한다. 그렇다면 과거에 힘들었던 자신을 위로하고, 지금까지 잘 견디어온 것을 칭찬해주고, 방치하고 미워한 자신에게 용서를 구해야 한다. 자신을 용서하지 않으면 어떤 누구도 용서되지 않는다. 진정한 용서는 먼저 자신을 용서하는 것, 내가 나를 사랑하고 용서할 때 다른 사람에게도 관용과 너그러움이 생기고 세상이 아름답게 보인다.

다른 사람을 용서하지 않는 것은 과거를 놓고 싶지 않은 마음 때문이다. 과거 속에 있는 자신을 현재로 데리고 나오기를 거부하며 모든 원인

나를 잃어버리지 않고 사랑하는 법

을 거기에 두고 하지 못하는 이유를 만든다. 합리화하며 과거 때문이라는 말로 위로를 삼는다. 지난 과거의 어두움 속에 자신을 감추지 말고 밝은 빛이 나는 세상을 향해야 한다. 오늘은 미래로 가는 발걸음, 오늘 나의 생각과 믿음 행동은 미래를 결정한다는 사실을 기억하며 힘차게 발걸음을 내딛어보자.

『치유』의 저자 루이스 L. 헤이는 어린 시절 부모님의 이혼으로 불행한 삶을 살았다. 엄마는 재혼을 했고 새아버지는 폭력을 휘둘렀다.

어린 루이스는 이웃집 노인에게 강간을 당하고 그 후 성적 학대를 견디며 지내야 했다. 자신의 잘못으로 생각했고 자아상은 낮아지며 자신에게는 좋은 일이 생기지 않을 것 같았다. 그러던 그녀는 불행한 어린 시절을 탈출하여 모델이 되고 멋진 영국 남자를 만나 결혼했다.

그녀는 낮아지는 자존감을 회복하기 위해 교회를 다니며 영성 훈련에 관심을 갖는다. 그녀는 사회봉사자와 상담가로 활동하던 중 암 선고를 받았다. 암을 선고받고 그녀는 내면에 있는 분노가 자신의 몸을 잠식했다는 사실을 알게 되었다. 질병 요인을 해결하지 않으면 치료가 어렵다는 사실을 깨닫고, 분노를 풀고 자신을 사랑해야 한다고 생각했다. 그래서 거울 앞에 서서 "루이스, 나는 너를 사랑해, 나는 너를 정말로 사랑해."라고 말했다.

처음에는 너무 어려웠지만 시간이 지나자 삶이 변화되었다. 치유되었고 수없이 많은 환자들에게 희망의 메시지를 주는 치유 메신저의 삶을 살았다.

04

삶이
계속되는 한
희망은 있다

신과 영적인 여행을 해보아라. 당신의 실망, 기쁨, 혼란을 함께 나누어라.
그리고 신에게 지혜를 구하라.
당신을 이끌어줄 누군가를 만나기 전까지 당신의 바람을 계속 적어두어라.

– 브루스 윌킨스

희망은 삶을 지탱하는 지팡이와 같다

"삶이 그대를 속일지라도 슬퍼하거나 노하지 말라. 우울한 날들을 견디며 믿어라. 기쁨의 날이 오리니."

「삶이 그대를 속일지라도」 알렉산드로 푸시킨의 시로 평소에 좋아하는 한 구절이다. 삶이 예고 없이, 의도와는 다른 방향으로 흐를 때 위로가 되는 명언이다.

삶이 가져다주는 것들은 풀어야 하는 숙제이다. 숙제를 미루다 보면 버거워지고 결국은 포기하게 된다. 학생이 숙제를 하지 않았다면 선생님께 회초리 한 대 맞으면 그만이다. 하지만 그에 대한 후유증이 생긴다. 맞은 곳이 아프고 공부가 뒤처진다. 그것이 반복되면 공부가 재미없고 학교 가기가 싫어진다. 그러다 보면 남보다 앞서 가기 힘들어지고 방관하며 학교생활을 마치게 될 수 있다.

지금까지 힘든 삶을 살았다고 내일도 그런 삶을 산다고 말하지 않는다. 또 지금까지 행복했다고 해서 내일도 행복할 거라고 장담하지 못한다. 우리는 누구도 예측하지 못하는 삶을 살아간다. 다만 행복할 거라는 희망을 품고 살아가는 것이다. 그 희망은 살아가는 힘의 근원이 된다. 희망이 꿈으로 이어지지 않을 수도 있다. 그러나 많은 이들에게 희망이 없다면 삶을 포기하게 될 것이다. 그래서 희망은 놓지 말아야 한다.

〈희망사항〉이란 대중가요 노래 가사를 보면 '청바지가 잘 어울리는 여자, 밥을 많이 먹어도 배 안 나오는 여자, 내 애기가 재미없어도 웃어주는 여자, …(중략)' 이런 여자가 있을 수도 있지만 드물다. 자신이 원하고 바라는 사항이다. 그런 사람을 바라는 것이다. 이왕이면 자신이 바라는 사람을 만났으면 좋겠다는 희망사항이다. 만날 수도 있고 만나지 못할 수도 있다. 이왕이면 이루어지면 좋겠다는 것이다. 희망대로 이루어지지 않았다고 실패한 삶이라고 하지는 않는다.

나를 잃어버리지 않고 사랑하는 법

"얼음장 밑에서도, 고기는 헤엄을 치고, 눈보라 속에서도 매화는 꽃망울을 튼다. 절망 속에서도, 삶의 끈기는 희망을 찾고, 사막의 고통 속에서도, 인간은 오아시스의 그늘을 찾는다. 절망은 희망의 어머니 고통은 행복의 스승 시련 없이 성취는 오지 않고, 단련 없이 명검은 날이 서지 않는다. 꿈꾸는 자! 어둠속에서 멀리 반짝이는 별빛을 따라 긴 고행 길 멈추지 말라. 인생항로 파도는 높고, 폭풍우 몰아쳐 배는 흔들려도 한 고비 지나면 구름 뒤 태양은 다시 뜨고, 고요한 뱃길 순항의 내일이 꼭 찾아온다."

– 문병란, 『희망가』

　현실을 객관적으로 바라보고 자신이 가야 할 방향과 목적지를 향해야 한다. 현재 자신의 수준과 당장 해야 할 일인지를 파악, 가능 여부를 알아야 한다. 목적지를 향한 길이 정확하다면 길은 열려 있다. 삶을 살아가다 보면 출구가 보이지 않을 때도 있다. 정확한 출구가 있다는 믿음이 있으면 된다. 출구를 향해 나아가면 희망이 보인다. 삶은 진행형이다.

　현재의 시간에 충실하지 못하면 현실을 직시하기 어렵다. 현재를 살지 못하면서 미래를 어떻게 볼 수 있겠는가. 현재가 어둡다고 미래까지 어둡게 생각하면 희망이 없다. 어두운 현재의 삶에 불을 밝힐 수 있는 희망을 가져야 한다. 잘될 것이란 희망을 놓지 말아야 한다. 절망은 영혼을 잠식해버린다. 현실을 인지하고 지금의 모습을 보는 것이다. 자신과 견주어

보며 가는 방향의 설정이 옳은 방향으로 갈 때 희망하는 목적과 가까워진다.

삶은 나를 배신했다, 하지만 내가 배신자를 버렸다

얼마 전에 아들의 아픔으로 충격을 받았다. 받아들일 수 없어서 부정하고 싶었다. 지금까지 살아온 내 삶이 무너지는 것 같았다. 어떤 말로도 표현하기 어려웠다. 고통이라기보다 산다는 것 자체가 싫어졌다. 지금껏 힘들게 살아왔는데 다시 고통을 안겨주는 삶을 살아야 한다는 것에 절망했다. 꿈도 희망도 모두 사라지고 삶이 온통 노랗게 변했다. 열심히 달려왔는데 와보니 낭떠러지 위에 서 있었다. 일기 예보에 없던 소나비 때문에 홀딱 젖어 떨고 있는 사람 같았다. 태양이 먹구름에 감춰져 절대 나오지 않을 것 같았다. 칠흑같이 어두운 들판에 나 홀로 서 있는 것 같았다.

처음에는 인정이 되지 않았다. 현실이 아닌 것 같았다. 모든 것이 거짓 같았다. 먹먹한 가슴은 터질 듯이 아팠다. 눈물도 나지 않고 멍한 상태에 빠졌다. 무엇을 어떻게 해야 할지 종잡을 수 없었다. 그러다 어느 순간부터 눈물이 나기 시작했다. 회한의 눈물인지, 미안하고 가련해서 나오는 눈물인지 몰랐다. 끝도 없이 눈물이 나왔다. 아들의 삶이 안타까웠지만 우는 것 외에 할 수 있는 것이 없었다. 자다가 깨어나도 눈물이 났다. 그렇게 며칠을 울었는지 모른다. 울면서 생각했다. 나는 엄마라는 사실을

나를 잃어버리지 않고 사랑하는 법

잊지 말아야 한다는 생각이 들었다. 지금 현실에 당면해 있는 문제를 해결해야 한다는 생각이 들기 시작했다.

처음에는 현대 의학의 한계점에 절망했다. 첨단 기술과 의학이 발달했다. 하지만 되지 않은 것이 있다는 것에 무력함을 느끼며 희망이 사라졌다. 멘붕이 왔다. 그런 나에게 내면의 소리가 들렸다. 네가 절망한 모습대로 그리면 그 모습이 되고, 희망하고 상상하는 모습을 그리면 그것대로 된다는 생각을 하게 되었다. 그래서 절망에서 희망을 그렸다. 아들의 건강하고 행복한 모습을 상상으로 그리며, 절규하며 부르짖어 기도했다. 기도와 상상의 힘은 나를 변하게 했다. 네빌 고다드의 『믿음으로 걸어라』라는 책에는 이런 말이 있다.

"네가 너희에게 말하노니 무엇이든지 기도하고 구하는 것은 받은 줄로 믿어라. 그리하면 너희에게 그대로 되리라."

성경의 한 구절을 인용하여 기도하고 구한 것은 받은 것으로 상상해야 이루어진다고 했다.

나는 무엇이라도 붙잡고 싶었다. 살아갈 의욕이 없어 잠이 오지 않았다. 내 인생이 허물어지는 소리가 들려왔다. 하루하루 지옥을 걷고 있는 듯 헤어나올 출구가 보이지 않았다. 너무나 절박하여 하나님께 기도를 했다. 기도하고 구한 것은 받은 줄로 믿으라는 말은 평안을 주었다. 그리고 받은 줄로 믿고 행동하라고 했다. 믿지 못하고 뒤돌아보는 삶을 살게 되면 헛된 기도가 되는 것이다. 현실에 일어난 것으로 받아들이라고 했다. 마치 이루어진 것처럼 믿고 나아가라고 했다. 미래에 이루어지는 것이 아닌 현실에 이루어진 것으로 받아들이라고 했다. 그렇게 했을 때 현재의 삶은 희망이 있는 것이다.

보이지 않는 미래를 바라보고 가는 것은 힘이 든다. 가다 보면 다시 절망에 맞닥뜨리게 되는 것이다. 현재의 삶이 너무 힘들면 천국과 지옥을 왕래하는 꼴이 된다. 당장이 힘들기 때문이다. 온몸에 피가 멈추는 듯하다. 피가 흐르지 않아 몸이 굳어지는 것 같아서, 송곳으로 온몸을 찔러야만 통증을 느낄 것 같았다. 보이는 현실만이 눈에 가득 비춰졌다. 지금까지 가졌던 온갖 긍정의 생각들은 흔적도 없이 순식간에 사라졌다. 현실이란 바로 그랬다. 누구의 어떤 말도 들리지 않는다. 오직 지금 이 순간이 전부로 보였다. 희망을 가져야 한다고 말하지만 그건 속수무책인 사람에게는 의미 없는 말로 들린다.

지금 당장 눈에 보이는 결과가 없다고 해도, 이루어진 것으로 믿고 바라볼 때에, 마음에 평안이 온다. 불안하지도 않게 된다. 지푸라기라도 잡고 싶은 사람에게는 보이는 현재가 중요하다. 나에게 현실은 말했다. 지푸라기라도 잡아야 한다고 말이다. 나는 생각을 해보았다. 나는 문제에

나를 잃어버리지 않고 사랑하는 법

붙잡혀 하나님의 빛을 향해 기도하는 것을 잊고 있다는 것을 깨달았다. 문제를 보면 절대 답이 나올 것 같지 않았다. 희망이 없었다. 오직 절망만 앞에 있을 뿐이었다.

원망과 불평이 쏟아지려 했다. 나에게만 고난을 주는 것 같았다. 지금까지 이를 악물며 버티고 살았다. 행복해지려고 온갖 방법을 동원해왔다. 이제는 나만의 방법으로 삶을 터득했다고 생각했다. 하지만 삶은 나에게 그런 것을 허락해주지 않은 듯했다. 울었던 이유 중 억울해서 더 울기도 한 것 같았다. 모든 것이 뒤죽박죽 되어버렸기 때문이었다. 현재에 처한 위기가 처음에는 죽을 듯이 힘겹지만 지내다 보면 시간이 효자가 된다. 마음도 누그러져 가라앉아 차분해지게 된다.

삶은 누구에게나 같은 것을 배분하지 않는다. 평온하고 평탄한 길을 조용히 가게 하는 사람도 많다. 인생의 돛단배가 띄워졌다. 순풍을 만나 항구를 향해 아무런 저항도 받지 않고 목적지까지 가는 사람이 많은 것 같다. 나의 눈에 비춰지는 타인의 삶은 순풍에 돛단배가 가는 듯하다. 그들도 때로는 바람의 저항을 조금씩 받기도 했을 것이다. 내가 타인의 삶을 모르듯 그들도 나를 보면 순풍의 삶을 살고 있는 사람처럼 보일지 모른다. 사람들은 타인의 삶은 모른다. 현실에 처해 있는 내가 힘들기 때문이다.

어려운 상황에서 글을 쓸 수 있었던 것은, 현실에 직면해 있는 아들의 병을 고쳐야 한다는 마음과 무언가 하지 않으면 죽을 것 같았기 때문이다. 우리들의 행복과 불행은 누구도 가늠할 수 없다. 언제 어느 때에 어떻게 노크할지 모른다. 그때에는 지나가는 태풍으로 받아들일 수 있으면 된다. 지금 내가 지나가는 태풍을 잠잠히 받아들일 수 있었던 것은, 신이 주신 지혜와 독서에서 깨달은 교훈과 하나님의 사랑 때문이다. 산다는 것은 산을 오르는 것처럼 오르락내리락하다가도 평평한 길도 만난다. 정상은 끝까지 가야만 점을 찍을 수 있다. 산을 오르듯이 숨이 찰 때는 잠시 쉬었다 지치지 말고 끝가지 가면, 언젠가는 정상에 도달한다는 희망을 잃지 않기를 바란다.

오프라 윈프리는 TV 토크쇼의 여왕으로 세계적인 미국의 앵커이다. 윈프리는 젊은 시절 남자친구에게서 무시당하고 정신적인 학대를 받았다. 남자친구는 그녀를 특별하다고 여기지 않고 버렸지만 윈프리는 울며 매달렸다.

그녀는 남자친구로부터 그런 취급을 받는 것을 거부하지 못하는 이유가 무엇인지를 깨닫게 되었다. 윈프리는 자신을 특별하다고 생각하지 않는다는 것이 문제라는 것을 깨달았다. 그녀는 자신을 위해 준비된 삶을 살아갈 것인지, 현재의 삶에서 질식당할 것인지를 생각했다.

윈프리는 자신의 모습 그대로가 괜찮다는 사실을 발견하고 혼자로도 충분하다는 사실을 알았다. 그녀는 그때 남자친구와 그대로 머물렀다면 토크쇼의 여왕이 되지 못했을 것이다. 그녀는 진실을 찾아내기 위해서는 어떤 느낌인지를 알아야 한다고 했다.

05

이제부터라도
까칠하게
이기적으로 살자

사람들이 뭐라고 하든 오직 나만이 나의 운명을 결정할 수 있다.

- 클레러 올리버

까칠하고 이기적이면 나쁜 사람인가?

순둥이는 누구나 좋아한다. 나도 순한 사람을 만나면 마음이 편하고 좋다. 잘 지내고 싶은 마음이 생기며 사람에 대한 경계가 풀어진다. 어디를 가든지 불편한 관계를 맺지 않고 융합도 잘 이루며 적응도 잘한다. 하지만 그런 사람의 깊은 내면에는 자신을 향한 불만이 없을지 궁금해진다.

순둥이를 원하는 것은 내가 편하고자 하는 욕심 때문이다. 순한 사람은 상대방이 싫어도 내색을 하지 않고 다수의 의견에 이래도 좋고 저래도 좋아 하며 따라간다. 의견을 제시했을 때 수렴이 되지 않을 수도 있고, 된다

나를 잃어버리지 않고 사랑하는 법

고 하여도 반대되는 의견과 부딪히기 싫어서 다른 사람의 의견을 따른다. 그래서 순하고 둥글둥글한 사람은 다수의 의견대로 가려고 한다.

친구, 직장 동료, 동호회, 가족 등 여러 형태의 모임이 많이 있다. 처음 모임을 만들어서 만나면 의견 충돌이 많다. 그러다 자신의 의견만을 고집 하다고 각자의 의견이 합의점을 보지 못하면 모임이 해체되는 경우도 있 다. 다수를 위해 자신의 주장을 멈출 때도 있어야 하지만 엉뚱한 곳에서 까칠함을 보인다. 그런 사람은 독선적인 사람이다.

요즘은 사람들에게 자신을 위해 이기적이고 까칠하게 살아야 한다는 말을 많이 한다. 하지만 까칠함이 함부로 남용된다면 세상은 너무 삭막해 질 것이다. 오직 자신을 위하여 타인은 생각하지 않고 자신의 의견만이 옳다고 주장하면 독선적인 사람이다. 까칠함이란 어떠한 일이나 행동, 판 단하는 부분이 현명하고 도리에 맞는다면 밀고 나갈 수 있는 카리스마다.

정말 까칠하게 해야 할 때는 타인이 억울하게 하거나 옳지 않는 것을 옳다고 주장할 때이다. 그럴 때 자신의 의견을 제시할 수 있는 사람이어 야 한다. 그런 용기는 자신감에서 나오고 자기에 대한 믿음이다. 자신을 사랑하는 사람은 타인에게도 함부로 대하지 않는다. 자존감이 없기 때문 에 타인에게도 똑같이 대하는 것이다.

까칠한 것도 상황에 맞아야 한다고 본다. 여럿이 여행을 갔다고 가정해보자. 자신이 좋아하는 방향으로만 해주기를 바란다면 일행은 불만이 생길 것이다. 자신만 생각하는 이기적인 사람이라 여기며 다시는 같이 가고 싶지 않을 것이다. 자신의 입장만 생각하고 유리한 쪽으로만 생각한다면 이기적이고 독선적인 것이다. 오직 자신의 유익만을 위해서 까칠하고 이기적인 것은 싫다. 때로는 사회적 병폐로 집단주의, 이기주의 현상이 나타나기도 한다.

그래서 까칠하고 이기적이라고 하면 선입견을 가지게 된다. 자기밖에 모르는 독선적인 사람으로 생각하기 쉽다. 그런 사회적 통념으로 말하는 이기적인 사람이 아니다. 스스로가 자기에게 이기적인 사람을 말한다. 경제적 요건이나 갑을관계 등 사회적 지위를 이용하여 자신에게 막 대한다면 까칠하게 대항할 수 있어야 한다.

나를 사랑하는 것이 이기적인가?

『나로 살아가는 기쁨』에서 아니타 무르자니 작가는 친구와 이런 말을 했다.

"다들 나는 여자아이니까 다소곳이 시키는 대로 해야 한다고 생각하는 것 같았지. 우리만 그렇게 생각하며 자란 건 아닐 거야. 워크숍에서 강연할 때 자기를 사랑하는 것이 이기적이라고 듣고 자란 사람 손 한번 들어보라고 하면, 매번 99퍼센트의 사람들이 손을 들어! 나는 아직도 이 사실

나를 잃어버리지 않고 사랑하는 법

이 놀라운지 모르겠어. 나도 그들 중 한 사람이라서 그럴까?"

아니타 무르자니는 인도인으로 싱가포르에서 태어났다. 두 살 때 홍콩으로 이주해서 영국계 학교에 다녔다. 학교를 다닐 때에 또래 아이들로부터 괴롭힘을 당했다. 피부색이 검고 외모가 남달랐기에 놀림의 대상이었다. 또 부모님은 인도의 문화방식으로 교육을 시켰다. 어린 아니타는 부모님이 지닌 남녀차별의 문화와 영국식 교육에서 많은 혼란을 겪었다. 그녀는 부당한 대우를 받아도 참았다. 피부색, 신체의 특성 등 이런 것들이 자신의 탓이라고 여겼다. 그런 생각은 자존감이 낮은 아이로 자라게 했다.

아니타는 매사에 부정적이게 되었다. 자신은 늘 희생자였고, 주변 사람이 원하는 것을 충족시키기에 급급했다. 끝없이 베푸는 사람으로 살았다. 그런 삶을 살다가 아니타는 암을 선고 받았다. 죽음에 이르러서야 자신을 돌아볼 수 있게 되었다. 그녀는 자신을 돌아봄으로써 세상을 다시 보게 된다. 신의 눈으로 세상을 보게 되고, 모든 것이 변하게 되었다. 아니타는 임사 체험을 하고 새로운 삶을 살게 된다. 아니타가 지니고 있던 모든 믿음, 가치, 판단, 견해, 불안, 의심, 두려움의 실체가 본인이 아님을 깨달았다고 했다.

그녀는 지금까지 자신에게 속아서 지낸 것이라고 했다. 아니타는 늘 희생자였고 베푸는 사람이었다. 다른 사람들이 자신을 학대하고, 이용하게 끔 자신 스스로가 일조를 한 것이라고 했다. 암 선고를 받고 죽었다가 다시 살아난 경험은, 삶을 완전히 다른 방식으로 보게 했고 완전히 바꾸어 버렸다.

자신을 사랑하는 것이 이기적이라는 말을 듣고 자랐다. 자신을 사랑하는 것이 잘못이라고 생각했다. 그래서 학대와 따돌림을 당연하게 여긴 것이었다. 자신은 열등한 존재라는 생각에 자신을 하찮게 여긴 것이다. 그렇게 믿고 자라다 보니 자신의 존재가 무가치하다고 여겼다. 자신을 사랑하는 것이 있을 수 없는 일로 여겨졌던 것이다.

자신을 사랑하지 않으면서 타인을 사랑한다는 것은 한계에 이른다. 너 자신을 사랑하듯 이웃도 사랑하라는 말이 있다. 자신처럼 이웃도 사랑하라는 말이다. 자기 사랑이 포함되어야 다른 사람도 사랑할 수 있다는 말이기도 하다. 자신의 장점만 사랑하는 것이 아니다. 진정한 자신의 모습, 아무도 모르는 약점, 단점 숨기고 싶은 부분까지 사랑하는 것이다. 모두가 자신을 외면하고 등을 돌려도 자신을 사랑할 줄 알아야 한다. 그렇게 될 때에 진정한 자기를 사랑하는 것이다.

나는 여러 직업을 가졌었다. 일을 할 때마다 인격적으로 무시를 받을 때가 많았다. 마치 갑과 을의 관계처럼 생각하며 말을 하고 대했다. 내가 하는 말은 법이니까 아무런 말로도 대꾸하지 말라는 식이었다. 자존심을

296

건드리고 무시하는 말을 해도 약자는 참아야 한다는 말이었다. 몇 번을 들어도 참아야 했다. 놀라운 것은 그런 중에 이런 생각이 들었다. '이런저런 소리 듣지도 못하고 아니꼬우면 어떻게 세상을 살아가니?', '그냥 한 귀로 듣고 한 귀로 흘려보내.'라며 나를 책망했다. 그렇게 자신을 달래고 집으로 오면 마음에 앙금이 가라앉은 듯했다.

자주 그런 말을 들으면서 응어리는 커져갔다. 그 손님이 오는 것이 겁이 나고 오지 않았으면 하는 마음에 얼굴을 보면 굳어지고 웃고 싶지 않았다. 스트레스로 인해 즐겁지 않다면 버릴 것은 버려야 한다는 마음이 생겼다. 돈 밑에 사람이 아니라 돈 위에 사람인데 돈 때문에 비굴한 소리를 듣고 싶지 않았다. 하루를 투자하여 일하고 돈 버는 것은 행복해지기 위해서이다. 돈 때문에 굳이 스트레스 받으며 좋지 않은 관계를 이어가고 싶지 않았다.

사람의 마음은 자주 흔들린다. 앞에서 굳은 약속을 했지만 배신을 하는 이유는 직면한 현실 때문이다. 배부른 소리 한다며 갈팡질팡 그냥 넘기며 지나갈까 하는 마음이 들었다. 갈등을 하다가 용기를 내었다. 예전과 다르게 냉담하고 까칠하게 대했다. 나를 조금 어려워하더니 점점 오는 빈도가 줄었다. 사람들은 현실이 가져다주는 두려움 때문에 상대방의 요구를 들어줄 때가 많다. 그러다 보면 나는 막 대해도 되는 사람이 되어 있다.

사람들은 뜻을 받아주게 되면 끝이 보이지 않게 요구한다. 질질 끌고서 자신이 원하는 방향으로 간다. 이익과 손해를 생각하며 냉정해지지 못한다. 착하다, 좋은 사람이다, 온갖 칭찬을 들으면서 마음은 울고 싶지 않았다. 마음에 충실하고 싶었다. 인격적 모욕까지 참으며 일하고 싶지 않았다. 까칠하다, 쌀쌀맞다, 냉정하다는 소리를 듣는다면 그것은 그 사람의 판단이지 모두의 판단은 아닌 것이다. 사람은 상대적인 반응에 의하여 사람을 판단한다. 나에게 잘하면 좋은 사람, 못하면 까칠하고 이기적인 사람이라고 한다.

물론 서비스업은 친절하고 상냥해야 한다. 상냥하고 친절하게 대해주는데 싫어할 사람은 없다. 직업이다 보니 자신의 컨디션과 상관없이 컨트롤을 해야 한다. 때론 경우 없이 종업원에게 막 대하는 사람이 있다. 무조건 참아주고 미소 짓는다. 하지만 참아주는 것이지 인정해주는 것이 아니다. 인내심을 가지고 최대한 이해하려 하지만 그들도 한계가 온다. 스트레스로 우울증에 괴로워하는 사람도 있다.

삶을 살아가는 것이 때로는 전쟁터와 같다. 건널 수 없는 강을 헤엄을 쳐서라도 건너가야 할 때가 있다. 목적지를 향하여 가는 길에 위협하는 장애물들이 많다. 그중에 자신을 괴롭히는 장애물이 제일 무섭다. 연약한 마음은 스치는 바람에도 상처를 잘 입는다. 자신을 연마하고 단단해지기 위한 노력이 있어야 한다.

현실에 얽매이면 자기의 소신대로 나갈 수 없다. 자기의 소신이 있을

나를 잃어버리지 않고 사랑하는 법

때에 정확한 의사표현을 할 수 있다. 상대방에게 미안해서, 싫어할까 봐, 상처를 주는 것 같아서 등 여러모로 생각을 하다 보면 하고 싶은 말을 할 수 없다. 서로가 상대방을 배려한다면 까칠해지지 않는다. 배려와 사랑은 까칠함을 덮어버리고 온화함을 준다. 하지만 때로는 까칠하게, 이기적으로 자신을 사랑하고 돌보며 자존감을 잃지 않고 살고 싶다.

06

오늘을
살아라,
눈이 부시게

삶의 마지막 모습을 그리며 하루를 시작해라.

하루하루가 당신이 바라왔던 삶 전체의 모습에 가까워지고 있음을 느낄 수 있을 것이다.

– 스티븐 R. 코비

먼저 비워야 '오늘'이라는 새 것을 담을 수 있다

오늘이라는 주어진 시간 앞에서 하루를 시작한다. 눈을 감고, 주어진 하루를 어떻게 보낼 것인지 생각해본다. 번개처럼 해야 할 일들이 떠오른다. 목록을 정한 듯이 할 일들이 빼곡하다. 그중에 걱정과 고민도 함께 묶여 있다. 마음의 걱정과 고민은 해도 해도 해결되지 않은 채 매일 묶여져 매달려온다. 해결되지 않은 고민을 왜 끌고 다니는지 알 수가 없다. 그래도 놓지를 못하고 있는 자신을 발견한다. 그래서 걱정은 버리고 고민은 한곳에 두고 필요할 때에 꺼내어 해결책을 강구해보기로 한다.

지금까지 생각해오던 수없이 많은 걱정과 고민은 아무것도 아닐 때가 있다. 하나를 보내고 나면 다른 것이 눈앞에서 기다리고 있었다. 태산처럼 큰 덩어리가 놓여 있다. 큰 덩어리를 밀어내려고 온갖 힘을 다 쏟아부어도 꼼짝을 하지 않는다. 요지부동의 자세로 '네가 힘이 그리도 세니?' 비웃기라도 하듯 했다. 인간의 한계를 느껴야 했다. 오늘 주어진 하루를 잘살아가기 위해서는 한계를 짓지 말라는 말도 알고 있다. 하지만 인간이기에 순간 잊어버린다. 그래서 매일 깨어 있어야 한다. 무지함을 벗기 위해 공부하고 기도해야 한다. 신의 무한한 능력에 나를 맡기고 나아갈 때에 능력이 샘솟는 것을 깨닫게 된다.

유안진 작가의 에세이 『부르고 싶은 이름으로』에서 꿈 하나를 위해 꿈 둘을 비우라고 했다.

"잎 지는 나무 아래 앉아 본다. 지난봄과 지난여름 동안의 눈부시고 황홀하던 숱한 꿈을 털어내고 거듭 털어내는 가을 나무들. 그처럼 나도 내 마음에 깃들어 차오르면서 못 견디게 날 볶아 대던 모든 것들을 비워 내고 싶다. 꿈이라고 불러보던 하찮은 탐욕들을, 헛배 불러 못 견디던 만용까지를, 가랑잎 새 털어내는 가을 나무처럼 죄다 털어내고 깡그리 비워내자."

오늘을 살기 위해서는 내 안에 남아 있는 삶의 찌꺼기들을 잘 비워내야 한다. 사람이 매일 배변을 보지 않으면 변비가 생긴다. 하루 이틀 지난 후에 보면 숙변이 남고 가스가 차게 된다. 그러다 보면 속이 불편하고 편하지 않게 된다. 그와 같이 우리들 삶에도 털어내고 비워야 할 것 들이 많다. 비워야 새로운 것을 넣을 수 있다. 비우지 않으면 독소가 밖으로 흘러나온다. 여러 가지 가득한 마음에 새로운 것을 넣으면 새 것의 가치를 모른다. 누군가 나의 그릇에 어떤 것을 채워 넣어도 버릴 것은 골라 버리면 되는 것, 작은 욕심으로 채우지 말아야 한다. 좋은 것을 넣을 공간이 모자란다면 모조리 버리면 된다.

열정을 자랑하던 신록도 시간 앞에서는 어쩔 수 없다. 순리를 따를 수밖에 없다. 퇴화된 낙엽은 떨구어져야 또 다시 새순이 나올 준비를 할 수 있다. 버릴 것은 버리면서 성장해간다. 그러나 인간은 어리석음, 욕심, 비판, 허영심, 오만과 편견 등 버려야 할 것들을 지고 살아간다. 자연의 순리를 진리처럼 바라보는 눈이 있어야 한다. 자연은 욕심이 없다. 꽃이 피고 지고 새순이 돋고 낙엽이 되어 떨어지면서, 우리에게 아낌없이 주고 간다. 버릴 때에 새로운 것이 올 준비를 한다. 나이를 먹을수록 새로워지고, 매일 마음의 헌옷을 버리며 새 옷으로 갈아입어야 한다. 그렇게 살아갈 때에 오늘 하루가 즐거워진다.

오늘이 최고의 날이 되기 위해서는 노력과 수고가 뒤따라야 한다. 최상의 쾌적한 자신을 유지하기 위해서이다. 어떤 것이든 노력이 필요하다. 우리는 조금만 방심해도 자신에게 소홀하기 쉽다. 연약하여 조그만 바람에도 흔들리는 갈대와 같은 존재다. 세상 다하는 그날까지 마음 밭을 정돈하고 가꾸어야 한다. 마음 밭을 가꾸는 것은 나이와 상관없다. 밭을 가꾸려면 잡초는 매일 뽑고, 물과 영양을 공급한다. 때로는 비바람이 치고 태풍이 와도 넘어지고 뽑히지 않게 지지대를 세워주며 살펴야 한다.

빛나는 오늘을 살고자 하면 시간을 관리해야 한다

나에게 주어진 오늘을 제대로 살기 위해서 여러 가지 방법을 시도해보았다. 생각처럼 행동으로 옮기는 것이 되지 않았다. 그래서 나만의 원칙을 두고 지키기로 했다. 나는 글쓰기보다 우선 생업에 충실해야 했다. 내가 쉬어야 할 시간을 쪼개어 글쓰기를 해야 했다. 매일 부족한 수면과 불규칙한 생활이 문제가 되었다. 전날 일이 늦게 끝나게 되면 다음날은 자유시간이 없었다. 건강에도 해를 미치게 되었다. 나는 글을 쓰면서 시간을 잘 활용해야만 했다. 어영부영하면 하루의 시간을 허망하게 보내었다. 그러다 보면 글을 전혀 쓸 수 없었다. 영영 글을 쓰지 못할 수도 있겠다는 생각이 들었다.

그래서 무작정 시간이 되는 대로 글을 썼다. 처음에는 시간 관리가 되지 않아 많은 어려움을 겪었다. 결심만으로는 소용이 없었다. 행동은 마음을 따라가지 않았다. 여러 방법을 시도해봤다. 후회 없는 하루를 보내지 않기 위한 계획이 필요했다. 자신을 컨트롤 할 수 있는 원칙 5가지를 간단하게 만들었다. 매일 해야 할 일을 노트에 적어보았다.

첫째, 오늘 할 일의 우선순위를 정하기

둘째, 중요한 일, 오늘 꼭 해야 할 일을 우선으로 하기

셋째, 자기 계발(책읽기) 시간을 정해놓기

넷째, 일(글쓰기)할 때에는 휴대폰에 신경 쓰지 않기

다섯째, TV를 시청하지 않기

반복되는 일이라도 새로운 일인 것처럼 새로운 마음으로 시작했다. 내일 지구가 멸망해도 한 그루의 나무를 심는다는 마음으로 진지하게 집중해야 한다. 그리고 자신을 돌아보는 시간을 갖고 감사한 마음을 가지면 된다.

"삶의 속도를 내라. 새로운 일을 하고, 새로운 사람을 만나라. 새로운 책을 읽어보고, 새로운 공부도 해보아라. 매일의 지루한 생활에서 벗어나 삶에 활력을 주고 당신의 경계를 확장시켜라."

태비스 스마일리는 삶에 활력을 주고 의식을 확장시키라고 한다.

우리는 24시간이란 시간 안에 주어진 하루를 살아가고 있다. 정해진 하

루를 잘 활용하는 것은 자신에게 달려 있다. 오늘의 주인공은 자신이다. 그 누구도 나를 대신 할 수 없다. 내 연령대의 사람 대부분은 엄마, 아내, 남편, 자식, 부모로서 내가 아닌 타인의 삶에 맞추어 살아왔다. 지금부터라도 나를 위해 살기 위해 노력해야 한다. 거저 얻어지는 것은 없다. 무엇인가 찾고 노력할 때에 결과물이 따른다.

누군가가 행복하게 해주길 기대하고 살면 절대 오지 않는다. 자신이 찾아야 행복이 보인다. 그런 노력의 결과는 가치 있고 더 소중하다. 위에서 나의 원칙을 소개한 것처럼 자신의 상황과 현실에 맞는 방법으로 계획을 세우면 도움이 될 것이다.

나 자신도 예전에 시간 탓을 많이 했었다. 책을 읽고 싶다는 욕심에 책은 사왔다. 하지만 처음 몇 장만 읽고 그만 접어버렸다. 취미와 운동도 마찬가지였다. 책을 읽고 자기를 개발할 시간이 없다며 미루었다. 항상 시간 탓을 하면서 빈둥거렸고 시간을 헛되이 보냈다. 24시간을 48시간처럼 활용해도 모자라는데 주어진 시간을 죽이듯이 쓰고 살았다.

누구에게나 자신을 비추어볼 거울이 있어야 한다. 우리는 외형의 모습만 비추어주는 거울만 열심히 보고 있다. 얼굴의 늘어가는 주름을 한탄하면서, 주름진 마음은 살펴보려 하지 않는다. 눈에 보이는 외형상 주름은 보톡스, 필러 등 의학의 기술을 빌려서 조금 완화할 수 있다. 하지만 마음 속 주름은 오직 자신의 노력을 필요로 한다. 마음의 주름은 다른 사람은 보지 못하므로 방치한다. 깊이 패인 주름을 펴보려 하지만 골이 깊어 회복이 어렵다. 마음에 주름은 매끄럽지 못하여 불평하며 남 탓으로 돌리다가 바쁜 자신에게 걸리어 넘어진다.

영유아기를 거쳐 어린 꼬마가 소년소녀가 되고, 사춘기를 거쳐 성인이 되어 엄마가 되었다. 온전하고 완전하지 않은 사람끼리의 만남은 불어오는 세상 풍파에 촛불처럼 꺼지고 말았다. 작은 입김에도 꺼지는 촛불 같은 사람이었다. 바람막이 하나 걸치지 않고 칼바람 부는 허허 벌판을 막무가내로 가로질러갔다. 준비 없는 삶을 살아온 셈이다. 준비하지 삶은 흔들릴 수밖에 없었다. 만약 준비되지 않았더라도 어려운 과정을 넘기는 삶의 지혜가 있으면 된다.

나이를 먹고서야 삶을 지긋이 바라볼 수 있는 눈이 떠졌다. 넘어지고 깨어진 후에 알게 되어 늦은 감이 있다. 지금이라도 알게 되어 다행이다. 늦었다고 생각할 때가 가장 빠르다는 마음으로 오늘을 맞이한다. 오늘도 어깨를 짓누르고 있는 일이 많이 있다. 그것을 바라보면 숨을 쉴 수 없이 먹먹하다. 감당해야 할 일이 차곡하게 쌓여 있는 것처럼 보인다. 하지만 지금까지 그랬던 것처럼 지나보면 큰 문제로 인식되지 않는다는 것을 안다. 잠시 현실을 분리시켜놓고, 미래의 내가 오늘을 후회하지 않게 하면 된다. 오늘 하루는 매일 연습하고 노력하는 과정의 일부이다.

오늘을 잘살기 위해서는 현재의 영역에 경계를 넓히는 일을 찾아본다. 삶에 활력소가 차고 넘치게 에너지를 끌어 모은다. 오늘이 인생 최고의 행복한 날이라고 여겨라. 어떤 하루를 살았다고 해도 가장 멋진, 다시 오지 않을 소중한 하루임을 알자. '오늘'이라는 주어진 시간 안에, 자신을 끌어올리는 최고의 일이 어떤 것인지 찾아내어보자. 그리고 오늘을 눈이 부시게 살아갈 때 더욱 빛나는 내일이 올 것이라고 믿는다.

07

내일은
더 좋은 날이
될 것이다

당신은 어느 순간 사물을 있는 그대로 보는 것이 아니라
당신이 원하는 대로 보고 있다는 것을 깨달을지 모른다.
다른 사람에게 변화를 원한다면 먼저 당신 안에 있는 것들을 변화시키려고 노력해라.

- 키스 D. 해럴

꿈꾸는 오늘은 행복하다

오늘이 아무리 힘들어도 내일 더 좋아진다는 믿음과 확신이 있다면 현실의 어려움이 조금 쉽게 느껴질 수 있다. 그러면 고난을 이겨내는 힘을 받아 성공에 이르기까지 덜 지칠 것이다.

작은 꿈이라도 이룰 수 있다는 희망은 삶을 살맛나게 만든다. 꿈이 있으면 현실을 이겨낼 힘이 생긴다. 꿈을 이루기 위한 육체적 정신적 노동을 한다는 건 행복이다. 요즘은 정년퇴임을 앞둔 직장인들은 예전의 모습과는 다르다. 막연하게 준비 없이 나오지 않는다. 퇴직 후에 다른 직업을

갖기 위해 공부하는 모습을 많이 본다. 평균 수명 100세 시대에 60세 정년 이후에 남은 시간이 길다. 퇴직 후부터 인생을 어떻게 보낼 것인가가 관건이다. 인생 후반을 준비해야 할 때가 온 것이다. 남은 제2의 인생을 잘 살아가기 위해 도전하고 준비하는 것이 현명하게 보인다.

예전에 퇴직자들을 보면 경험 없이 잘못 투자하여 손실을 보고 힘들어 하는 사람들을 많이 보았다. 공부하지 않고 경험도 없이 새로운 것을 도전하는 것은 기름을 두르고 불구덩이에 들어가는 꼴이 된다. 미래를 잘 살아가려면 공부를 하고 준비하는 과정이 있어야 한다. 세상은 준비되지 않은 사람을 현혹하는 것들이 너무 많다. 50대가 되면, 시간적, 경제적으로 여유로워질 시기다. 미루었던 것을 시작할 기회가 온 것이다. 오직 자신만을 위한 공부를 해야 한다.

나는 아이들을 키우며 내일이 없이 살았다. 계획 없이 살아왔다. 오직 현실만 보고 달렸다. 꿈을 꾸고 꿈을 가지는 것이 사치라고 생각했다. 그러면서도 묻어두었던 꿈이 생각나기도 했다. 꿈을 잃고 싶지 않아서 가끔씩 아들에게 너희들이 크면 엄마는 대학에 가고 싶다는 말을 하곤 했다. 그러나 현실에서의 꿈은 스치는 바람같이 사라져 버리곤 했다. 마음으로 작정도 해봤지만 실행에 옮기지 못했다. 어쩌면 포기라고 해야 하는 것이 맞는지 모른다.

현실이라는 줄을 놓기는 어려웠다. 점점 내일에 대한 희망은 사라져가고 지금까지 살아온 삶이 후회만 될 뿐 기쁨이 없었다. 삶은 공허함으로 가득차고 마음은 텅 비어 무엇으로도 채워지지 않았다. 이룬 것 없이 시간만 좀먹고 있는 나의 존재가 싫었다. 그렇다고 실컷 놀고 편하게 산 것도 아니었다. 게으름을 부려본 적도 없었다. 뭐든 열심히 하고 나름대로 노력했다고 여겼다. 나는 속 빈 강정, 누르면 푹 들어가는 허술한 삶을 살아온 것 같았다.

내가 꿈꾸었던 것들은 스치는 바람처럼 잠시 스치고 지나갔다. 세상을 탓하며 과거의 상처에 집착했다. 20대에 받은 상처와 동고동락하며 아무도 모르게 혼자만의 세계에 갇혀 옳지 않은 선택을 하기도 했다. 실타래를 풀 듯 엉켜 있는 삶을 풀어보려 했다. 내가 상처를 놓지 못한 이유는 도전에 대한 두려움 때문이었는지도 모른다. 실패한 현실을 정당화하기 위해 상처를 붙잡고 놓아주지 못한 것이 아닐까 하는 생각이 든다. 현실에 안주하고 핑계 대며 노력하는 것이 귀찮다는 표현이 맞다. 노력하고 열심히 살아도 다른 사람들과 별다르지 않다는 생각에 '대충 살다가 가면 되지!', '힘들게 살 게 뭐 있어?' 이런 마음이었다.

50줄에 들어서자 인생이 점점 끝난 것처럼 생각되었다. 잘한 것, 이룬 것 하나 없는 쓸모없는 좀비 같았다. 자식에게 걸었던 기대가 무너져서 허망하고, 모자라고 어리석어서 우울했다. 세상은 승자의 말에 귀를 기울인다고 하는데 어딜 가도 할 말이 없었다. 채워지지 않는 물질 때문에 생

나를 잃어버리지 않고 사랑하는 법

활이 곤궁하고 시간적인 여유가 없어 정서는 메말랐다. 마음은 윤택하지 못하여 가뭄에 논 갈라지듯 황폐했다. 삶은 점점 찌들어가고 내 영혼은 갈급함에 목말라 타고 있었다.

내일에 대한 희망이 없으면 허무한 마음이 들어온다. 의미도, 의욕도 없이 하루하루 무료하게 시간을 보내게 된다. 주어진 삶이기에 살아가고 있다. 사람들 앞에서 웃으며 미소를 짓고 행복하게 보이지만 뒤돌아 혼자가 되면 울고 지낸다. 고독도 외로움도 아닌 알 수 없는 마음이었다. 이렇게 살다가 가려고 세상에 왔는가 하는 생각이 나를 괴롭혔다. 오래전 하고 싶었던 것들이 생각났다. 하고 싶은 욕망이 생겨나기 시작했다. 50대에 찾아오는 혼란 같고 사춘기 같이 감정의 기복이 왔다. 그래서 갱년기 증상에서 오는 감정, 우울증쯤으로 여겼다.

의식이 변화되면 내일을 변화시킬 수 있다

둥근 원을 그리면 한 바퀴 삥 돌아 첫 시작점에서 만나게 된다. 나의 인생도 원을 그리듯 삥 돌아온 듯했다. 지금까지 내가 그린 원은 울퉁불퉁한 굴곡진 원과 같았다. 다시 처음으로 돌아가서 예쁜 원을 그리고 싶었다. 다시 시작해야 한다는 생각이 가슴 깊은 곳에서 솟구쳐 왔다. 무엇이든 새롭게 시작하고 싶다는 마음이 강렬했다. 나는 마음이 가는 곳이 생기면 이곳저곳 기웃거렸다. 기웃거리며 새로운 것을 찾아보는 것이 흥미롭고 재미있었다. 그런데 참 놀라운 사실은 기웃거릴수록 재미있고 활력이 생긴다는 것이었다. 기웃거림을 통해 진정 내가 찾는 것이 어떤 것인지를 많이 생각해보는 계기가 되었다.

그러다 자기 계발 서적에 관심이 갔다. 예전에 나는 에세이 서적이나 시집 소설을 가끔 읽는 것이 전부였다. 자기 계발 서적은 특별한 사람이 읽는 책이라고 생각했다. 잘하는 것 없는 나 같은 사람에게는 소용없는 책이라고 생각했다. 나는 자기 계발 서적을 읽고는 편독을 했던 것이 후회되었다. 자기 계발 서적을 읽으면 의식이 변화한다. 그러므로 사람은 의식이 변하여야 성장하고 발전할 수 있다는 것을 깨달았다.

"살기 위해서 어떤 다람쥐들은 쉬지 않고 달린다. 그런데 어찌된 일인지 한 발짝도 앞으로 나아가지 못한다. 쳇바퀴를 굴리기 때문이다. 혹시 내 삶도 그런 것 아닌가? 만일 이 질문에 그렇지 않다. 나는 매일 새롭게 전진하고 있다고 대답할 수 없다면 꿈을 가져라. 오래지 않아 당신은 그 꿈으로 인해 반드시 새로운 삶을 살게 될 것이다. 나무가 그늘을 약속하고, 구름이 비를 약속하듯, 변치 않는 오래된 꿈은 당신의 성공을 약속할 것이다."

『꿈꾸는 다락방2』에서 이지성 작가는 새로운 삶, 더 나은 내일을 원한다면 꿈을 가지라고 말한다.

이지성 작가는 14년이란 세월 동안 많은 책을 출간했다. 베스트셀러 작가가 되기 위해 수면을 줄이며 밤낮으로 글쓰기에 몰두했다. 오직 책 쓰기에 모두를 걸었지만 성공과는 거리가 멀었다. 베스트셀러 작가가 되기 위해서는 노력만으로 되지 않는다는 것을 깨달았다. 노력위에 자신이 원하는 것을 생생하게 꿈으로 그리며 하나님께 기도했다고 했다. 된다는 믿음이 중요하다고 했다. 자신의 무의식 세계에 자리 잡은 의식을 긍정으로 변화시키는 노력에 집중했다고 한다. 자신의 의식 세계를 바꾸는 것이다. 무의식에 자리 잡고 있는 가난을 빼고 성공한 작가의 모습을 그려놓고 기도했다.

내일이 좋은 날이 되기를 기대한다면 꿈꾸라고 말하고 싶다. 내가 그런 말을 한다면 50이 넘은 사람이 얼토당토하지 않다고 웃을 수 있다. "늦은 나이에 이제 무슨 꿈이야." 편하게 즐기다가 가면 되지 하고 말하는 사람도 있다. 요즘 흔하게 "인생 뭐 있어."라는 말을 많이 한다. 그 말은 갖고 싶고, 하고 싶고, 놀고 싶은 욕구를 참으며 앞만 보고 달려 왔던 사람이 인생의 중턱을 지나 끝자락이 보이면서부터 허무한 마음이 들어서 하는 말이다. 와보니 별것도 없다는 것이다. 후회가 깃든 말이다. 이제부터라도 자신에게 잘해주고, 스스로를 위로하는 말이다.

만약 진정 원하는 일을 하면서 살아왔다면 조금은 다르리라 생각된다. 오직 자신이 좋아하는 일, 그 꿈을 이루기 위해 달려온 사람이라면 '인생

뭐 있어.'라는 생각은 들지 않을 것이다. 대부분의 사람들은 꿈보다 현실을 살아왔기 때문에 삶이 허망하게 다가오는 것이다. 아빠 엄마로 가정의 책임자로 자식으로 살아오다 인생의 후반을 와보니 알아주는 사람 아무 없고, 주름진 얼굴과 병들고 약하여 초라한 빈껍데기, 그래서 인생이 아무것도 없는 것으로 생각된다.

　과거에 가졌던 자신에 대한 잘못된 믿음은 모두 버리자. 새로워진 자신을 받아들이자. 과거에 '나 같은 사람이 어떻게 글을 써?' 자기 비하에서 '나 같은 사람도 글을 쓸 수 있어.' 자기 긍정으로 바꾸어가는 것이다. 비록 지금 이름 없는 작가로 입문하지만, 미래에 베스트셀러 작가를 꿈꾸어보며 글을 썼다. 글을 쓰는 동안 많은 어려움을 겪었다. 꿈이 있었기에 행복하고 힘들지 않았다. 나는 내일에 대한 기대 없이 살아왔던 사람이지만, 이젠 작가의 꿈을 이루어가기 위해 길을 나섰다. 내일에 대한 희망 때문에 마음은 요동을 치며 움직인다. 노력하는 즐거움을 통해 내일은 더 좋은 날이 될 것이라고 믿는다.

　　　　　　　　　　　나를 잃어버리지 않고 사랑하는 법

땅콩박사라 불리는 조지 워싱턴 카버는 흑인으로서 목화 재배만을 생업으로 하는 미국 남부 지방의 척박한 땅에 땅콩과 고구마 등 여러 품종의 작물을 심어 생활에 잘 사용할 수 있는 방법을 연구했다.

그의 어머니 메리는 노예의 신분으로 폭도들에 의해 목숨을 잃었다. 다행히 조지는 목숨을 건졌고 수잔의 극심한 보살핌으로 목숨을 건졌다.

조지는 어릴 적부터 남달랐다. 무엇이든 사물을 관찰하고 호기심이 많아서 '왜'일까라는 의문이 많았다. 흑인은 학교를 다닐 수 없다는 절망감에 빠졌지만 조지는 포기하지 않았다. 오직 배워야 한다는 집념뿐이었다. 그는 하나님이 자신을 세상에 오게 한 것은, 하나님이 주신 빛, 흙, 식물, 광물 등 모든 것을 이용하여 사람에게 유용하게 쓸 수 있게 도와주라고 보내진 것이라 생각했다.

혼자 힘으로 대학을 졸업하고 박사가 되어도 인종차별은 끝나지 않았다. 몽고메리에서 열리는 땅콩 경작 회의 때문에 호텔에 들어가려는데 흑인 늙은이라며 저지했다. 조지는 순간 가방을 들고 되돌아가고 싶었다. 하지만 하나님께서 자신을 보낸 이유는, 메마른 땅을 경작하는 가난한 농부를 위한 것이지, 자신의 감정이나 터뜨리려고 온 것이 아니라는 것을 깨달았다.
조지는 오직 동족들이 윤택한 삶을 살도록 하기 위해 교육하고, 식물 연구에 이바지하며 미국 농업혁명을 일으킨 위대한 사람이다.

원하는 꿈이 있다면
끊임없이 계속 질문하라
끊임없는 질문은 답을 찾아준다

지금까지 내 삶의 우선순위는 내가 아니었다. 엄마라면 마땅히 하는 생각이겠지만 엄마의 굴레에서 벗어나기 쉽지 않았다. 뚜렷한 목적이 없고 단지 의식주를 해결하기 위해 살았다. 희망이나 꿈은 나와 상관없는 먼 달나라와 같았다.

책이나 TV에서 성공한 사람들의 경험담을 들으면, 그들처럼 그렇게 살지 못한 것이 후회스럽고 부러웠다. 성공은 거저 얻어지는 것이 아니었다. 부단한 노력을 해도 실패하여 좌절하고 쓰러지기도 한다. 다만 그들이 수십 번 넘어져도 다시 일어났기 때문에 성공의 열쇠를 거머쥐었던 것이다. 누구나 그런 것쯤이야 알고 있는 사실이지만 실행에 옮기는 것이 어렵기 때문에 성공하지 못한 것이다.

나는 내 삶을 다시 찾는 데 30년의 오랜 시간이 걸렸다. 나는 엄마라는 것 외에는 존재 가치가 없는 사람 같았다. 엄마라는 존재는 나를 잃어버리지 않게 잡아주는 버팀목 같았다. 긴 시간이라고 생각했지만 지나고 보니 무척 빨랐고 아쉬움만 남았다. 아쉬움이 많을수록 후회가 많다는 것이다. 아쉬워하고 후회한다고 삶은 절대 변하지 않는다. 오히려 의욕을 떨어뜨리고 비교하고 책망만 하게 된다. 현실이 어렵다면 그 안에서 해결할 실마리를 찾으면 답은 나온다. 너무 멀리서부터 시작하려는 마음 때문에 시도를 못하는 것이다. 가까이서 찾아가다보면 길이 열린다. 이 글을 쓰는 나 또한 어리석은 삶을 살았다. 꿈은 멀리 길게 잡되 시작은 작은 것부터 해야 한다는 것을 몰랐다.

현재의 나의 능력과 맞지 않게 큰 그림을 그리고 가면 큰 그림 안에 채워야 할 것이 너무 많아 버거워진다. 버거워지면 쉬게 되고 쉬다 보면 나태해져서 하고 싶은 의욕이 떨어진다. 지금 할 수 있는 것부터 시작하면 된다.

혹 사람들은 나의 글을 보고 자격을 말할 수 있다. 사회적으로 명성이 있고, 재력을 가졌거나 어떤 분야에서 성공을 한 사람들이 책을 많이 내기 때문이다. 내놓을 것 없는 사람이지만 그래도 자신을 극복하고 늦은 나이지만 도전하는 것에 스스로 점수를 주고 글을 썼다. 내가 나에게 말해주는 성공이다. 지금껏 살아온 지난 일들을 헛되게 살았노라고 절망하며 울고 있는 나에게 희망을 주었기 때문이다.

나는 글을 쓰기 전까지 많은 준비를 했다. 처음에는 글을 쓰기 위해서가 아니었다. 자신을 찾고자 매일 나에게 질문했다. 묻고 물어도 답이 나오지 않았다. 어떤 때는 '지금 나이에 무슨 꿈이야.' 하는 절망의 소리로 속삭이기도 했다. 지금 하지 않으면 영영 못한다는 간절함이 나를 이기고 말았다. 갈급한 사람에게 물은 보약보다 더 좋다. 영혼이 갈급하고 생활이 갈급하니 보약 같은 물을 만나서 진정하고 싶은 것을 찾게 되었다. 흩어져 있던 나의 자아를 찾아 모으기까지 꽤나 시간이 걸렸다. 긴 시간은 결코 헛되지 않고 선물을 안겨주었다. 처음으로 자유함을 느껴보았고 속박된 마음에서 해방되었다. 처음으로 진정한 기쁨을 맛보았다. 잠을 못 자고 종일 글을 써도 지루하지 않았고 즐거웠다.

나폴레온 힐은 "실패란 변형된 축복이다."라고 했다. 현재 질병이나 경제적 어려움, 상처로 인하여 자신을 놓고 싶은 마음이 생긴다면, 지금의

나를 잃어버리지 않고 사랑하는 법

고난이 후일 축복으로 온다는 것을 잊지 말기 바란다. 실패를 해보고 상처를 받아본 사람이 더 인간적이고 매력이 있다. 그런 사람은 다른 사람의 고통을 공감할 수 있고 이해하는 폭이 넓을 테니까 말이다.

만약 과거 때문에 발목 잡힌다면 과거는 과거일 뿐이라고 여겨보기 바란다. 과거의 상처로부터는 자유로워지고, 아름다운 추억은 가슴에 담고, 좋은 것은 가려내어 내 것으로 만들고, 나를 성장시키는 데 필요한 재료가 되었으면 좋겠다.

삶이 그대를 속일지라도 슬퍼하거나 노하지 말라는 알렉산드르 푸시킨의 시는 모르는 이가 없다. 나는 슬플 때는 슬퍼하라고 말하고 싶다. 단, 슬픔에 주저앉지 말고 빨리 일어나기를 응원한다. 삶은 우리를 잘 속인다. 내일은 꼭 좋을 것이라고 기대했는데 더 나쁜 상황을 주기도 하고 기대하지 않았던 곳에서 좋은 것을 선물하기도 한다. 이런저런 모양이 모여 내일의 희망, 꿈이 이루어져간다.

어떤 삶을 살아간다고 할지라도 절대 희망의 끈을 놓지 않기를 바란다. 지금까지 부족하지만 끝까지 읽어주신 독자분들께 깊은 감사를 표합니다. 여기 오기까지 옆에서 힘을 주고 격려해주신 모든 분들께 감사드립니다. 특히 아들이 아플때 진심으로 걱정해주고 위로해주신 분들께 하나님의 축복이 함께하길 기도합니다.